O país
das luzes
flutuantes

Copyright © 2020 Marco Catalão
Copyright da edição brasileira © 2020 Editora Filocalia

Editor
Edson Manoel de Oliveira Filho

Produção editorial
Editora Filocalia

Capa, projeto gráfico e diagramação
Mauricio Nisi Gonçalves | Nine Design Gráfico

Preparação de texto
Huendel Viana

Revisão
Valquíria Della Pozza

Reservados todos os direitos desta obra. Proibida toda e qualquer reprodução desta edição por qualquer meio ou forma, seja ela eletrônica ou mecânica, fotocópia, gravação ou qualquer outro meio de reprodução, sem permissão expressa do editor.

DADOS INTERNACIONAIS DE CATALOGAÇÃO NA PUBLICAÇÃO (CIP) DE ACORDO COM ISBD

C357p
    Catalão, Marco
        O país das luzes flutuantes / Marco Catalão. - São Paulo, SP : Editora Filocalia, 2020.
        248 p. ; 14cm x 21cm.

    ISBN: 978-65-88143-05-6

    1. Literatura brasileira. 2. Romance. I. Título.

2020-2112   CDD 869.89923
                                                         CDU 821.134.3(81)-31

Elaborado por Odilio Hilario Moreira Junior - CRB-8/9949
Índice para catálogo sistemático:
1. Literatura brasileira: Romance 869.89923
2. Literatura brasileira: Romance 821.134.3(81)-31

Editora Filocalia Ltda.
Rua França Pinto, 509 · São Paulo · SP ·
04016-032 · Telefax: (5511) 5572 5363
atendimento@filocalia.com.br · www.editorafilocalia.com.br

Este livro foi impresso pela Mundial Gráfica em novembro de 2020. Os tipos são da família Adobe Garamond Pro e Trajan Pro. O papel do miolo é o Lux Cream 70 g, e o da capa, Ningbo C2 250 g.

O país das luzes flutuantes

Marco Catalão

Fi
 Lo
  Ca
   Lia

*Para a minha mãe,
Sidnea Pinotti Stocco,
que sempre guardou para si
as partes amargas do caqui.*

A mão colhe a lua
na água refletida.
Real?
    Irreal?
Eis a minha vida.

(Ki no Tsurayuki, 872-945)

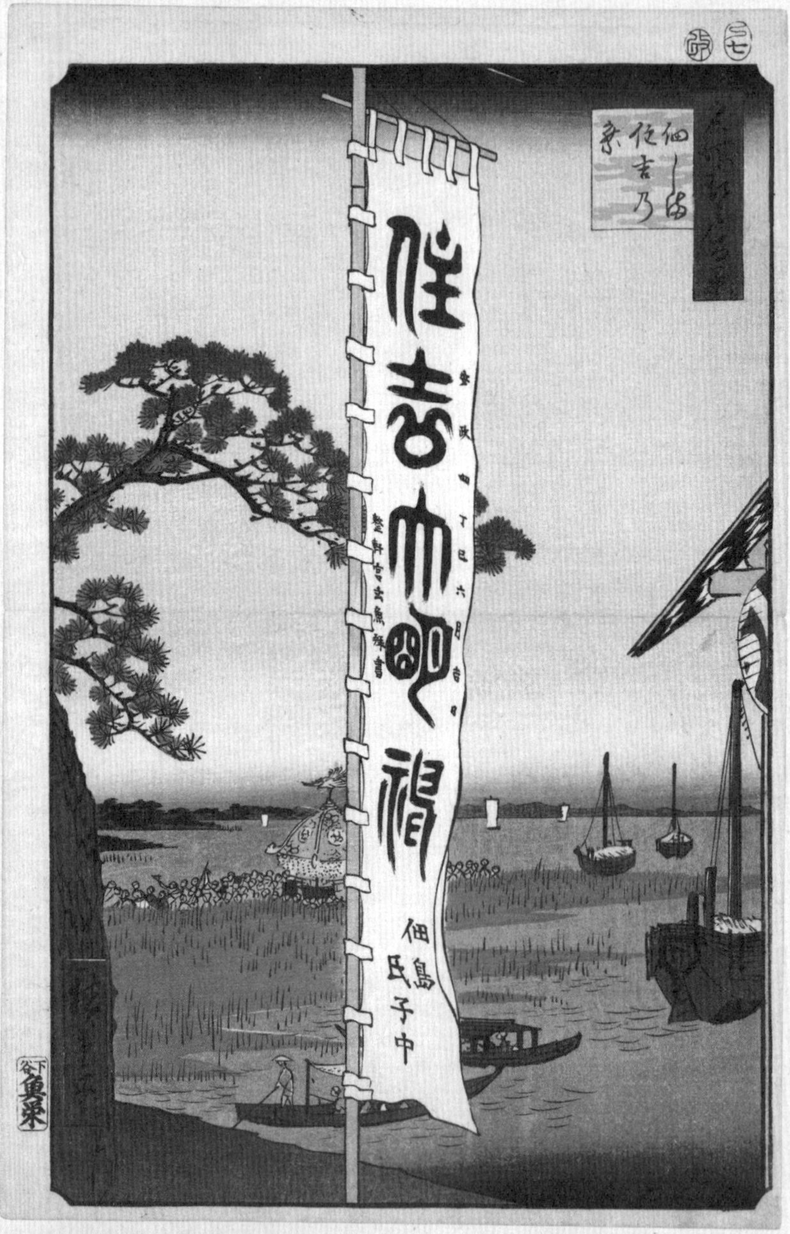

二七
佃しま住吉乃祭
住吉大明神
安政四丁巳六月吉日
整軒玄魚拝書
佃島氏子中
下谷魚栄

A Regra do Ko

O Japão ficava do outro lado do muro. Bastavam alguns passos, e ali estavam suas palavras ininteligíveis, seu cheiro peculiar e uma série de imagens que estimulavam minha imaginação: árvores diminutas e retorcidas que cabiam em cima de um pequeno aparador, fotografias amareladas de pessoas que se recusavam a sorrir e, o que mais me impressionou desde o primeiro instante em que entrei na casa da família Ota, o velho Yasuro, que permanecia por muito tempo sentado diante de um tabuleiro quadriculado onde se alinhavam pequenas peças brancas e pretas.

– Ele joga sozinho? – perguntei a Yuzo, que ficou um pouco espantado ao notar meu interesse pelo seu avô. A verdade é que, aos doze anos, nada me atraía mais que os jogos de tabuleiro: tinha aprendido a jogar xadrez muito cedo, com meu pai, e passava noites e noites em encarniçadas disputas de War com meu irmão mais velho e seus colegas de escola. O futebol de botão era outra mania que tomava minhas tardes, e eu era capaz de ficar várias horas jogando contra mim mesmo, de modo que a figura do avô de Yuzo jogando sozinho era ao mesmo tempo estranha e familiar.

– Ninguém aqui tem paciência pra isso – respondeu meu amigo, enquanto se concentrava em apertar o botão do controle do seu Atari. Sem me dar por vencido, insisti no assunto:

– Mas você sabe jogar?

– Go? – ele articulou a palavra com desdém, sem perceber que a minha curiosidade só aumentava. Contudo, antes que eu pudesse obter mais informações, ouvi uma voz que vinha do outro lado do muro: era a minha mãe, que me chamava para tomar banho. E a interrogação continuou ecoando até o dia seguinte, porque em casa ninguém tinha a menor ideia sobre aquele jogo exótico.

Nos dias que se seguiram, não descansei enquanto não aprendi todas as regras básicas do Go, ensinadas de má vontade pelo meu amigo, que com relutância ainda maior se dispôs a jogar algumas partidas no tabuleiro do avô. Não lembro exatamente em que momento o velho Yasuro se aproximou de nós, nem quantos dias foram necessários para que isso acontecesse. Eu já ganhara cinco ou seis partidas seguidas de Yuzo, quando ouvi as palavras incompreensíveis flutuando no ar.

— Ele quer jogar com você — traduziu Yuzo, com uma mescla de espanto, raiva e reverência que me fizeram perceber imediatamente que algo inaudito estava para acontecer. O velho silencioso e impenetrável havia se disposto a se sentar à minha frente, e eu não tinha a menor ideia de como me comportar diante dele. Yasuro certamente notou meu constrangimento, mas pareceu não se perturbar com aquilo. Dispôs tranquilamente nove peças pretas sobre o tabuleiro e depois se imobilizou na posição concentrada e serena que eu já me acostumara a observar de longe.

Uma das características mais fascinantes do Go é que ele pode ser disputado por pessoas de níveis completamente distintos. Para equilibrar a disparidade entre os jogadores, basta que o mais fraco comece a partida com um número de peças que lhe permitam fazer frente ao adversário. Ao me dar nove peças de vantagem, Yasuro deixava clara a distância que nos separava, mas ao mesmo tempo me desafiava a percorrer aquela distância, a diminuí-la progressivamente, fazendo-me acreditar que derrotá-lo era apenas uma questão de tempo.

Aos doze anos, o que eu mais tinha era tempo – matéria que também não parecia faltar ao homem de sessenta e poucos que estava sempre disposto a se sentar à minha frente e a esperar pelos meus próximos lances. Não trocávamos sequer uma palavra (ele não sabia dizer nem mesmo "bom dia" em português, ou pelo menos era o que eu pensava naquela época), mas eu percebia, perscrutando zelosamente as mínimas frestas dos seus olhos, se meus lances lhe agradavam ou não. Bastava um olhar de Yasuro, um movimento das mãos manchadas, um suspiro mais ou menos prolongado, e eu já sabia o que ele queria me dizer: "interessante"; "tem certeza?"; "como?"; "não". Com o passar dos dias, nossa comunicação se tornava cada vez mais refinada, e eu não exageraria se dissesse que me sentia muito mais próximo do avô do que do neto.

Não sei quantos meses transcorreram antes que as nove peças se transformassem em oito, mas me lembro vividamente do dia em que isso aconteceu: havia chovido muito na véspera, e era possível ver da janela da sala, por cima do tabuleiro, uma grande poça de lama no quintal de terra. Um cachorro latia insistentemente em alguma casa das redondezas, e tudo aquilo – o céu azul refletido na água enlameada, o latido do cachorro, as oito peças pretas alinhadas no tabuleiro – parecia compor uma harmonia tão rica e sugestiva que comecei a cantarolar de pura alegria. Bastou um olhar de Yasuro ("O que é isso agora?") para que eu percebesse que a música lhe desagradava, mas naquele momento preferi fingir que não o compreendia, e continuei a cantarolar baixinho até que o jogo me absorvesse e eu esquecesse inadvertidamente a melodia.

Antes de terminar aquele ano, consegui chegar ao estágio das sete peças (mais por generosidade do meu mestre do que por meu mérito), mas então vieram as férias, eu viajei para a cidade do meu primo, e, quando voltei à casa dos Ota, depois de quase um mês de ausência, encontrei tudo aparentemente inalterado. Yasuro jogava contra si mesmo, e com um único gesto fez com que eu me sentasse à sua frente e acompanhasse a partida até o fim. Depois recolheu as peças que sobraram, olhou-me com ironia ("Vamos recomeçar?") e colocou nove peças pretas no tabuleiro vazio.

Sentindo meu rosto queimar de raiva, comecei a jogar com uma urgência e uma ansiedade que nunca sentira até então. Eu, que já me julgava um aprendiz avançado, era obrigado a recomeçar do início? Então todas aquelas partidas de antes não tinham servido para nada? Bastava um mês sem jogar, e eu me via rebaixado ao estágio de principiante? Fui derrotado vergonhosamente – uma, duas, três vezes. Ao final da terceira partida, o velho chamou a neta que nos espiava de longe e lhe disse algo em japonês. Depois de alguns minutos, eu tinha nas mãos uma pequena cumbuca com um líquido amargo e escuro, que fui sorvendo lentamente, mais por obrigação do que por prazer, enquanto tentava me concentrar na quarta partida.

Estranhamente, senti que meu jogo melhorava a cada gole, e a pressa inicial deu lugar a uma lentidão calculada, a uma ponderação de forças que me fez sentir o Go como uma luta ou uma dança que mobilizava não apenas minha inteligência e minha imaginação, mas todo o meu corpo, dos dedos dos pés aos fios do cabelo. Entendi então a posição concentrada do meu mestre, como se estivesse prestes a se lançar sobre o tabuleiro, e finalmente consegui lhe oferecer resistência.

Quando voltei para casa naquele dia, já estava decidido a me tornar um campeão de Go, a viajar ao Japão, se fosse necessário, e a passar todas as tardes treinando. Em dois ou três meses, meu nível de jogo aumentou consideravelmente, e Yasuro passou a propor uma série de problemas de dificuldade crescente para eu treinar em casa. Eu não tinha um tabuleiro, mas era fácil confeccionar um arremedo de cartolina com peças recortadas e pintadas a lápis. Ele dispunha as peças no tabuleiro, eu copiava a posição numa folha e só voltava a aparecer depois de encontrar a melhor estratégia para cercar as peças adversárias.

No fim daquele ano, joguei a melhor partida de Go da minha vida. Tendo começado com apenas três peças de vantagem, consegui estabelecer um domínio que se estendeu progressivamente por todo o tabuleiro, e pela primeira vez vi meu mestre inquieto, temeroso, titubeante. Curiosamente, em vez de me sentir mais confiante, fui contagiado pelo seu nervosismo, cometi um único erro banal e perdi um jogo ganho. Estávamos em dezembro de 1987, e tive certeza de que em algum momento do ano seguinte eu finalmente o derrotaria. Não havia pressa ou ansiedade; bastava esperar pelo desenrolar dos acontecimentos.

No ano seguinte, mudei de casa e de escola. Já não era vizinho dos Ota, e as exigências dos estudos se tornaram muito maiores, com aulas de manhã e à tarde, diminuindo o tempo disponível para a prática do Go. Achei que poderia conciliar tranquilamente as duas coisas, porém na metade do ano tive de me conformar com a ideia de que o máximo que conseguiria era manter meu nível até as férias, quando enfim recuperaria o tempo perdido.

Nas férias, comecei a namorar, e minhas visitas a Yasuro se limitaram a quatro ou cinco tardes, em que eu procurava compensar as ausências com um afinco exemplar, que não era suficiente para disfarçar o óbvio: meu jogo estava regredindo visivelmente. Eu ainda sonhava ser um grande jogador, então decidi me impor uma disciplina para o segundo semestre daquele ano: eu visitaria meu mestre pelo menos três vezes por semana, a todo custo.

Consegui cumprir o programado nos primeiros meses, mas sempre havia um imprevisto que dificultava as coisas: ora uma aula extra, ora uma interminável conversa ao telefone com Sayuri, ora uma partida de futebol... Naquela época, eu comecei a me interessar pelos livros de poesia, e pela primeira vez encontrei algo que me absorvia mais do que o Go – e, ao contrário deste (e do meu namoro, que de repente começou a degringolar), não precisava de outra pessoa: bastavam um livro e um pouco de silêncio.

Na véspera do meu aniversário de quarenta anos, eu revi o Sr. Yasuro e, diferentemente daquela manhã distante, em janeiro de 1991, quando fui me despedir dele, compreendi nitidamente cada palavra que ele me dizia. Naquela manhã, eu não imaginava que não voltaria a encontrá-lo, nem poderia adivinhar o papel que ele desempenharia na minha vida mais de vinte anos depois. Fui vê-lo praticamente obrigado, porque minha mãe insistiu:

— Você não pode ir embora sem se despedir.

Na semana seguinte, eu ia me mudar para Campinas, onde estudaria a partir daquele ano, mas não achava que não fosse mais reencontrá-lo. Apesar de nossas partidas serem cada vez mais raras, eu imaginava que poderia vê-lo sempre que quisesse, com a mesma frequência com que veria meus pais. Minha mãe sabia que não seria assim, e ele também.

– A regra do Ko...

Para meu espanto, depois de cinco anos de silêncio, pela primeira vez ele tentava se comunicar em português comigo.

– Nunca o mesmo movimento outra vez...

Eu me impacientava com aquela dupla inconveniência: além de não conseguir articular as palavras direito, ele insistia em falar sobre uma regra elementar do jogo, que eu já havia aprendido antes mesmo da nossa primeira partida. Se cada jogador pode repetir alternadamente a jogada de capturar uma pedra do adversário, é obrigatório que se recorra a outro movimento, para que o jogo não fique paralisado.

– Impossível repetir...

Eu concordava com a cabeça, enquanto maldizia mentalmente a minha mãe por ter me posto naquela situação embaraçosa.

Uma semana antes de completar quarenta anos, recebi uma solicitação de amizade de Yuzo Ota no Facebook. Aceitei polidamente, como costumo fazer em casos semelhantes. No mesmo dia, recebi uma mensagem: "Vou estar em Campinas na semana que vem. Se não for incômodo pra você, gostaria de vê-lo". Não disse que seria um incômodo:

simplesmente inventei uma desculpa qualquer (que estaria muito ocupado ou viajando) e não pensei mais no assunto.

— Oi! É o Yuzo! — Quando a voz se identificou no interfone, ainda demorei alguns segundos até entender de quem se tratava. — Foi a Lílian que me deu seu endereço... — A Lílian, claro, que se fosse minha amiga de fato não daria meu endereço sem pedir permissão.

— Desculpe aparecer assim — justificou-se, enquanto eu insistia para que ele entrasse —, mas é que eu precisava te entregar uma coisa. — E ele voltou ao carro para buscar algo cuidadosamente embrulhado num papel amarelo.

Quando finalmente entramos em casa e começamos a desembrulhar o objeto, eu já sabia do que se tratava: era o tabuleiro de Go do velho Yasuro.

— Ele queria que ficasse com você — disse Yuzo, com um sorriso doce e amargo. — Foi fabricado em Kobe em 1926. Veio do Japão com a minha bisavó — ele completou, escandindo lentamente as palavras.

— E ele?
— Morreu no fim do ano passado.

Eu não conseguia tirar os olhos do tabuleiro. Observava cada veio na madeira e me lembrava de inúmeros lances desconexos, de posições em que eu podia ter jogado diferentemente do que jogara, de dois olhos que me espiavam com ironia por suas frestas, de uma mão firme e enrugada que ia dispondo harmoniosamente as peças pelo espaço quadriculado.

— Eu tenho que ir — a voz de Yuzo me despertou de repente, e só então me dei conta de que estávamos de pé, no meio da sala, sem trocar sequer uma palavra. Ofereci-lhe então uma xícara de chá, mas ele alegou que tinha pressa, que precisava voltar a São Paulo ainda naquele dia, e eu não tive disposição para retê-lo.

Naquela noite, na véspera do meu aniversário de quarenta anos, revi o Sr. Yasuro em meu sonho, e pela primeira vez o compreendi plenamente:

– Ninguém regressa, nada se repete. Passamos, e isso é tudo.

A regra do Ko.

Coisas que amenizam a loucura: caminhar durante horas a fio entre as árvores, tentar identificar o canto dos pássaros, afagar uma gata, descrever detalhadamente os sonhos da noite anterior.

De alguma forma, eu havia conseguido roubar a sua mão. Ela estava guardada numa caixinha de joias que Kazue escondia no fundo do armário e nunca abria. A cada noite, eu esperava que ela adormecesse, abria cuidadosamente o armário e trazia a sua mão para a cama. Colocava-a em cima do peito e a afagava durante muito tempo, sentindo pulsar debaixo dela meu coração inquieto. Depois a guardava de volta no armário e enfim conseguia adormecer, apaziguado pela presença da sua mão subtraída ao tempo.

No entanto, naquela noite específica, eu acabei adormecendo antes de guardar a mão de volta na caixinha. A Mãe veio me acordar para ir à escola (àquela altura, a cama de casal já havia se transformado no futon puído em que nós dormíamos juntos quando eu era pequeno) e descobriu, horrorizada, o estranho objeto aninhado no meu peito. "O que é isso?", ela me perguntou, e eu não consegui pronunciar uma única palavra. "Mas esta mão está podre!", ela gritou, e deu uma gargalhada terrível enquanto segurava diante dos meus olhos o objeto que acabara de arrancar de mim: uma mão retorcida e azulada, irreconhecível, que não tinha nada a ver com a mão que eu tanto havia amado.

Quando acordei hoje cedo e me lembrei do sonho, lembrei-me também de que a Mãe tinha me contado uma história sobre um imperador chinês que havia guardado a mão da sua concubina favorita e não só continuava a acariciá-la décadas depois de a moça ter morrido, como ainda obrigava todos os membros da corte a prestar reverência àquela mão amputada do corpo. A Mãe me contava muitas histórias como aquela, que ela aprendera no Japão, e sabia localizar cada história na dinastia exata em que supostamente tinha acontecido. "Isso foi no ano 16 da Era Tensho, quando o Imperador foi em cortejo até o Jurakudai", ela dizia, e tentava me inculcar a sequência cronológica das narrativas que habitavam sua memória, mas eu embaralhava tudo e não era capaz de recompor a ordem e o método do seu pensamento. Hoje percebo que aquele cuidado com a precisão das datas e dos detalhes, mesmo nas narrativas mais fabulosas ("Não, não foi o Imperador Amarelo, foi o Imperador do Palácio do Norte"), era também a forma que ela havia encontrado de amenizar a loucura.

As histórias que ela me contava eram múltiplas e variadas, mas em muitíssimas delas havia um motivo recorrente: a efemeridade da vida. As concubinas sempre morriam cedo demais, as ameixeiras e as cerejeiras murchavam em poucos dias, a vida era um sonho fugitivo... Os ditos dos sábios chineses e japoneses que ela citava de memória só corroboravam aquela mesma constatação: o tempo escorria entre os dedos como as gotas de uma torrente em perpétua fuga. Assim, quando eu cresci, estava relativamente preparado para enfrentar a fugacidade do tempo, mas não tinha nenhuma defesa contra a pavorosa lentidão do tempo.

Quando completei cinquenta anos, descobri que você não voltaria à casa das pedras, que a Mãe já não me contaria nenhuma história, que eu havia envelhecido, em suma, e era tarde demais para partir ou para ficar. Era tarde demais para tudo, menos para a morte, e eu continuaria a caminhar de um lado para outro, eu continuaria a respirar, a comer, a defecar, talvez por mais cinquenta anos, até que meu corpo enfim cumprisse sua última função natural, talvez sua função mais nobre: a de se deixar levar pelo torvelinho do tempo e desaguar no vazio.

Não era uma constatação intelectual. Eu já sabia há muito tempo (minha inteligência já sabia) que você não regressaria, que a Mãe não voltaria a me acalantar, que o Japão tinha naufragado definitivamente; contudo, algo em mim (algo alheio à minha inteligência, não sei se maior ou menor do que ela) ainda acreditava que tudo o que eu havia perdido continuava à minha espera em algum lugar. Foi só naquela tarde cinzenta e gelada em São Paulo (eu tinha ido assistir à inauguração de um torii no bairro da Liberdade) que senti no meu corpo inteiro (não só na camada superficial do meu intelecto) o desabamento súbito das minhas velhas esperanças.

Por que desabaram naquele momento, e não antes ou depois? "Por que você está chorando?": Kazue me estendia um lenço branco e um olhar desgarrado. Ela temia que eu me tornasse um velho caduco? Olhei para o rosto dela, já marcado pelas primeiras rugas, e senti pela primeira vez que eu já não era o jovem que a havia traído. Olhei para as pessoas ao redor, todas com os olhos fixos no portal vermelho e no senhor que fazia um discurso ao lado dele. Um senhor de cinquenta e poucos anos. Eu também agora era um senhor. Em cinco minutos, havia envelhecido trinta anos.

Serei mais perspicaz que todos os sábios japoneses e chineses? Ou o tempo agora passa de outra forma, tem uma qualidade distinta do tempo que fluía nas dinastias Ming ou Heian? O fato é que tenho constatado reiteradamente que a vida não é um sonho efêmero e o tempo não corre rápido como a água de uma cachoeira. O tempo se contrai e se expande: ora brilha e se apaga com a velocidade de um relâmpago numa tempestade de verão, ora se arrasta intoleravelmente, com a preguiça de uma gata numa tarde de inverno.

Quando me veio à mente a ideia de compilar estas notas, pude ouvir a sua voz, nítida e próxima, advertindo: "Reconstituir a sua vida inteira aos oitenta e três anos? Você não tem medo de ter pouco tempo para colocar tudo no papel?". Respondi que meu temor sempre havia sido o contrário: dispor de tempo demais, tempo em excesso, e nunca saber como preenchê-lo. Por isso preencho estas folhas muito lentamente, forçando-me a não escrever mais do que uma página por dia.

O que eu tinha ido fazer em São Paulo? O que esperava encontrar numa cerimônia que não me dizia nada? Naquela época, eu viajava frequentemente à capital, levando os antúrios que eu tinha começado a plantar cinco anos antes e trazendo sementes e vasos. Mas aquela viagem não tinha um propósito comercial. Secretamente, eu esperava recuperar algum pedaço do passado perdido?

"Você não sabe o que quer", comentou Kazue, enquanto eu procurava um lugar para estacionar a caminhonete. "Primeiro, eram as esteiras de junco; depois, foram as bananas; agora, são os antúrios; daqui a pouco vai ser outra coisa completamente distinta. Quando um negócio começa a prosperar, você muda pra outro." E ela tinha razão. Eu não conseguia me fixar numa atividade, estava sempre à procura de outra coisa. Assim, tinha ido a São Paulo naquela tarde supostamente para acompanhar a inauguração do torii, mas o que eu buscava nas ruas da Liberdade era uma lembrança de 24 anos antes. Contudo, ela se equivocava em seu julgamento. Não é que eu não soubesse o que queria; o problema era que o que eu queria já não existia mais.

Contudo, eu também me equivocava. Hoje sei que não fui a São Paulo para assistir à inauguração do torii nem para rememorar a semana que passei na cidade com você: fui porque Yoko me chamava. Irritado pela sucessão de discursos tediosos, mal prestei atenção quando ela se aproximou. Mas ela sabia. Desviando cuidadosamente de todas as outras pessoas, caminhou na minha direção, roçou minha calça, olhou diretamente nos meus olhos, miou uma, duas vezes, e só se apaziguou quando a peguei no colo e comecei a acariciá-la.

Você riria se eu lhe dissesse que Yoko foi o meu segundo amor? Não, porque você sempre gostou dos bichos. Você entenderia. Você não acharia exagerada minha dedicação a ela, nem minha dor absurda e meu desamparo ao perdê-la apenas cinco anos depois de a ter encontrado. Ou de ela ter me encontrado. É uma sina minha, que os meus amores não durem mais que cinco anos? Primeiro você, depois ela. Mas você sabe que em cinco anos cabe o infinito.

Kazue nunca entendeu. "Você dá mais atenção a essa gata suja do que ao seu neto!", ela reclamava. Yoko não era nem um pouco suja. Talvez estivesse suja no dia em que nos encontramos na Liberdade, porque havia passado muitos dias vagando pelas ruas, abandonada, doente e faminta; contudo, depois que veio morar conosco, sempre se conservou impecavelmente limpa e, embora gostasse de passear pelos arredores durante a noite, fazia questão de tomar um escrupuloso banho de língua quando voltava para casa.

É verdade que quando meu primeiro neto nasceu, quatro meses depois de Yoko ter chegado, não lhe dei muita atenção. Duvido, porém, que as coisas entre mim e ele tivessem sido diferentes sem a presença de Yoko. Eu simplesmente já havia perdido a capacidade de me interessar a fundo por outros seres humanos. Era como se o amor que eu havia sentido por você tivesse esgotado todas as minhas reservas de amor. Ou foi a sua morte?

Yoko, no entanto, soube encontrar a porta fechada e conseguiu destrancá-la. Por que nenhum neto, nenhuma outra pessoa, nenhum outro gato foi capaz de fazer a mesma coisa? A culpa é minha? Dos outros? Faz sentido falar em "culpa" em casos como esse? Yoko chegava de onde quer que viesse e pulava no meu colo. Não indagava se tinha direito àquilo, não hesitava nem por um instante: simplesmente tomava posse do território que lhe pertencia. Eu a afagava e me sentia grato por tê-la ali comigo.

"Se você não tivesse mimado tanto aquela gata, não estaria desse jeito", Kazue murmurou maldosamente, talvez com ciúme de Yoko. Ela adivinhava que eu nunca lamentaria a morte dela com o desconsolo com que chorava a morte de Yoko? Ou só queria dar vazão à dor que sentia ao me ver sofrer daquele jeito, sem poder fazer nada para me amparar?

Ela não podia fazer nada por mim, e eu não podia fazer nada por ela. Em algum momento, nossa vida havia tomado direções distintas, e era inútil pensar no que teria acontecido caso as coisas tivessem se passado de outra forma.

"Ele achou que o grande terremoto de Kanto era uma mensagem", me disse a Mãe. "Se não tivesse havido aquele terremoto, tudo seria diferente." Nos dias que se seguiram à sua morte, também fui assombrado por muitos "ses". Se tivéssemos ficado alguns dias a mais em São Paulo, se não fôssemos tão descuidados, se desconfiássemos mais da brutalidade do mundo... No entanto, logo percebi que ficar remoendo aqueles "ses" era alimentar uma máquina incessante de recriminação e loucura. Se as coisas tivessem acontecido de outra forma, haveria outros remorsos, outras penas, outros "ses".

A chuva cessou, as nuvens se espalharam, a lua apareceu, límpida e serena. Quando o coração está agitado, o mundo inteiro parece uma agitação sem sentido. A Mãe acreditava que os bichos tinham uma percepção especial: dizia que eles eram capazes de sentir um terremoto que se aproximava, uma doença inesperada, uma briga súbita. "Alguns bichos nos entendem tão bem que só podem ter nos conhecido em alguma vida anterior."

Yoko odiava altercações. Era um pouco como a lua: permanecia à parte, alheia, e, quando a atmosfera se tranquilizava, ela aparecia. Em noites como esta, tenho a nítida impressão de que ela vai surgir de algum lugar, com seus passos silenciosos e seu ar despreocupado. Eu continuarei sentado nesta mesma cadeira de junco, talvez escreva ainda *duas ou três palavras, fingindo que nem percebi sua chegada. Yoko se aproximará lentamente e depois pulará no meu colo. Eu a acariciarei devagar, auscultando cada recanto do seu corpo cálido e macio. Só depois de tê-la afagado por muito tempo erguerei meus olhos, fitarei o espelho e constatarei que nossos reflexos já não estarão lá.*

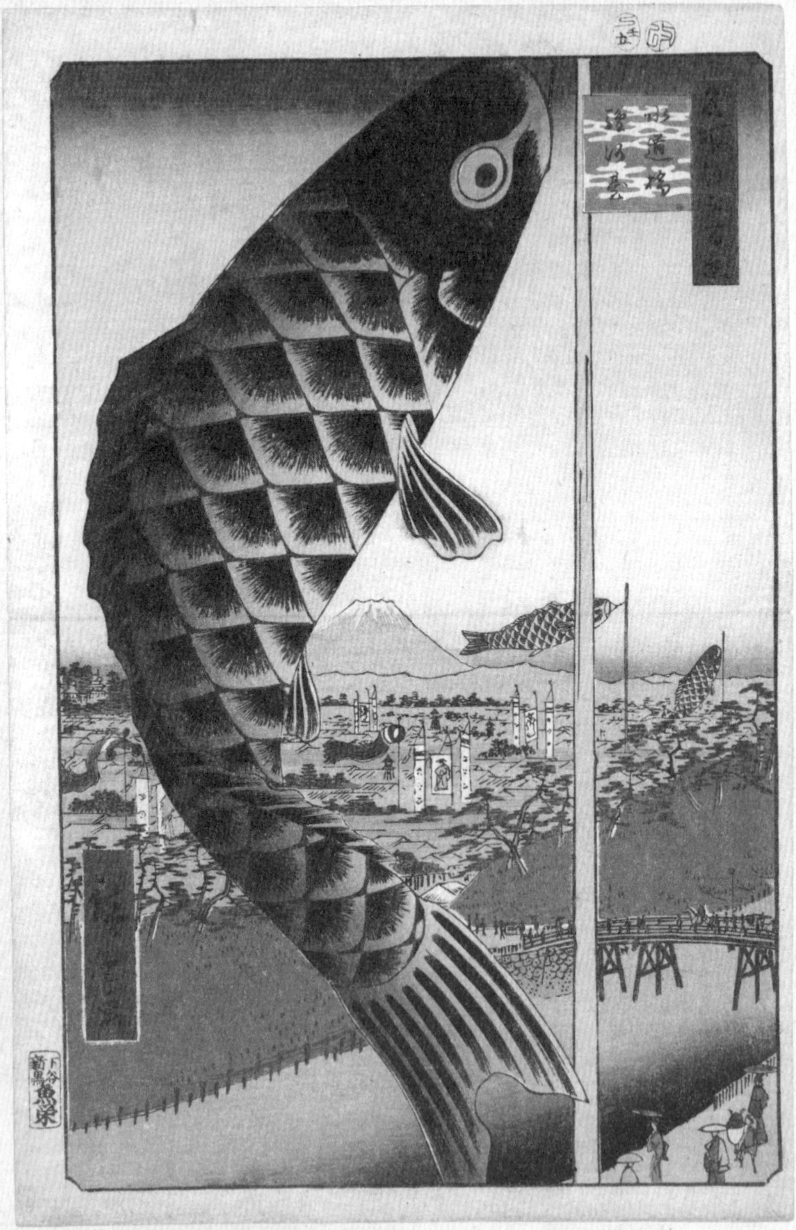
水道橋
駿河臺

Os Frutos e o Tempo

Quando saí de lá, aos dezessete anos, a cidade me sufocava por sua estreiteza. Não era o tamanho das ruas e das casas o que me oprimia: eram os sonhos e os desejos que se concebiam ali, as conversas sobre carros importados e concursos públicos, as aspirações rasteiras, as certezas inabaláveis. Não fui embora sem olhar para trás, porque já odiava todos os clichês, inclusive os de rebeldia. Continuei voltando periodicamente para visitar meus pais, até o momento em que, sem qualquer sombra de remorso eles também não suportaram permanecer ali e abandonaram a cidade. Quando rompi com Sayuri, senti um doloroso alívio ao pensar que nunca mais precisaria passar duas horas no ônibus até São Paulo e ali esperar durante mais uma ou duas horas antes de pegar outro ônibus que, depois de quatro horas, finalmente me devolveria a Registro.

Há vinte e um anos não visitava a cidade; enquanto tentava encontrar uma posição relativamente confortável na poltrona dura do ônibus, pensei que talvez a paisagem tivesse se desfigurado a ponto de eu já não a reconhecer; seus antigos habitantes podiam ter desertado minuciosamente; o rio que corria ao seu lado podia ter submergido suas casas inválidas. De qualquer forma, eu sentia que voltar à minha cidade natal era mais do que simplesmente percorrer uma distância no espaço: afinal, era a ela que eu regressava em quase todas as noites, eram suas ruas escuras, cálidas e cheias de odores díspares que eu percorria sempre em busca de algo, era à margem do seu rio que eu ouvia e entoava estranhos cânticos, era na sua velha praça de árvores retorcidas que eu me sentava de mãos dadas com Sayuri e recolhia aquela inconfundível pressão amorosa que eu ainda sentia entre os meus dedos, cálida e viva, quando despertava com as primeiras luzes da manhã.

— Você é capaz de apagar partes inteiras da sua vida só porque não lhe parecem convenientes.

Enquanto eu esperava a chegada do Sr. Kazuoki, na sede do Bunkyo, as palavras de Tatiana continuavam a ressoar na minha memória.

— Eu tentei o máximo que pude, mas existe algo em você... Não sei... Uma resistência a ver o que está diante dos seus olhos...

— Talvez seja só porque eu não sou tão inteligente quanto você — tentei contra-argumentar, mas ela parecia já esperar por aquilo.

— Não tem nada a ver com inteligência. É uma coisa mais funda, que talvez venha da sua infância...

Nunca tive paciência para psicologismos e, depois de três anos e meio de namoro, Tatiana sabia que era inútil seguir por aquele caminho. Mas ela deixara a frase no ar, com suas palpáveis reticências, sabendo que eu a retomaria mais tarde, e daria voltas e mais voltas ao redor do seu significado. Tatiana me conhecia suficientemente para saber da minha fixação por frases e palavras (Marte em Gêmeos, segundo seu diagnóstico astrológico) e, embora eu fosse capaz de esquecer em dois segundos um olhar enviesado ou um gesto ríspido, podia remoer durante vários anos uma frase aparentemente banal e injustificada.

– Alguma coisa que impede que você chegue ao fundo das coisas e ao fundo de si mesmo.

– Muito prazer. O senhor tem textos para traduzir?

O jeito levemente oblíquo de falar e de se mover do Sr. Kazuoki, como se mesmo depois de setenta anos ainda se sentisse estrangeiro no Brasil, me fez lembrar de imediato do Sr. Yasuro. Naturalmente, minha antiga familiaridade com isseis, nisseis e sanseis fazia com que eu conseguisse distinguir com relativa segurança os descendentes de Nagano dos de Okinawa – ao contrário da maior parte dos brasileiros, que chegava a confundir japoneses com chineses e coreanos. No entanto, o misto de segurança e hesitação na figura e nas palavras do velho professor de japonês me fez reviver por alguns segundos o meu companheiro de Go.

– É, eu...

Enquanto eu me atrapalhava tentando retirar da minha pasta as folhas cuidadosamente protegidas por outras folhas de papel de seda, ele fez um gesto que parecia indicar a inutilidade de todos os arroubos. Quando finalmente consegui lhe entregar os papéis amarelados cobertos de caracteres minúsculos, ele examinou cada folha com minuciosa paciência, como se avaliasse um imóvel antes de comprá-lo. Depois de alguns minutos, o velho professor finalmente chegou a um veredicto:

– Interessante, mas não tenho tempo para um trabalho tão extenso. Por que o senhor não fala com Midori?

Diante da minha expressão interrogativa, ele se dirigiu à secretária do Bunkyo, que estava a poucos metros de distância.

– Midori está aqui?
– Ela só vem à tarde – respondeu a simpática senhora que me atendera há pouco.
– Fale com Midori – ele voltou a se dirigir a mim. – Ela talvez possa fazer a tradução.

O velho professor estendeu cuidadosamente as folhas em minha direção, como se compartilhasse da minha reverência por elas. Ele já se preparava para voltar à sua sala reservada no interior do edifício quando eu peguei do fundo da pasta as duas fotos em preto e branco e as coloquei diante de seus olhos.

– E estas pessoas? O senhor sabe quem são?

Desta vez, a reação do Sr. Kazuoki foi completamente distinta. Não ficou mais do que três segundos com as fotos e já as devolveu, como se elas queimassem a sua mão. Olhou para mim com uma expressão aguda, como se de repente tivesse descoberto uma cobra escondida embaixo de uma pedra. Senti uma onda gelada golpear meu espírito quando ele pronunciou sua resposta:

– Não conheço nenhuma dessas pessoas.

Antes que eu pudesse formular outra pergunta, o velho professor me deu as costas e começou a caminhar em direção ao corredor mal iluminado que levava às salas interiores do Bunkyo. Seu andar decidido não deixava de revelar certa vulnerabilidade, como se ele tivesse acabado de pisar num caco de vidro e fizesse o possível para caminhar normalmente, sem dar mostras da dor que o incomodava.

Como ainda eram 11 da manhã, resolvi dar um passeio pela cidade enquanto esperava pelo horário das aulas da tarde. Minha ideia inicial era caminhar até o rio; contudo, quando passei pelas ruas mais movimentadas do centro, o calor já estava tão insuportável que me senti compelido a entrar numa pequena galeria com o único objetivo de desfrutar o oásis do ar condicionado. Enquanto fingia que observava uma vitrine, constatei que essa era uma diferença fundamental entre o sonho e a vigília: por mais que as paisagens por onde eu me aventurava durante o sono fossem reconstruções mais ou menos realistas da cidade da minha infância, faltava sempre aquele elemento onipresente – o calor opressor que tornava difícil não só caminhar, mas também pensar, escrever ou realizar qualquer atividade mais ou menos exigente.

Eu me esquecera do calor? Não exatamente. Apenas o abstraíra, como se ele fosse um elemento irrelevante que nem sequer merecia ser considerado. Entretanto, reencontrando agora aquele calor sufocante depois de 21 anos de ausência, comecei a me indagar se ele não seria um dos responsáveis por eu ter abandonado a cidade sem nenhum remorso. Claro que era possível se acostumar às altas temperaturas, e bilhões de pessoas no mundo viviam em lugares muito mais quentes que Registro; a questão não era essa. A questão era se o desânimo temporário que eu sentira naquela curta caminhada não se infiltraria em cada recanto do espírito das pessoas que habitavam as regiões oprimidas pelo calor, minando qualquer aspiração mais nobre, transformando a vida numa busca simples por sombra, água, sossego.

Enquanto meus olhos distraídos examinavam diferentes modelos de telefone celular, eu pensava nos japoneses que haviam cruzado o oceano para aportar naquela terra inóspita e terrivelmente quente. O que sobrara de suas aspirações?

Toda a sua história seria diferente se a média de temperatura fosse dez graus menor? Notando que uma atendente se aproximava, dei alguns passos à direita e fixei meus olhos na vitrine seguinte, que prometia descontos irresistíveis em toda a linha de cama, mesa e banho. A verdade era que eu poderia não ter partido nunca. Ou, como queria Sayuri, eu poderia ter partido com ela para o Japão e voltado depois de alguns anos. Àquela altura, já teríamos juntado dinheiro suficiente para abrir uma loja de celulares ou de artigos de cama, mesa e banho. Passaríamos o dia em salas climatizadas, enquanto nossos funcionários se encarregariam de vender os produtos da nossa loja nas ruas do centro ou em pequenas galerias como aquela. Partir para Campinas, estudar na universidade, forjar a duras penas uma carreira de escritor num país com poucos leitores era uma trajetória tão casual e arbitrária quanto qualquer outra. Não havia nada de necessário ou fatal no caminho que eu havia tomado.

Entrei na pequena livraria e voltei a me sentir em casa. Por mais que os livros em destaque fossem do tipo que só me provoca bocejos, bastava olhar um pouco em volta para encontrar dezenas de títulos convidativos. Dirigi-me à seção de poesia com a esperança tola de encontrar ali um dos meus livros – pelo menos o último, que havia sido publicado por uma editora de relativa projeção. Naturalmente me decepcionei, mas logo disse a mim mesmo que não fazia sentido me inquietar por aquilo; a livraria apenas seguia a tendência geral das poucas livrarias do país: concentrar-se no que dava lucro. As pessoas interessadas em poesia, em Registro como em qualquer outra cidade, eram uma escassa minoria. Enquanto folheava um livro de Cecília Meireles, me arrependi por não ter trazido à cidade alguns exemplares dos meus livros. Eu podia deixá-los naquela própria livraria ou na biblioteca municipal. Ainda existiria a biblioteca municipal? Depois de hesitar entre um livro de Rilke e outro de Pound, decidi-me pelo segundo e passei cerca de quarenta minutos absorto na leitura, sentado no chão agradavelmente gelado da livraria, até que meu corpo começou a me enviar sinais de que já era hora de me levantar e procurar algum restaurante. Por alguma associação da memória, senti uma vontade súbita de comer o sushi envolto em folha de caqui preparado num lugar aonde eu ia com meus pais em ocasiões como a Páscoa ou o Dia das Mães. No entanto, a ideia de abandonar a galeria climatizada e vagar debaixo do sol à procura de um estabelecimento que eu nem sabia se ainda existia não me parecia muito atraente. Acabei me decidindo por um restaurante por quilo a poucos metros da livraria. A comida era insossa, mas ao menos eu estava resguardado do calor. Nos quatro ou cinco dias que eu ainda permaneceria na cidade, haveria tempo suficiente para pesquisar sobre o restaurante da minha infância, saber se ele ainda estava aberto e, em caso positivo, descobrir onde se localizava.

— Você nem teve curiosidade de abrir o tabuleiro.

A voz de Tatiana voltou a me alcançar no exato momento que o café expresso queimou a minha língua. Lembrei da minha resposta defensiva:

— Com quem eu iria jogar?

Não era ainda nossa última conversa. O clima entre nós não era dos mais amigáveis, mas ainda assim o tom de voz dela era mais afetuoso do que crítico. Ela ainda parecia genuinamente interessada em tentar compreender meus motivos. Minhas lacunas. Ou era só a parede entre nós que suavizava o diálogo? Lembro claramente de estar no quarto, com o computador aberto à minha frente, enquanto ela continuava, da sala:

– Você não disse que era uma lembrança importante?

Não recordo se respondi àquela pergunta retórica ou se continuei concentrado na minha atividade. Sei que depois de alguns instantes ela estava ao meu lado, e eu podia vislumbrar seu vulto pelo canto do olho.

– Eu abri.

Minha expressão deve ter sido um pouco perplexa, como a de quem se pergunta: "Abriu o quê?", porque ela sorriu com certo ar de condescendência e colocou os papéis ao lado do computador. Só depois que eu examinei as folhas cheias de caracteres miúdos e as duas fotografias em preto e branco ela explicou:

– Estavam dentro do tabuleiro.

Telefonei naquela mesma noite para Yuzo, que após ouvir o que eu contava não fez nenhuma menção de responder. Por um momento, pensei que a ligação tinha sido interrompida.

– Yuzo? Você está me ouvindo?

– Estou.

E um novo silêncio se instaurou, como se nós fôssemos dois jogadores de Go à espera do próximo lance.

O problema era que não havia clareza sobre quem deveria colocar a próxima peça. Até que ele falou:

— Bom, se o meu avô deixou o tabuleiro com esses documentos pra você, me parece claro que eles agora são seus.

Dessa vez, fui eu que permaneci em silêncio, enquanto ponderava o significado daquela frase. Era impressão minha ou havia rancor na voz fatigada de Yuzo?

— Mas eu não entendo nem uma palavra do que está escrito aqui. Além disso, as fotos...

Ele me interrompeu com certa impaciência:

— Eu também não sei japonês. Você me disse que são fotos do meu avô ainda jovem, com outras duas pessoas mais ou menos da mesma idade? Provavelmente essas pessoas também já estão mortas. Acho que o melhor a fazer é deixar tudo dentro do tabuleiro mesmo. Pensando bem, talvez meu avô tenha guardado os documentos ali e depois tenha esquecido. Nos últimos anos, ele não andava muito lúcido.

— Você não acha que nem a sua mãe...

— Bom, se você quiser, pode me enviar essas coisas pelo correio.

E ele me passou o seu endereço em São Paulo, com a mesma pressa um pouco exasperada com que havia cortado minhas últimas frases. Durante os dias seguintes, os compromissos do trabalho e as brigas e reconciliações com Tatiana me fizeram esquecer o problema dos documentos do Sr. Yasuro. Duas semanas depois de ela ter ido embora, a ideia de levar os documentos a Registro se insinuou pela primeira vez em minha mente. Eu estava descascando uma laranja quando lembrei que dali a dez dias se realizaria o Tooro Nagashi. Se eu desejava voltar à minha cidade natal, podia aproveitar para assistir à cerimônia.

— Isto aqui é quase um livro!

A moça de cabelo azul e olhos vivos examinava com atenção o conjunto de folhas meticulosamente preenchidas de alto a baixo.

— Quando Kazuoki-san me falou, eu achei que eram duas ou três folhas!

Tampouco eu imaginava que a professora de japonês recomendada para fazer a tradução seria alguém tão jovem. Midori teria no máximo 23 anos, mas a calça rasgada e os óculos com aros brilhantes faziam com que ela parecesse uma adolescente. Pelo visto, o Sr. Kazuoki gostava de provocar surpresas.

— Você acha que o trabalho está acima das suas forças?

— Acima das minhas forças? Que expressão curiosa! Não. Na verdade, o único problema é o tempo. Você fica na cidade até quando?

O fato de ela me chamar de "você" e não de "senhor" despertou imediatamente a minha simpatia. Aos quarenta anos, eu já estava me acostumando a ser considerado longinquamente jovem pelos velhos e inapelavelmente velho pelos jovens.

— Devo ficar até o Tooro Nagashi.

Ela sorriu com simpatia.

— Acho que vou levar pelo menos duas semanas para conseguir traduzir tudo. Talvez vinte dias... Eu posso tirar foto das folhas e depois enviar a tradução por e-mail.

— Prefiro que você fique com o manuscrito. Pelo menos até eu ir embora.

Eu acreditava de fato que a textura daquelas folhas meio amareladas tinha informações que uma versão digital não conseguiria captar? Ou se tratava de mero pretexto para reencontrar pelo menos mais uma vez aquela moça atraente? Lembrei da frase dita por Daniela, com quem eu tinha morado por mais de quatro anos:

— Basta uma moça bonita demonstrar um pouco de simpatia, e você já se derrete todo.

Depois de adicioná-la aos meus contatos e combinar o valor a ser pago pela tradução, eu ainda quis impressionar Midori com uma breve exposição sobre as palavras escritas em letras prateadas em sua camiseta preta.

— *Carpe diem* é uma expressão latina que aparece pela primeira vez numa ode de Horácio e significa que o dia é como um fruto que deve ser colhido antes que apodreça.

A jovem sorriu e, antes que eu tivesse tempo de continuar, aproximou-se, beijou meu rosto e disse:

— Vou colher os meus alunos, porque o tempo já está fugindo. A gente vai se falando!

E caminhou até um pequeno grupo de crianças que a esperava pacientemente à entrada do corredor.

A Mãe dizia que há algumas pessoas feitas de fogo e outras feitas de água. Ela estava certa de pertencer ao primeiro tipo.

Se não encontra um material onde se alastrar, o fogo está condenado a consumir a si mesmo. Por isso, as pessoas feitas de fogo falam e falam sem parar (e quando não podem falar, escrevem): para encontrar a madeira crédula (ou o papel dúctil) que possa propagar suas obsessões. Para a Mãe, eu era o receptáculo ideal dos seus discursos inflamados; era frágil demais para lhes oferecer resistência, inexperiente demais para contestá-los, excessivamente crédulo para desconfiar da sua loucura.

Ela não propagava suas obsessões porque tivesse algum objetivo específico em mente; agia assim porque não podia agir de outra forma. O homem com quem havia se casado não lhe dava ouvidos; as outras mulheres da cidade mantinham distância daquela jovem estranha que se recusava a aprender a falar português porque esperava voltar ao Japão brevemente; todos ao seu redor estavam preocupados demais tentando sobreviver numa terra inóspita; ninguém tinha tempo para ouvi-la, exceto eu – ainda que eu fosse apenas uma criança. Só percebi isso muito mais tarde, quando seu fogo já havia se alastrado e consumido muitas partes de mim mesmo.

A água é diferente: flui ininterrupta e está sempre buscando algo além de si mesma. Se encontra um obstáculo, não arde até conseguir transformá-lo em parte de si; apenas continua a fluir minuciosamente, até o contornar ou o submergir; até o tornar irrelevante.

Durante muito tempo, acreditei que eu era feito de água. E me recusei a arder em mim mesmo e a me consumir, como a Mãe, nas mesmas ânsias e memórias. Como a água, busquei diligentemente os espaços onde podia fluir e escapar das minhas angústias, e os encontrei no junco, no Go, no ikebana. Quando encontrava um espaço adequado, preenchia-o até a borda. Às vezes durava dois anos; às vezes, dez. Eu não tinha pressa. Quando comecei a compilar estas notas, achei que era outra forma de fluir e me derramar e seguir minha perpétua fuga. No entanto, à medida que escrevo, noto que há algo na escrita que se assemelha ao junco, ao Go e ao ikebana, e algo que o afasta dessas práticas. Por um lado, a escrita também é uma atividade que exige concentração, constância, diligência – e por isso distrai das obsessões inúteis e compulsivas. Por outro, é um poço falso, um buraco que não se preenche; a forma como me atrai e me obseda e me inquieta se parece muito mais à ardilosa ardência do fogo do que ao sossegado fluir da água.

Teorias que parecem plausíveis, mas que, quando examinadas mais a fundo, se revelam incoerentes: a astrologia, o fūsui, as regras de estilo. Todo sistema que oferece explicações simples para fenômenos complexos capta nossa atenção e exerce certo fascínio. Conheci pessoas que não conseguiam ver o mundo de outra forma depois que foram arrebatadas por uma dessas explicações. Durante cerca de cinco anos, meu filho só enxergava os fatos através das lentes do marxismo – ou do que ele julgava ser o marxismo. Se eu fazia um breve elogio ao dono da fábrica de chá onde trabalhei por quase dez anos, estava apenas revelando minha alienação; por outro lado, se contratava um empregado para meu pequeno negócio, estava querendo explorar sua força de trabalho. Nada do que eu fizesse podia escapar ao seu esquema implacável: ora eu era um proletário oprimido, ora um explorador da mais-valia. Como você pode *imaginar, depois de algum tempo ele trocou aquele sistema por outro: no novo mundo que ele passou a habitar, meus fracassos profissionais já não eram fruto de uma organização capitalista opressora; resultavam apenas da minha incapacidade de elaborar estratégias em sintonia com as necessidades do mercado. A partir do momento que trocava um sistema por outro, ele era capaz de perceber claramente os equívocos da sua posição anterior; ver os limites da nova perspectiva que havia assumido, porém, estava fora do seu alcance.*

"Meu problema foi me relacionar sempre com homens de água", a Mãe se lamentou mais de uma vez, e na minha ingenuidade impressionável de criança de cinco ou seis anos, considerei que eu devia ser um desses homens a que ela se referia – um homenzinho de água, volúvel e traiçoeiro, que a qualquer momento poderia escapar das suas mãos ansiosas e macias, como lhe escapara aquele outro homem do qual ela nunca se cansava de falar, "o seu Pai, o seu verdadeiro Pai, que ficou do outro lado do mundo".

Se ela se relacionava apenas com homens de água, o que eu poderia ser senão uma versão mais ou menos fiel de um fluxo incessante por declives cada vez mais fundos? O homem que me criava, o que não era meu pai, passava o dia inteiro fora de casa, correndo de um lado para outro, trabalhando sem descanso da alvorada ao pôr do sol, e, quando sobrava algum tempo, ele o empregava na construção de uma nova casa, na abertura de uma nova vala, na semeadura de uma esperança que a colheita seguinte inevitavelmente viria frustrar. Ele era a própria imagem da água, que se derrama inteira e não poupa uma gota de si. Vê-lo era confirmar a veracidade do sistema da

Mãe – especialmente porque naquela época eu não podia saber que um único exemplo não basta para elaborar um sistema.

Fecho os olhos e sinto tudo outra vez: o hálito cálido da Mãe, muito próximo, enquanto eu finjo que durmo, aninhado em seu corpo; a figura fantasmagórica do homem esguio que prepara sua marmita à luz quase inexistente da alvorada. Eu o espio pela fenda do olho, tomando o máximo de cuidado para que ele não me perceba. Às vezes, ele lança um último olhar para nós antes de sair; às vezes, está ocupado demais em seus preparativos e nem parece nos notar. A porta range como se estivesse se queixando de algo. Mas ele nunca se queixa de nada. De uma forma ou de outra, a Mãe é o fogo doméstico que arderá por horas a fio; ele é a água que segue seu fluxo.

Como dar nome ao que é apenas movimento e fuga? Como chamá-lo de Pai, se o Pai "é outro, incomparavelmente melhor"? O resultado é que não o chamo, não consigo chamá-lo, não tenho palavra que o nomeie nem afeto que o designe. Quando preciso de algo, chamo a Mãe, e o corpo dela é quase uma extensão do meu; nas raríssimas ocasiões em que ela se ausenta e ficamos só eu e ele (água sobre água), tranco-me no silêncio, tento ficar invisível, quase não respiro.

O tempo passa e chega o momento em que devo me dirigir a ele. "A Mãe está doente", é o que eu digo, abalado pela estranheza de olhar pela primeira vez diretamente nos olhos daquele homem. As rugas formam sulcos que se estendem pela sua testa nua. O mapa de um país desconhecido. É possível que tenham se passado dezesseis anos sem que eu tenha lhe falado uma única vez? O abalo que sinto é o de um ato inaudito; o constrangimento é similar ao que sinto quando *o professor me pede para ajudá-lo a hastear a bandeira. Estamos em 1940; agora sou eu quem passa o dia todo fora de casa; saio do trabalho e vou direto para o campo de beisebol; é a minha primeira febre, que vai durar alguns anos antes de ser substituída por outra ainda mais ardente.*

A febre da Mãe é fruto de muitas noites maldormidas, de sonhos desavorados, de repetidas decepções. É só a primeira fagulha do incêndio que a consumirá cinco anos mais tarde. Por ora, ela se recupera. Nós voltamos à rotina, enquanto o mundo se transforma a uma velocidade que não podemos acompanhar. Quando chega a notícia de que é proibido falar japonês em lugares públicos, a Mãe retoma o seu velho projeto de regressar a Onomichi. "Precisamos voltar agora, antes que fechem as fronteiras", ela diz. "As fronteiras já estão fechadas", o marido responde. "Pagando por fora, tudo é possível", ela insiste, "esta é a hora de usar o que nós guardamos." "Eu vendi tudo o que tinha", ele confessa, depois de horas e dias de evasivas e tergiversações, "eu vendi tudo o que nós tínhamos guardado, para que a minha determinação não afrouxasse caso houvesse a possibilidade de regressar."

"Assim é a água", ela me explica, enquanto a ajudo a regar as mudas de arroz muito verdes, "toma a forma de qualquer recipiente que a envolva, por isso parece dócil, frágil, fácil de lidar. Mas tente segurá-la entre os dedos, e ela logo escapa, foge para onde bem quer."

Yoko era assim: só aparecia quando queria, e não aceitava ser colocada à força no colo. Mesmo quando estava tranquila, aparentemente em repouso, seu corpo estava pronto para se lançar a qualquer momento numa direção inesperada.

Você era diferente. Bastava olhar uma vez para você, e já se notava que seu elemento era o fogo. Você ardia e fazia arder. Aliás, vocês dois. Um casal esplêndido, foi o que Yugi me disse, insistindo que eu precisava conhecê-los. Para mim, que estava certo de que todo casamento era um arranjo medíocre de tiranias e conveniências, descobrir um casal ardente e livre, ainda mais naquele momento que meu mundo parecia ruir, foi uma luminosa revelação.

Tenho apenas cinco anos – no máximo seis, porque me lembro de ouvir estas palavras enquanto rasgo com os dedos as folhas de amoreira para alimentar os bichos-da-seda, e a criação de bichos-da-seda na minha casa fracassa antes de eu completar sete anos – e a Mãe já me julga maduro o suficiente para conhecer a história do seu casamento. Ou não julga nada: apenas fala porque não pode deixar de falar, porque a natureza do fogo é esta, arder e consumir tudo à sua volta.
"Fui um objeto de troca. Meu pai precisava de dinheiro. O filho da vizinha precisava de uma esposa. O contrato foi firmado sem que eu precisasse ser consultada." Os bichos-da-seda comem e dormem; às vezes, é preciso acordá-los para que voltem a comer; então eu passo o meu dedo no seu corpo gosmento e gelado; eles abrem a boca, como bebês mimados, comem um pedacinho de folha e voltam a dormir. "Até você fez parte do negócio. No nosso primeiro encontro, eu contei ao filho da vizinha sobre você, disse a ele que já tinha uma semente em meu ventre. Ele ficou mudo durante alguns minutos, depois andou de um lado para outro do pátio onde estávamos, como se procurasse a saída de uma prisão. E encontrou. Depois de alguns minutos, ele voltou a se sentar ao

meu lado e disse que daquele jeito era melhor, porque a agência de emigração preferia casais que já tivessem filhos. Ele havia pensado em levar um primo, fazendo-o passar por nosso filho. Agora o problema estava resolvido! Mais tarde, quando já estávamos morando aqui na Colônia Katsura, ele me confessou que havia recuperado todo o dinheiro que tinha dado para o meu pai. Viajantes solteiros tinham de pagar a passagem de navio com dinheiro do próprio bolso, mas embarcando com uma esposa grávida as despesas corriam por conta do governo. Na verdade, as normas de migração diziam que toda família de migrantes devia ter pelo menos três membros produtivos, mas ele convenceu um homem da cidade a usar a identidade do pai dele, e ainda o fez pagar alguns trocados por aquele privilégio. Depois, pediu de volta metade do dinheiro que havia pago ao meu pai, alegando que eu não era pura. Ele era assim: sempre dava um jeito de contornar os obstáculos."

Alguns anos mais tarde, quando ouvi da boca do Sr. Okamoto, dono da fábrica de chá onde eu trabalhava, a história das sementes clandestinas de chá Assam, voltei a me lembrar daquela antiga conversa com a Mãe. Proibido de trazer as sementes do Ceilão, ele as escondeu dentro de um pão e as trouxe em segredo para o Brasil. Aqui, elas deram origem a uma nova variedade de chá que logo se difundiu por toda a região. Não pude deixar de pensar que meu destino se assemelhava ao daquelas sementes: eu também era uma semente clandestina, transplantada arbitrariamente para uma terra estranha.

"Não crie raízes", a Mãe me dizia, "criar raízes é se prender à terra." Contudo, a planta cria raízes sem premeditação. A sua natureza é esta: crescer ao mesmo tempo para cima e para *baixo, em direção ao sol luminoso e ao fundo escuro da terra. "A sua verdadeira terra é o Japão. Um dia nós voltaremos para lá. Um dia nós voltaremos a ver as cerejeiras em flor."* Eu a ouvia e sonhava com o Senkoii, com a Ilha de Innoshima, com as ruas estreitas de Onomichi. *Minha verdadeira terra.* E, enquanto eu sonhava, minhas raízes cresciam, fixavam-se a este chão, buscando em silêncio o fundo escuro da terra.

Até a Mãe morrer, até eu encontrar você, minhas raízes ainda eram frágeis, e eu podia sonhar em me transplantar para qualquer parte do mundo. Mas como abandonar a terra que guardou os corpos de quem amamos? Se eu fosse feito de água, como havia imaginado, poderia deixar tudo para trás, fluir em outra direção, esquecer a casa das pedras e aquela noite de lua clara em que nós dois caminhamos juntos numa rua da Liberdade.

O sistema da Mãe talvez nem merecesse ser chamado de sistema. Era uma forma de organizar o mundo que não resistiria a uma análise crítica. Uma tentativa arbitrária e incoerente de dar sentido ao que talvez não tivesse sentido algum. Uma crença sem fundamentos, desenraizada da realidade. No entanto, isso não altera o fato de que a Mãe era feita de fogo. Como vocês dois.

Ou talvez eu goste de pensar que vocês eram feitos de fogo para me eximir da responsabilidade pelos meus atos. Acreditar que vocês eram feitos de fogo é acreditar que, de uma forma ou de outra, vocês brilhariam por um breve período e depois inevitavelmente se apagariam. Juntos ou separados. Consumidos em sua própria luz e em seu calor ardente. Mesmo se eu não tivesse participado do incêndio. Mesmo se eu nunca tivesse colocado meus pés na casa das pedras.

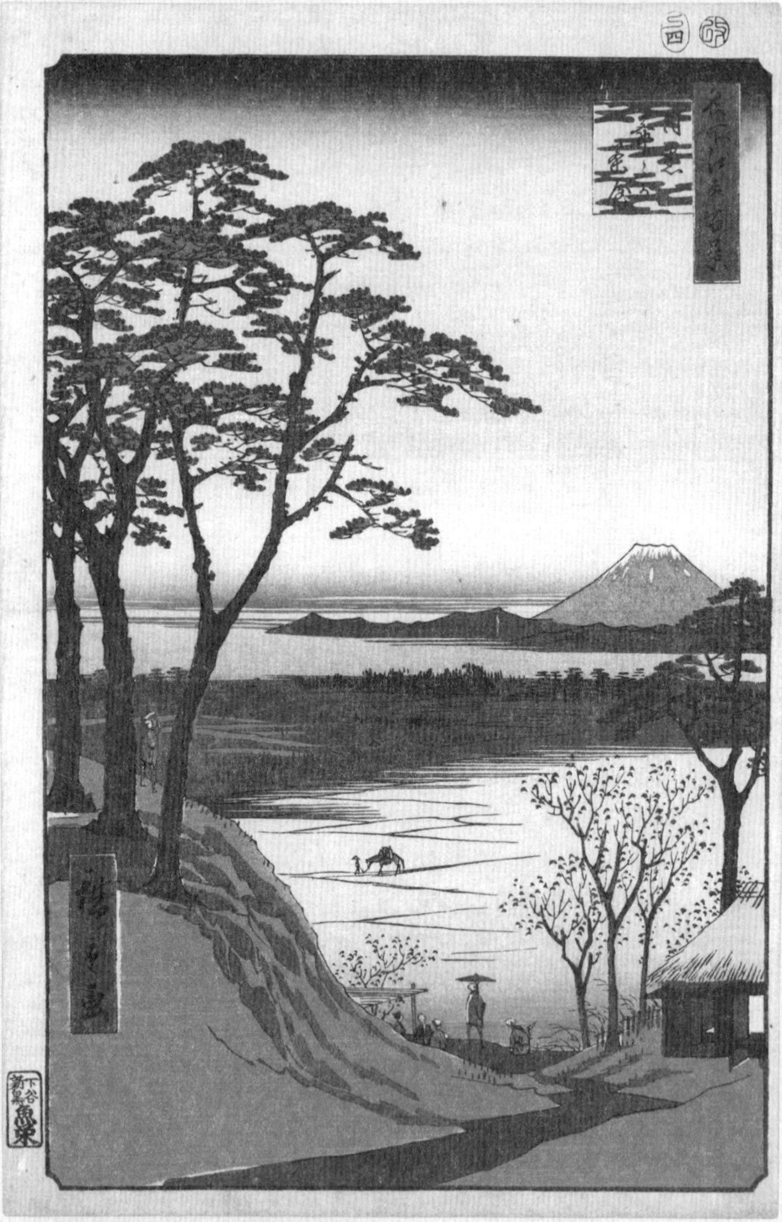

O SABOR DO MANJU

Apesar de ter dormido mal, resisti ao desejo de permanecer mais algumas horas na cama do hotel e me mantive fiel ao plano de me levantar cedo para não precisar caminhar sob o sol nas horas mais escaldantes do dia. Depois de um rápido café da manhã, às oito horas eu já estava diante da minha antiga casa – ou do que restara dela. No início, cheguei a duvidar se o endereço estava correto; porém, analisando com mais atenção o muro de tijolo à vista (que me pareceu desconcertantemente baixo), constatei que fora ali mesmo que eu tinha passado os primeiros catorze anos da minha vida.

A casa dos Ota estava ainda menos reconhecível. A antiga estrutura de madeira que se estendia ao longo do terreno dera lugar a duas casas menores, mas sem dúvida muito mais funcionais que o antigo casarão. Antes mesmo de entrar, pude ver através da grade que o vasto quintal onde eu jogara inúmeras partidas de bolinha de gude com Yuzo – e onde antes as galinhas e os gansos ciscavam livremente – agora fora cimentado e reduzido a um quinto do tamanho original.

Nunca estive no Japão, mas o Japão sempre esteve em mim. Lembro a primeira vez que mostrei uma foto da minha turma de escola para Daniela.

– Quanto japa! – ela exclamou. E, de fato, cerca de metade dos meus colegas tinha traços orientais mais ou menos acentuados. Contudo, até aquele momento eu nunca me dera conta de que aquilo não era algo corriqueiro. Para mim, o fato de meus amigos mais próximos frequentarem o Nihongakko ou conversarem em japonês com seus pais e avós não tinha nada de estranho. Termos como "udon", "sukiyaki" e "Bon Odori", nomes como Koki Kitajima, Hiroshi Sakano e Hachisaburo Hirao, que para qualquer outra pessoa poderiam soar como exóticos, ainda despertam em mim um sabor nostálgico, como o de quem ouve notícias de velhos conhecidos. Minha avó era uma *nonna* que nunca aprendeu a pronunciar a palavra "pão", e era comum usarmos em casa termos como *bella roba*, *caspita* e *muinella*, mas, ao me lembrar da minha infância, a doçura dos *cantucci* preparados à mão pela dona Alice se mistura ineludivelmente ao sabor do manju da obachan Sadako.

– Ainda gosta de manju?

A mãe de Yuzo me recebeu calorosamente e parecia de fato feliz por poder conversar comigo. Desculpei-me por aparecer sem avisar, mas ela apenas sorriu e logo estava me servindo uma bandeja de doces, como se eu ainda fosse a criança de antes.

– É a coisa de Registro de que eu mais sinto falta.

– Mais até do que a sua antiga casa?

– Quero dizer... Das coisas que podem ser recuperadas.

– É. Você tem razão. A sua casa mudou muito. A nossa, então, não dá nem pra falar. Mas eu tenho certeza de que você não se esqueceu do nosso pátio e do quintal onde vocês jogavam Go. Assim é a vida: nós começamos habitando uma casa, depois a casa passa a nos habitar.

Dona Cláudia sempre gostara de frases como aquela – "filosóficas", como as chamava Yuzo, com um misto de orgulho e distanciamento.

– Então a obachan Sadako continua firme e forte?
– Sim, e ainda acorda todo dia às 5 da manhã para preparar manju e mochi.
– Nem na Liberdade eu encontrei um manju como este. Ao sentir a textura incomparável do doce marrom se dissolvendo em minha boca, pensei como era estranho que aquela senhora gentil e grisalha fosse a mesma mulher que numa tarde remota eu vira nua.

O episódio havia acontecido antes de eu começar a jogar Go com o Sr. Yasuro. Eu devia ter uns dez ou onze anos e já frequentava a casa dos Ota com certa regularidade. Mais tarde, eu soube que naquela tarde a família toda tinha ido a Ilha Comprida para assistir a uma apresentação da Esquadrilha da Fumaça. Lembro de ter gritado o nome de Yuzo no portão e de ter ouvido a resposta de dona Cláudia:
– Não está! – ou algo parecido.

No entanto, por algum motivo que agora já não recordo (talvez eu quisesse deixar um recado ou devolver um brinquedo emprestado, talvez desejasse perguntar quando meu amigo voltaria), abri o portão com a familiaridade do vizinho acostumado a entrar sem cerimônia e percorri em silêncio o longo quintal, desviando cuidadosamente das galinhas. Ao chegar ao pátio, dei com a imagem inesquecível: dona Cláudia, finalmente ouvindo meus passos quando já era tarde demais, levantara-se da esteira onde estava tomando sol e corria para dentro de casa, nua, deixando à mostra suas belas nádegas bronzeadas. Ainda permaneci alguns segundos saboreando a imagem antes de correr de volta para casa: a imagem da primeira mulher nua que eu via em minha curta vida. Quando voltei a encontrar dona Cláudia, após uma semana, ela me estendeu seu caloroso sorriso como se nada tivesse acontecido, e depois de um tempo eu cheguei a esquecer aquele episódio. Naquele momento, contudo, enquanto o manju se dissolvia em minha boca, a imagem vívida e fugaz das nádegas bronzeadas da mãe do meu amigo voltou a me assombrar com uma intensidade perturbadora.

Na primeira fotografia, há três pessoas, todas com roupas claras e leves, num lugar provavelmente fora da cidade, onde é possível ver diversas árvores e um pedaço de serra ao fundo. Parece que alguém acabou de dizer algo engraçado, porque os três sorriem unânimes, não como quem posa para uma foto (o que realmente fazem), mas como quem se diverte genuinamente. Um dos jovens está deitado com a cabeça recostada no colo da moça, que tem a cabeça virada para o outro jovem, que olha para a câmera e parece surpreendido no gesto de levantar o braço direito. Esse jovem alto e magro, para onde convergem tanto o foco da câmera quanto o olhar da moça de chapéu, é uma versão mais bonita e vivaz, mas perfeitamente reconhecível, do Sr. Yasuro.

Na segunda fotografia, o mesmo rapaz que estava deitado no colo da moça ostenta uma pequena barba e já não fita diretamente a câmera. Vestido com uma camisa branca com as mangas arregaçadas, olha com seriedade para algum ponto da mata que se vê no canto esquerdo da imagem. No canto direito, é possível vislumbrar um pedaço de muro branco com uma palavra meio apagada: "Lembrança".

– Reconheço o meu sogro, claro, mas não faço ideia de quem sejam as duas outras pessoas. – A voz de dona Cláudia soava como se ela se sentisse de fato consternada por não poder ajudar. – Se o meu marido estivesse vivo, talvez ele... – mas interrompeu a frase no meio, e só voltou a falar depois de um longo suspiro. – A verdade é que ninguém nunca entendeu Yasuro-san. Mesmo eu só fui entender depois. Depois que ele morreu. Você quer mais refrigerante? Tem certeza? Não são nem dez horas, e já está este calor infernal.

Ela olhou outra vez as fotografias, afastando-as lentamente de si, como se esperasse que alguma partícula de verdade subisse do fundo do tempo ou da memória.

– Era muito bonito Yasuro-san. E este outro rapaz também. Sempre tive um fraco por japoneses. Você sabe, lá em Feira de Santana, onde eu nasci, nunca vi nenhum oriental. Então, quando cheguei aqui, fiquei deslumbrada. Feliz deve ter sido esta moça, com dois rapazes lindos como estes. Você reparou como ela olha para Yasuro-san? Não me admira que Kazue-san tenha queimado todas as outras fotos! Mas tem também a pessoa que tirou a fotografia. Será que era um rapaz ou outra moça?

– Devia ser um fotógrafo profissional. Naquela época, não era tão banal tirar fotos.

– Mas tinha muitos japoneses que mexiam com fotografia.

Havia algo que eu ainda queria esclarecer antes que a nossa conversa tomasse outro rumo.

– A senhora disse que a dona Kazue queimou todas as fotos do Sr. Yasuro?

Ela respirou fundo antes de responder.

– Nunca vou me esquecer daquele dia, por vários motivos. Foi a primeira e única vez que ouvi Yasuro-san levantar a voz. Foi a primeira vez que vi Kazue-san chorar. Foi a última vez que ele falou com ela. Nos anos seguintes, ele agia como se ela não existisse, e foi assim até o dia que ela morreu. Nem mais uma palavra, nem mais um olhar. Naquele dia, quando eu ouvi os gritos de Yasuro-san, achei que Kazue-san estava passando mal ou coisa pior. Eu só entendia uma ou outra palavra de japonês, por isso não percebi na hora o que ele estava dizendo. Corri pro pátio e vi a fumaça escura saindo da caixa. De um lado, o meu sogro estava agitando um pedaço de papel como se fosse uma mariposa com a asa quebrada. Depois eu percebi que era uma fotografia já meio consumida pelo fogo, que ele tentava inutilmente salvar. Do outro lado da caixa em chamas, Kazue-san estava ajoelhada na terra, chorando desconsoladamente. Foi a imagem mais triste que eu já vi nesta casa.

Dona Cláudia se levantou e foi olhar pela janela, como se buscasse no sossego da rua um antídoto para a lembrança que ela acabara de trazer de volta à vida. Mais tarde, quando a tempestade me impediu de sair do hotel, tentei recompor na minha mente aquela cena – contudo, por mais vívida que tivesse sido a narrativa de dona Cláudia, eu não conseguia deixar de ver o Sr. Yasuro e sua esposa como figuras em preto e branco num filme mudo. Por mais que me esforçasse, não conseguia imaginá-lo gritando.

– Eu conheço este lugar. – Ela havia voltado a sentar e me mostrava a fotografia do rapaz com barba. – Está vendo aqui? É a Santa Casa de Iguape. Irmandade Feliz Lembrança. É isso mesmo. Dá pra ver aqui um pedaço do muro.

Aquela informação me entusiasmou. Era uma boa pista para descobrir a identidade do rapaz.

– E a senhora acha que esse hospital ainda guarda os arquivos dos pacientes daquela época?

– Arquivos? Não, meu filho, esse hospital nem existe mais.

Diante do meu perplexo desapontamento, ela explicou:

– Quer dizer: o prédio ainda existe, mas está completamente abandonado. Talvez você encontre algum documento na Secretaria de Saúde de Iguape, mas acho difícil. Acho que o melhor é mostrar essas fotos pra pessoas que viveram naquela época e que conheciam Yasuro-san. Apesar de que... – Uma sombra cruzou o semblante de dona Cláudia. – Meu marido costumava repetir um dito japonês mais ou menos assim: "Há coisas que é melhor deixar aquém das palavras".

– Aquém?

– É. Veja estas fotos, por exemplo. Você tem aqui a imagem de três jovens felizes na plenitude da existência. Por que estragar essa imagem com palavras? Por que trazer de volta à vida coisas que já assentaram no fundo do tempo?

Fiquei um pouco surpreso com aquelas palavras. Era como se uma nuvem tivesse obscurecido subitamente o propósito inicial da mãe de Yazu. De um momento para outro, ela se tornara reticente e enigmática como uma oriental. Ainda confuso com o rumo que a conversa tomava, balbuciei uma resposta:

— Se o Sr. Yasuro guardou essas fotografias, acho que ele queria que elas não se perdessem nem se apagassem.

— Sim, e pela forma como ele reagiu quando Kazue--san queimou as outras fotos, essas lembranças eram algo vital para ele. Mas você não pode se esquecer de ver as coisas também pelo lado dela. Quando acontece algo assim, a mulher é quem sofre mais. E, quando você está dentro do turbilhão, é mais difícil compreender e aceitar o que está acontecendo. Quer dizer: eu mesma demorei muitos anos para compreender que Yasuro-san havia feito a coisa certa. Ele foi corajoso e seguiu o impulso do coração. Mas para muitos isso é uma fraqueza, não uma força. Por isso, muita gente prefere não falar sobre esse assunto, prefere fingir que não existe. Eu mesma só entendi toda a grandeza de Yasuro-san há pouco tempo, alguns meses antes de ele morrer. E nem tive coragem de dizer a ele. A gente é meio besta, sabe? Perde oportunidades importantes por timidez, vergonha. Negligência. Depois, quando vai ver, já é tarde. Kazue--san ficou arrasada depois que ele parou de falar com ela, e, como a tristeza dela era mais visível (e como eu era mulher), foi a ela que eu dei mais atenção. E eu ainda entendo o que ela fez. Não acho correto, é claro, mas entendo. Pra ela foi muito difícil. Mas eu me arrependo de não ter conversado com ele, de não ter dito quanto eu o admirava por tudo. E a oportunidade passou.

Levei alguns minutos antes de perceber que ela já não diria mais nada sobre aquele assunto. Pelo menos não naquela manhã. Ela se esvaziara como um galão de água que se derrama inteiro, e agora apenas me observava. O silêncio que tinha se formado entre nós não era incômodo nem constrangedor, e senti que eu poderia permanecer por várias horas ali, à sombra daquelas palavras. Porém, depois de observar por mais alguns segundos as duas fotografias dispostas lado a lado na mesinha de centro, levantei-me e disse simplesmente:

– Muito obrigado, dona Cláudia.

Ela não insistiu para que eu ficasse, mas fez com que eu prometesse visitá-la outra vez antes de ir embora da cidade.

– Talvez a gente se veja amanhã, no Tooro Nagashi.

– Sim, nós dois temos nossos mortos para honrar.

Sozinho, apoiado num pedaço incerto de madeira, volto ao lugar onde vivi a melhor parte da minha vida. Através das paredes caídas, lagartos e formigas tomaram posse dos cômodos. Quase seco, o córrego é um filete de água barrenta. As trepadeiras de outono apagam o caminho. A janela que se abria para a lua se abre para uma teia de aranha. O pó e o musgo recobrem o chão. No meu quarto derruído, um grilo frio reclama. Hesitante entre partir e ficar, contemplo a minha sombra desamparada que se espraia sobre o mato seco.

Que idade tenho dentro do sonho? Em certas ocasiões, sinto efetivamente que sou outra vez o jovem de 21 anos que está deitado com você no quarto dos amantes ou no terraço da casa das pedras. Tudo está ali: a sua respiração ruidosa, os seus cabelos apoiados no meu peito, o murmúrio do córrego, as suas pernas estendidas como dois desafios, as estrelas límpidas, a noite infinita. Acordo, e ainda me sinto feliz e pleno. Estou como aqueles muros onde o sol bateu durante todo o dia: a noite chegou de repente, mas eles ainda guardam o calor em sua superfície.

Às vezes, porém, a consciência do tempo que passou se infiltra entre as imagens felizes, e então passado e presente se confundem: estou de mãos dadas com você e tenho de encarar o olhar gelado do meu filho – não a criança indócil que poderia ter convivido com você caso as circunstâncias fossem outras, mas o adulto estúpido em que ele se transformou depois que sua inteligência se desenvolveu. Ou então estou jogando beisebol, e é minha nora quem vem me dar o recado de que hoje não vou poder ir à casa das pedras, porque vocês têm uma visita.

O fato é que escrever estas notas é como abrir uma porta que estava há muito tempo trancada. Lembranças soterradas pelos anos de repente ressurgem, nítidas e concretas, como se estivessem à espera apenas de um sopro para regressarem à vida. É estranho pensar que sem mim elas simplesmente não existiriam. Parecem tão íntegras, tão vivas, tão independentes das vicissitudes da minha memória e, no entanto, só existem enquanto eu as evoco. Se não as aponto aqui, se perderão irremediavelmente.

Coisas que chegam e partem segundo sua própria vontade, sem consultar nossa opinião: gatos, tempestades, lembranças.

A lembrança que me visita nesta manhã é de nove anos atrás. Minha neta está entusiasmadíssima com a possibilidade de visitar o Japão, e tenta contagiar toda a família com a ideia. Ela já conheceu mais de vinte países, a maioria na Europa, e já esteve em Tóquio uma vez, mas segundo ela a viagem foi rápida demais, mal deu para aproveitar. Os planos agora são mais ambiciosos: viajar com o marido, a mãe e os avós (o pai está ocupado demais com o trabalho, ou essa é a sua desculpa para se ver livre da família por vinte dias) e conhecer a cidade natal dos bisavós. Passaremos cinco dias em Tóquio e depois seguiremos de trem até Osaka, onde ficaremos mais cinco dias. Finalmente, iremos a Nagano e Onomichi, onde a Mãe viveu a primeira metade da sua curta vida.

Não recebo a ideia com muito entusiasmo, mas tampouco faço objeções. Como tantas outras vezes, espero que o tempo se encarregue de arrefecer entusiasmos, frustrar planejamentos, adiar indefinidamente a concretização dos planos. Kazue, ao contrário, expõe imediatamente suas ressalvas: a viagem custará uma fortuna, eu e ela estamos velhos demais para passar mais de vinte horas num avião, ninguém tem roupas adequadas para o clima do Japão... Minha neta passa as semanas seguintes refutando um a um dos argumentos da avó, e aos poucos Kazue se deixa convencer, como se fosse uma gueixa barganhando por um pagamento maior.

    Sem que me dê conta, o tempo acelera e de repente me vejo no Aeroporto Internacional de Guarulhos, na fila preferencial de check-in. É só nesse momento que anuncio à família a minha decisão de não viajar. Minha neta sorri nervosamente para o marido, que ergue os ombros num sobressalto. Kazue me fita com ódio. É minha nora quem quebra o silêncio: "Mas Yasuro-san, a passagem já está comprada, os hotéis estão reservados...". Entendo suas palavras, quero responder em português, mas só consigo murmurar minha recusa em japonês: 不可能 – é impossível.

    Compreendo que aos olhos de todos sou apenas um velho turrão que está estragando seus projetos longamente acalentados, porém como poderia lhes explicar que aquela viagem não faz sentido, que regressar à cidade da minha mãe é impossível, porque a cidade da minha mãe morreu antes mesmo dela, que cinquenta anos antes já era impossível regressar, porque a pátria é uma mentira – ou, na melhor das hipóteses, um sonho que só existe no fundo falso da memória?

    "Não adianta", sentencia Kazue, "ele sempre foi desse jeito. Se tem um capricho, vai até o fim, doa a quem doer." Eu olho para ela sem entender completamente suas palavras. "Foi assim quando ele decidiu morar com aquela mulher." Ela se *vira para o filho, que me olha com um ódio muito mais gelado que o dela. "Você tinha quatro anos, e ele foi embora de casa." Por que isso agora?, eu me pergunto, mas não sei dizer se abro a boca ou se só respondo mentalmente às frases de Kazue. "Ela precisava de mim... Foi isso que ele teve a coragem de me dizer para se justificar. Como se eu, a esposa com um filho de quatro anos, não precisasse dele!" O que eu poderia dizer? Ela precisava de mim... e eu dela.*

Kazue continua a falar – ora em português, ora em japonês – no saguão do aeroporto; no banheiro dos homens, onde eu tento inutilmente me refugiar e aonde ela me segue, injuriada; no carro do meu filho, durante todo o interminável caminho de volta a Registro. Porque ela decide desistir também da viagem e voltar comigo para a cidade – para se vingar, para tentar me incutir algum tipo de culpa ou remorso, para terminar o discurso que estava engasgado em sua garganta há mais de cinquenta anos.

Ela dispara muitas outras frases que a minha memória não fixará. Por mais que eu tente recordar aquela malfadada manhã (não por prazer, mas para tentar reconstituir com a maior exatidão possível o longo discurso de Kazue), o que ficou foram algumas poucas palavras e as imagens do chão brilhante do banheiro do aeroporto e da estrada em movimento para onde eu olhava enquanto ela falava sem conseguir se deter. O chão branco e a estrada preta, como peças supérfluas numa partida de Go cujo resultado já se conhece de antemão.

Outra imagem fixada na minha memória é a do rosto do meu filho, contorcido numa careta de recriminação. Imagino (talvez injustamente) sua alegria no trajeto de ida, quando ele ainda sonha com os dias livres longe da família numerosa e incumbente, em contraste com a raiva surda da volta, quando é obrigado a se conformar com a presença incômoda dos pais senis. Terá de fazer vários telefonemas explicando a nova situação para a amante ou para os amigos com quem talvez combinou se divertir naquela mesma tarde de sábado – ou a amante e os amigos só existem em minha imaginação, e o ódio com que ele me fita às vezes, distraindo-se perigosamente em plena Marginal Tietê, é só o ódio retrospectivo da criança abandonada com a mãe aos quatro anos?

O fato é que em algum momento do trajeto, quando o carro já ganhou velocidade e há maior distância entre os veículos, e parece mais seguro virar a cabeça para trás para me lançar palavras injuriosas, ele se junta à mãe na enumeração viciosa dos meus recorrentes caprichos. Não me lembro do teor de suas queixas. Pelo que conheço do meu filho, por sua característica ausência de originalidade, só posso imaginar que são variações mais ou menos desbotadas das mesmas palavras ditas por Kazue. Talvez haja um ou outro exemplo particular, porém a mensagem é previsível: sou um caprichoso egoísta que jamais pensou nas outras pessoas.

Deixo que ele fale à vontade, pelo menos durante quinze ou vinte minutos. Como a mãe, ele não despeja tudo de uma só vez; tem um arroubo, depois para, como se precisasse se recuperar; o carro é então invadido por um silêncio pesado, cheio de ecos; contudo, antes que o silêncio se estabilize, vem um novo arroubo e uma nova série de palavras rancorosas. Meu propósito é deixar que os dois se desafoguem à vontade, enquanto me concentro nas pequenas ondulações da estrada, em suas irregularidades, nas bitucas de cigarro que vislumbro fatalmente a cada quinhentos metros. No entanto, chega o momento em que me canso daquilo e digo simplesmente: "Basta".

    Não grito – ou pelo menos não me lembro de ter gritado. Digo a palavra com firmeza, no exato momento em que meu filho vira a cabeça em minha direção e se prepara para um novo arroubo. O resultado é surpreendente. Aquela única palavra, dita num tom imperioso, porém controlado, é suficiente para que ele se cale imediatamente. Kazue tampouco ousará abrir a boca em todo o resto da viagem. O velho frágil e alquebrado que eu já sou naquela época se impõe absurdamente sobre um homem dez vezes mais vigoroso – e provavelmente dez vezes mais convicto de suas razões. E quando o silêncio enfim se estabiliza e se prolonga dentro do carro, eu me lembro do homem que me criou.

    Ou é só agora que as duas lembranças se entrelaçam e se confundem? O fato é que me vejo numa situação similar à dele: sou paradoxalmente desprezado e respeitado. A Mãe o odiava com fervor; no entanto, a cada refeição, reservava para ele o primeiro prato. Ainda criança, eu me perguntava sobre a lógica daquele comportamento aparentemente disparatado. Nas ocasiões em que saíamos juntos, ele seguia à frente; ela ia atrás, de cabeça baixa. Quando enfim passamos a dispor de um ofurô, ele era sempre o primeiro a entrar na água tépida. Uma única vez, quando já estava doente, ela aceitou tomar banho antes dele; no entanto, logo se mostrou arrependida e nunca mais quis repetir a ousadia.

    Quando voltei para casa depois de ter morado seis dias com outra mulher, Kazue não proferiu uma única palavra de recriminação. Pegou outro prato no armário, colocou-o na mesa e foi preparar o jantar. Não se limitou a servir o que já estava pronto para ela e para o filho; eu era o marido, e merecia algo melhor do que a sopa simples e rala que eles dividiam. Pensei em detê-la, cheguei a abrir a boca para dizer que a sopa era suficiente para mim; no entanto, as palavras simplesmente não atravessaram o limiar dos meus lábios.

Ao me lembrar de situações como essas, sinto-me estranhamente próximo do homem a quem nunca consegui chamar de Pai. Nunca saberei ao certo o que ele sentia em relação a mim e à Mãe. Afeto? Raiva? Indiferença? Nós três nos resignamos a certa forma de nos comportarmos quando estávamos juntos, como se fôssemos atores desempenhando papéis que alguém houvesse designado previamente. Na minha primeira família, eu era jovem demais para entender o que se passava naquele espaço exíguo; cumpria o que achava que devia cumprir, sem saber ao certo o que crescia na escuridão do meu peito. Depois, estava ocupado demais pensando em você, e simplesmente não era capaz de dar atenção a Kazue e à criança que me fitava com olhos obstinados.

Era isso que aquele homem sentia ao olhar para mim? Desconcerto? Raiva? Vergonha? Ele não havia abandonado a Mãe, mas a corrente de sentimentos obscuros que fluía entre os dois, reprimida pela presença incômoda de uma criança, era tão intensa e irracional quanto a que corria entre mim e Kazue naqueles dias. Só agora, quando escrevo estas palavras, vejo-o de forma mais equilibrada: ele é apenas um homem enredado em seus equívocos, como eu e meu filho quando nos sentamos frente a frente na mesa e mastigamos nosso silêncio unânime.

Mais tarde, quando voltei a encontrá-lo, ele foi afetuoso e me tratou como um velho companheiro de juventude – não como um filho, mas ainda assim com afeto. Todavia, eu e ele já éramos outros; cada um estava envolvido em sua própria história, iludido por imagens enganosas.

"Prefiro ser odiada a ser amada comedidamente. Antes morrer do que ser relegada à segunda ou à terceira posição no coração de quem amo." A frase, recitada mais de uma vez com o fervor de uma prece, definia a personalidade da Mãe. Na perplexidade da minha inexperiência, eu me indagava a que coração ela poderia estar se referindo. Ao meu? Ao do homem a quem ela parecia desprezar? Ao meu Pai verdadeiro, cada vez mais distante e rarefeito? Jurava a mim mesmo que jamais a relegaria à segunda ou à terceira posição no meu amor, e cumpri rigorosamente minha promessa – pelo menos enquanto ela viveu.

É claro que aquilo não dependia da minha vontade. Se você tivesse chegado antes, eu provavelmente teria abandonado a Mãe com a mesma rapidez com que abandonei Kazue. Ou só penso assim agora porque conheço o desenrolar dos fatos? E se a verdade fosse outra? Se eu estivesse atado ao encantamento dela quando me casei – e por isso não tivesse sido capaz de amar a minha esposa – e só tivesse me sentido livre para amar depois que a Mãe estava morta?

Meu destino teria sido diferente se ela tivesse morrido antes de eu me casar com Kazue ou depois de eu ter conhecido você? De repente percebo que voltei a remoer a máquina dos "ses". É inútil me dedicar a elucubrações como essas. Se as coisas tivessem acontecido de outra forma, haveria outros remorsos, outras penas, outros "ses". O fato é que você surgiu no momento em que a Mãe desapareceu da minha vida – no momento em que a minha vida parecia ter perdido todo o significado. Você salvou a minha vida. Ou melhor: me impediu de morrer – o que definitivamente não é a mesma coisa. Às vezes eu acho até que é o contrário: você me impediu de morrer – e com isso arruinou definitivamente a minha vida. Contudo, não é sobre você que quero escrever hoje. É sobre a Mãe. Nos últimos tempos, é cada vez mais comum que eu queira pensar em uma coisa e acabe pensando em outra. Gostaria de contar com alguma ordem os fatos da minha vida, porém a memória parece ter as próprias vontades e me faz desviar por incontáveis caminhos. É difícil seguir em linha reta. Talvez, depois de escrever tudo o que me vem à mente, eu possa reordenar os fatos de maneira mais lógica e sensata. Atar os fios soltos. Eliminar as repetições.

    A Mãe se empenhava em ser amada e odiada – não apenas por mim ou pelo homem que me criou, mas por todo o universo. "O coração de quem amo" era o coração do mundo, e, a cada vez que o mundo a relegava à segunda ou à terceira posição, ela se agastava e declarava guerra à própria vida. Claro que só percebi isso à medida que crescia e ia conhecendo-a. No início, seus arroubos eram incompreensíveis. Ela estourava a toda hora e por qualquer motivo.
    Se o marido quebrava um prato, ela se punha a falar da Coreia e da Manchúria – "esses, sim, destinos razoáveis, próximos das terras dos ancestrais". Se eu pronunciava uma pequena frase em português, ela ficava ofendida pelo resto da semana. Se uma vizinha elogiava a Companhia Ultramarina de Desenvolvimento, ela gritava que "os italianos fazem greve, protestam, reclamam, mas os japoneses aceitam tudo. Só abaixam a cabeça e trabalham da manhã até a noite. Foi por

isso que estimularam a nossa vinda: porque somos mão de obra dócil e barata". Porém, se alguém elogiasse os italianos na frente dela, era imediatamente tachado de "traidor da pátria". Não era de espantar que ela não tivesse nenhuma amiga na colônia.

Nós dois sabíamos como nos proteger de seus arroubos. Aprendemos com a experiência que era inútil querer se opor, levantar objeções ou mesmo tentar apaziguá-la. Tentávamos ficar invisíveis, evitávamos olhar diretamente para ela, nos apagávamos e esperávamos até o fogo se extinguir por si mesmo. Não durava muito: quinze ou vinte minutos depois, ela já estava de bom humor, e não eram raros os dias que começavam com gritos ferozes e terminavam com gemidos sussurrados do outro lado da fina parede que separava o meu quarto do dela.

Não sei quais eram os termos exatos do acordo tácito que ela havia estabelecido com o marido. Talvez nem mesmo eles soubessem. De uma forma ou de outra, a despeito das brigas quase diárias, das palavras amargas e dos olhares desdenhosos, os dois se toleraram e se torturaram mutuamente ao longo de vinte anos. "Um intelectual tendo que trabalhar na roça, num terreno que é uma verdadeira armadilha, morando numa cabana com chão de terra, tendo de comer com as mãos!", ela repetia pela vigésima vez, muito depois de termos trocado a cabana por uma casa com dois quartos, como se a afronta fosse uma brasa que nunca se extinguia completamente. Apesar de tudo, ela continuava a considerá-lo "um intelectual", e talvez odiasse mais o mundo que rebaixava o marido do que propriamente o homem que a havia trazido para tão longe do país dos seus sonhos.

A personalidade de Kazue era completamente distinta. Se ela tinha arroubos de ira ou desespero, guardava-os para si. Não se dava ao direito de desafogar as mágoas, exceto em raríssimas ocasiões. Aceitava os golpes do destino com resignação e paciência, como se desde o nascimento não tivesse esperado nada da vida além de tristezas e tribulações. Estou certo de que se casou comigo como teria se casado com qualquer outro; se era isso que os pais queriam, quem era ela para contestar? Contudo, também estou certo de que me amou com todo o afeto de que era capaz.

Mesmo quando as mágoas acumuladas ao longo de vários anos enfim transbordavam e alteravam a superfície serena dos seus gestos contidos e previsíveis, ela nunca se dirigia diretamente à fonte de sua insatisfação. Ao contrário da Mãe, que buscava sofregamente um inimigo em quem descarregar sua fúria, Kazue deslocava obliquamente sua mágoa para um alvo lateral, como se temesse o ímpeto dos sentimentos represados. Assim, naquela manhã no aeroporto (e depois no carro), nunca se dirigiu diretamente a mim; queixou-se dos meus incorrigíveis caprichos, primeiro à neta, depois a uma desconhecida, e finalmente ao filho, falando de mim como se eu não estivesse presente.

A princípio, achei que se tratasse de uma estratégia utilizada para me punir, como se eu não fosse digno de sua atenção. Entretanto, pensando mais a fundo sobre aquilo e observando a maneira como seu corpo tremia, concluí que ela tinha medo de me encarar diretamente – não porque temesse alguma reação violenta de minha parte, mas porque temia perder o controle sobre si mesma caso me olhasse nos olhos.

Talvez por esse mesmo motivo ela também tenha agido obliquamente quando cometeu a ação mais atroz de *sua modesta e honrada existência. Incapaz de me golpear diretamente (ou de matar quem já estava morto), Kazue voltou seu ódio acumulado ao longo de quase seis décadas a uma inocente caixa de papelão. Eu, que cometi crueldades muito piores com pessoas de carne e osso, nunca a perdoei por aquela covardia.*

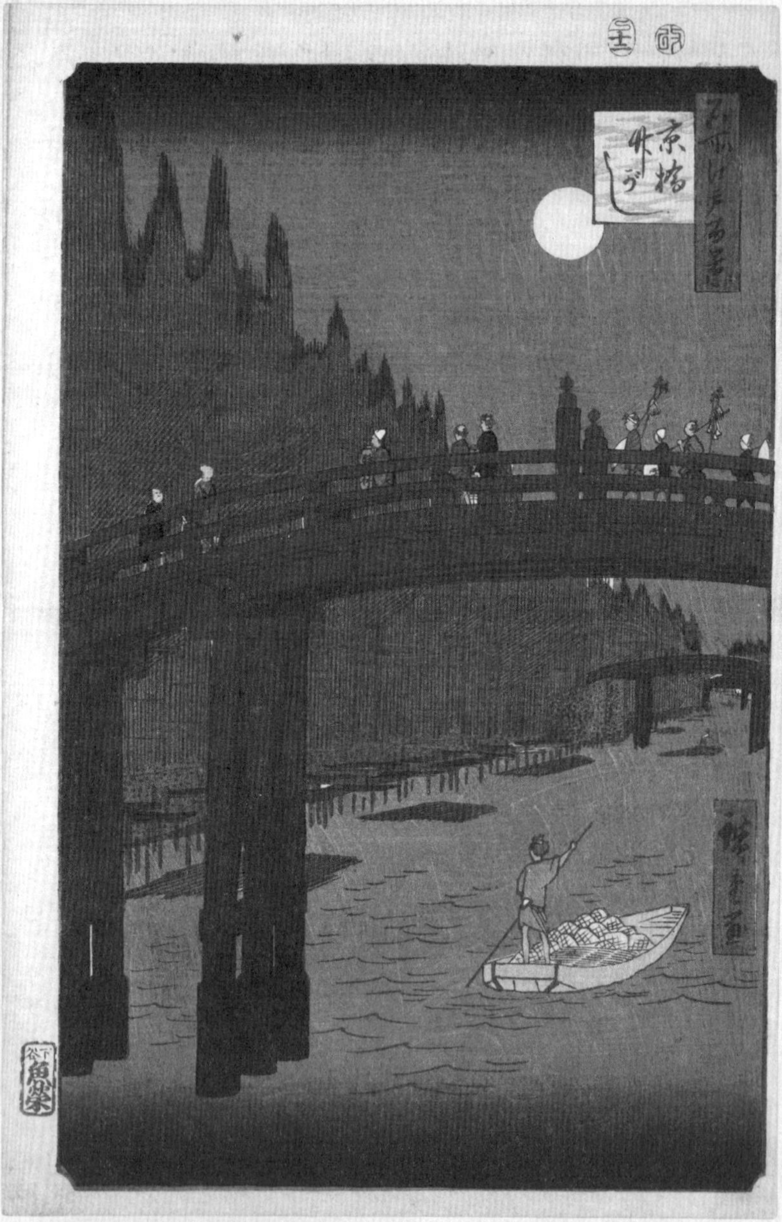
名所江戸百景
京橋竹がし
廣重画

As luzes flutuantes

Ainda não havia anoitecido completamente quando os primeiros barquinhos iluminados surgiram do outro lado do rio. Senti uma alegria quase infantil ao apontá-los para Midori no lusco-fusco em que os reflexos das nuvens e das árvores se confundiam nas águas sossegadas. A chuva da véspera deixara o ar mais límpido e tornava possível distinguir com clareza, apesar da distância, a luz do primeiro barco, amarela e cálida, da do segundo, ligeiramente rósea. Ou a diferença entre as luzes era efeito do reflexo das nuvens no céu?

O lençol que Midori tirara da bolsa e estendera sobre o capim não me impedia de sentir a umidade da terra subindo assiduamente pelas minhas costas; mas era uma sensação agradável, que amenizava o calor acumulado durante a tarde. Permanecemos alguns minutos em silêncio, observando como as lanternas iam lentamente se espalhando pela superfície das águas à medida que a noite caía, produzindo um efeito que lembrava o de uma dança sutil e ritualística.

— É bonito.

Aquelas palavras supérfluas e de certo modo deslocadas, que não eram suficientes para descrever o efeito das luzes flutuantes sobre nós, mas serviam para nos reaproximar, como se quebrassem as finas bolhas de silêncio que haviam se formado ao redor dos nossos corpos, pareceram-me abrir o espaço necessário para que eu pudesse formular em voz alta a pergunta que há algum tempo me inquietava:

— O que alguém como você faz em Registro?

— Alguém como eu? — Ela não tirou os olhos do rio, mas um leve sorriso se desenhou no seu semblante agudo.

– Sim, uma pessoa que com 22 anos já tem um diploma da Universidade de Tóquio e toca taiko daquele jeito...

Ela enfim virou o rosto em minha direção, mas o corpo continuou voltado para as águas.

– Você está zombando de mim?

– De jeito nenhum. É que você estava concentrada em tocar e dançar, por isso não pôde prestar atenção na plateia. Mas eu vi como as pessoas ficaram hipnotizadas com os seus movimentos.

– Eu sou só uma amadora.

Apesar da escuridão, era muito agradável observar a silhueta de Midori emoldurada pelas águas do Rio Ribeira.

– Você aprendeu a tocar aqui ou no Japão?

– Esse grupo que tocou comigo... Eles são de São Paulo, mas já fizeram vários estágios no Japão. Quando eu soube que eles viriam fazer uma apresentação aqui, entrei em contato e pedi para participar também. No começo, eles ficaram um pouco ressabiados porque, você sabe, o taiko é uma arte coletiva. Mas aí eu passei uma semana treinando lá com eles e eles acharam que podia dar certo.

– Uma semana? – Era difícil conter meu entusiasmo ao constatar a maneira despretensiosa como ela falava sobre si mesma. – É isso que eu estou dizendo.

– Depois eu treinei bastante sozinha.

– Mas por que aqui? Com o seu talento, você poderia estar em qualquer lugar do mundo.

Ela voltou a sorrir para si mesma (ou era para os barcos luminosos?) antes de falar.

– Eu poderia lhe fazer a mesma pergunta. Porque você poderia ter levado aquelas folhas para um tradutor de

Campinas ou de São Paulo, mas você as trouxe até Registro. Até as minhas mãos.

Ela lançava cada frase com calculada lentidão, como se seguisse o ritmo das lanternas deslizando pelo morro antes de chegar ao rio. Não havia censura em sua voz, o que me fez responder desprevenidamente, como quem pensa em voz alta.

– Eu tinha outras coisas para resolver aqui além da tradução. Quer dizer: ainda tenho. Achei que estando aqui seria mais fácil entender o que o Sr. Yasuro escreveu. Achei também que uma pessoa da cidade talvez compreendesse melhor o contexto em que ele escreveu... – A intimidade propiciada pela escuridão fez com que eu confessasse algo que talvez não dissesse se nós dois estivéssemos frente a frente num lugar iluminado. – Não imaginei que a tradutora seria tão jovem!

– Sua primeira opção era Kazuoki-san.

– Fazia 21 anos que eu não voltava à cidade, por isso não tinha ideia de quem poderia traduzir o texto. Mas a princípio eu achei que alguém da mesma geração do Sr. Yasuro poderia entender melhor as possíveis referências do texto. Só que agora, depois que eu vi você tocando taiko, tenho certeza de que não poderia ter encontrado uma pessoa mais adequada para esse trabalho.

Depois de me fitar com atenção, como se verificasse cuidadosamente se havia algum tipo de ironia em minhas palavras, Midori disse:

– Por conta dos ensaios para o Tooro Nagashi, eu ainda não tive tempo de me dedicar à tradução, mas já vi que não vai ser uma tarefa simples. O texto mistura passagens em japonês moderno com trechos escritos numa linguagem muito antiga, de cerca de mil anos atrás. Talvez eu demore mais de vinte dias.

Em poucos minutos, o rio estava coalhado de lanternas com diversas tonalidades entre o amarelo e o vermelho. À medida que a noite avançava, o brilho dos barquinhos gradualmente se intensificava, fazendo com que a cada minuto a paisagem se tornasse ligeiramente distinta.

– Mas você acabou não respondendo a minha pergunta. O que alguém como você faz nesta cidade?

Um pouco abaixo de nós, bem perto da margem, um cavalo marrom desbotado pastava de costas para o rio, indiferente ao jogo de luzes e sombras que dançavam sobre a face das águas. Midori olhou afetuosamente para ele antes de se virar em minha direção e dizer em voz baixa, quase num sussurro:

– Eu voltei a Registro para morrer.

Quando cheguei à Praça Beira Rio, ainda havia diversas cadeiras vazias diante do palco onde um grupo de estudantes apresentava uma desajeitada coreografia. Depois que as crianças saíram sob os aplausos entusiasmados de pais e avós, o grupo de taiko começou a preparar seus instrumentos – e tive uma grande surpresa ao notar entre os quatro rapazes musculosos a figura esguia de Midori. Minha surpresa foi ainda maior quando eles começaram a tocar. Ao contrário do que eu imaginara ao vê-los subir ao palco, foi uma apresentação vibrante e inventiva, em que a coordenação entre o ritmo dos tambores e os movimentos coreográficos dos artistas tinha um efeito quase hipnótico sobre a plateia.

Eu não conseguia tirar os olhos da jovem de cabelos azuis e olhos esquivos, que se destacava do grupo não apenas pelo contraste entre o seu corpo aparentemente frágil e as figuras corpulentas dos seus companheiros, mas também pela forma quase elástica com que ela desempenhava seus movimentos. A partir de certo momento, era como se o tambor fosse uma parte do corpo de Midori – não uma parte acessória ou secundária, mas o centro vivo e pulsante de sua incandescente coreografia.

Fazendo as contas mais tarde, constatei que a apresentação não deve ter durado mais do que quarenta ou cinquenta minutos. Contudo, a sensação de que eu presenciara um acontecimento decisivo persistiu por muito tempo em minha memória, e ainda hoje, quando me recordo do Tooro Nagashi de Registro, as imagens silenciosas das luzes flutuantes observadas da margem do Rio Ribeira se misturam ineludivelmente à imagem sonora de Midori se movendo vividamente no palco, como uma chama trêmula e vigorosa, ao ritmo encantatório dos tambores.

Depois de tentar inutilmente captar o seu olhar durante a apresentação (em alguns momentos, ela olhava para a plateia, mas não parecia diferenciar os espectadores; olhava-nos como quem fita as ondas do mar, avaliando-as como um grupo coeso e abstrato, não como indivíduos), fui me juntar aos parentes e amigos que cumprimentavam os artistas ao lado do palco depois do espetáculo. Ela sorria e inclinava repetidamente a cabeça – com o gesto característico de quem agradece um elogio imerecido – para um grupo de senhores que faziam comentários entusiasmados em japonês, mas parecia distraída como um pássaro prestes a voar.

Quando chegou enfim a minha vez de falar com ela, não consegui pensar em palavras que fizessem jus à originalidade da apresentação. Murmurei um adjetivo vazio e não consegui dizer mais nada, e me senti decepcionado quando, alguns segundos depois, ela começou a conversar entusiasticamente com um rapaz que parecia ter todas as palavras no lugar e tecia comentários brilhantes sobre a diferença de som entre os tambores feitos com pele de vaca e os confeccionados com pele de cervo. Afastei-me a passos lentos, com a esperança de que ela me chamasse, mas só algumas horas mais tarde, depois que eu comi um saboroso yakisoba com bacon numa das inúmeras barraquinhas que se alinhavam na praça e, seguindo o exemplo de outros visitantes, levei uma cadeira de plástico até a beira do rio e me conformei a passar as horas seguintes ali, à espera dos barquinhos flutuantes, meu telefone tocou.

— A vista daqui não é bem melhor? E este silêncio...
Ela havia tirado o quimono da apresentação de taiko e agora usava uma calça jeans e uma camiseta com um rasgo estratégico que deixava à mostra o piercing e a feérica libélula tatuada em sua barriga. Tinha tirado os tênis assim que encontrou um bom lugar para nos sentarmos. Depois de me dar tempo suficiente para apreciar o sossego do barranco às margens do rio, ela continuou:
— Eu tenho dificuldade com códigos. — Por um instante, imagens de vagos ideogramas orientais flutuaram na minha imaginação. — Já tive vários problemas com outros caras, por isso quero deixar bem claro que o fato de eu ter te convidado pra vir olhar as luzes aqui comigo não significa

que vá rolar alguma coisa entre nós. Talvez isso nem tenha passado pela sua cabeça. – Senti meu rosto arder na escuridão, porque era óbvio que ela sabia que aquilo tinha passado pela minha cabeça. Cheguei até a pensar que o ardor do meu rosto poderia ofuscar o brilho das lanternas, contudo (não sei se por se sentir mais à vontade para proferir sua mensagem daquela maneira ou se por autêntico interesse na coreografia dos barquinhos) ela mantinha os olhos fixos na água. – Mas, de qualquer forma, acho melhor não alimentar falsas expectativas. No começo, eu achei que tinha a ver com o fato de eu ser japonesa pros brasileiros e brasileira pros japoneses. Uma vez (isso foi em Tóquio) um cara pediu pra olhar os meus pés, e eu não vi nenhum problema nisso. Tirei os sapatos na hora e deixei ele ficar olhando durante vários minutos, de diferentes ângulos. A verdade é que eu odeio usar sapatos e sempre me sinto melhor quando fico descalça, então ele deve ter confundido minha expressão de prazer com uma provocação erótica ou algo parecido. Achei divertida aquela situação no começo, depois comecei a me entediar e calcei outra vez os sapatos para ir embora. Mas ele achou que aquilo era um acordo tácito, um código para outra coisa, e colocou a mão na minha perna. Quando eu me contraí e deixei claro que não ia rolar nada, ele ficou surpreso e decepcionado, como se fosse óbvio que uma menina que deixa os pés serem tocados livremente pelo olhar de um cara também vai deixar o resto do corpo ser tocado à vontade pelas mãos dele. Isso aconteceu quando eu tinha quinze anos, então achei que podia ser culpa da minha imaturidade ou do fato de eu não dominar os códigos sociais japoneses. Mas voltou a acontecer um monte de vezes. Na época em que eu estava obcecada por hamsters (daqui a pouco vou te contar o significado das minhas obsessões), eu me encontrava todos os dias com um cara pra falar sobre os nossos bichinhos, e a gente passava horas (sem exagero: horas mesmo) debatendo sobre o comportamento, a alimentação e até os hábitos evacuatórios das nossas mascotes. A gente era pior do que pais de primeira viagem. Até o dia em que o meu hamster morreu e eu não tinha mais nada pra conversar com ele. Lembro que era inverno (um daqueles invernos inclementes de Tóquio) e ele ficava me ligando o dia inteiro, contando coisas sobre a família dele e os estudos, e eu só queria falar sobre o meu hamster morto (desconfio que o aquecimento do meu apartamento não foi suficiente e ele morreu de frio), até que um dia quem me ligou foi a mãe dele, que disse que o filho estava muito triste, ameaçando se matar porque a namorada já não ligava pra ele, e eu ingenuamente disse que nem imaginava que ele tinha namorada, e ela disse pra eu não ser cínica, porque ela sabia que a namorada dele era eu.

Um casal de adolescentes passou à nossa frente, cada um com um celular colocado como um filtro entre o rosto e o rio.

– Oi, Flávia! – os dois disseram quase ao mesmo tempo, antes de se sentarem alguns metros à direita de nós.

Midori acenou em silêncio.

– Durante algum tempo, eu achei que podia ser isso. Isso de ser Flávia pra uns e Midori pra outros...

– A maior parte dos meus antigos colegas de escola tinha dois nomes: um brasileiro e um japonês.

Foi como se eu jogasse uma pedra na superfície de um lago. O rosto dela se turvou por um instante, depois voltou a ficar sereno.

– É mesmo? Deve ser uma coisa de geração. Hoje em dia é mais raro. Pelo menos aqui. De qualquer forma, não era por isso que eu me sentia estrangeira tanto em Registro quanto em Tóquio. Os quatro namorados que eu tive me disseram em algum momento que eu era estranha ou esquisita. Um se queixou da minha frieza japonesa; outro reclamou da minha imprevisibilidade brasileira. Quando eu fui a Kyoto, me interessei mais pelas relojoarias antigas do que pelas cerejeiras em flor. Eu ia às festas e ficava dançando sozinha, até o momento que a música me irritava e eu me via obrigada a ir embora correndo. Eu era capaz de passar uma tarde inteira conversando com um desconhecido sobre um assunto que me interessasse, e no dia seguinte eu reencontrava aquela mesma pessoa e nem a reconhecia, porque não tinha prestado atenção no rosto dela. E eu sempre me espantava com o fato de os outros não serem como eu. Só quando completei 21 anos percebi, ou aceitei de uma vez por todas, que eu funcionava de um jeito diferente das outras pessoas. Durante os meus primeiros meses de vida, fiquei conhecida na família como o bebê que nunca chorava. Só comecei a falar aos cinco anos, não porque não tivesse aprendido a língua, mas porque preferia me comunicar por escrito. Eu deixava bilhetinhos e desenhos espalhados pela casa inteira. Meus pais sempre foram tranquilos e não me pressionavam, mas, quando eu comecei a frequentar a escola, os mal-entendidos começaram a se acumular. Eu era ótima nas aulas de ginástica e péssima nos esportes coletivos; tirava notas altas em comunicação oral, mas minha linguagem excessivamente formal me distanciava dos outros alunos. Não entendia os códigos de azaração e não dava atenção às correntes subterrâneas de fofocas, intrigas e alianças secretas entre os meus colegas. Logo me isolaram, depois quiseram me transformar na palhaça da classe, mas nem isso funcionou, porque eu não dava atenção às brincadeiras e aos apelidos. Ou fingia tão bem que eles acreditavam e me deixavam em paz. O que me salvava (o que sempre me salvou) eram as minhas obsessões. Bastava eu descobrir uma coisa à qual me dedicar, e todo o resto perdia a importância. Podia ser uma lista com as bandeiras e as capitais de todos os países do mundo, ou então a maneira como os relógios de corda funcionavam, ou ainda um herói de mangá: a partir do momento em que eu me concentrava em algum assunto, não descansava enquanto não soubesse tudo sobre ele, enquanto não o esgotasse, e aquilo se tornava o centro do meu mundo.

Ela parou de falar subitamente, como se tivesse levado um susto. Virou-se para o meu lado, como para se certificar de que eu ainda estava ali, depois pareceu se tranquilizar e voltou a olhar para as lanternas.

— Essa capacidade de me concentrar numa única coisa de cada vez, de *não me distrair nunca*, como disse certa vez um professor (não sei ao certo se me criticando ou elogiando), foi o que fez com que eu aprendesse taiko tão rápido ou me tornasse a melhor aluna da turma no curso de japonês na Universidade de Tóquio, ao mesmo tempo que me propiciava a pecha de esquisitona. O fato de a maior parte dos homens me considerar bonita ou atraente só tornava as coisas piores. Eles se aproximavam com expectativas que eu não podia cumprir, e mesmo os que só queriam sexo logo queriam também outra coisa. Como você sabe, sexo nunca é só sexo. É claro que eu só aprendi isso a duras penas, sofrendo e fazendo sofrer. Aos treze anos eu comecei a beber, porque meio bêbada eu conseguia me forçar a fazer coisas que não faria se estivesse sóbria. Como eu não conseguia fazer nada pela metade, durante algum tempo o álcool foi o centro da minha vida, e eu me dediquei a ele com o ardor e a paixão com que alguns fiéis se dedicam a uma divindade. Teve uma época em que eu conseguia distinguir de olhos fechados oito marcas de saquê. Até que um dia eu acordei morrendo de sede numa casa que eu não fazia ideia de onde ficava, ao lado de um sujeito que eu não fazia ideia de quem era, e, quando saí do quarto branquíssimo e atravessei um corredor insuportavelmente claro (em busca da cozinha ou do banheiro, pra beber um litro de água e vomitar, não necessariamente nessa ordem), vi uma série de retratos de Mussolini, Hitler, Ishihara e Hashimoto e disse pra mim mesma: "Que merda eu estou fazendo num lugar como este?". Então vomitei, bebi um litro de água e saí dali do jeito que eu estava, descalça, com uma camisa de homem e uma calcinha, peguei o primeiro táxi que apareceu. Sorte minha que era verão e era em Tóquio, por isso não congelei nem fui estuprada. Só quando chegamos no meu apartamento eu percebi que tinha esquecido a bolsa naquela casa, mas o taxista esperou pacientemente que eu subisse, trocasse de roupa e pegasse o dinheiro da corrida. Depois disso, eu nunca mais voltei a beber.

O que ficará de mim quando eu morrer? Centenas de esteiras de junco que trancei com minhas próprias mãos e que estão dispersas pelo mundo; um modo de arrumar flores e galhos sobre um vaso que ensinei a duas moças, que o ensinaram a outras vinte pessoas, que o passaram adiante; quatro senryus publicados num jornal cujo último exemplar disponível aos poucos se apaga no fundo de uma biblioteca que ninguém frequenta; um córrego sem nome que continuará a fluir debaixo de um céu ignorado.

O que se perderá comigo? A voz da Mãe, a inflexão particular de quando ela estava me contando algo sobre a sua infância, e que ninguém mais ouviu neste mundo, porque era um segredo só nosso; a sensação das minhas mãos roçando o pelo ralo da barriga de Yoko; o seu sorriso, a pinta nas suas costas (estrela preta num céu claro), o seu jeito único de pronunciar meu nome, a curva da sua omoplata; a memória de cada noite em que bebemos juntos no terraço da casa das pedras; o som dos seus passos se aproximando furtivamente do quarto onde eu fingia que dormia naquela primeira noite; o leve cheiro adocicado um segundo antes de eu descobrir o corpo pendurado numa viga; as minhas humilhações.

A primeira humilhação: tenho oito anos, acabamos de nos mudar da Colônia Katsura para Registro, e é o meu primeiro dia na nova escola. Sou conduzido a uma sala onde todas as crianças estão descalças. Elas olham para os meus sapatos e riem. Tiro os sapatos, e elas riem mais ainda. O professor chega e começa a falar em português. Quando ele me faz uma pergunta, fico paralisado, não consigo abrir a boca, e por algum motivo isso o deixa tremendamente irritado. Ele me olha com raiva, como se o meu silêncio o ofendesse. Sinto meu corpo tremer, mas não posso fazer nada, senão olhar para o chão onde deixei meus sapatos. O professor grita uma ordem incompreensível, depois coloca as mãos pesadas nos meus ombros e me sacode. As crianças voltam a rir, e então eu já não consigo me segurar: sinto o líquido quente escorrendo pela minha perna, empapando minhas calças novas, descendo até meus pés descalços e trêmulos.

Mais tarde, terei aulas com o professor Kosugue, a única figura verdadeiramente humana que encontrei num prédio escolar, antes de o governo proibir a atuação de professores estrangeiros no país. Contudo, a escola permanecerá na minha memória como um lugar de práticas inúteis e torturas descabidas. Que diferença entre a maneira viva e sedutora com que a Mãe me falava sobre o kabuki, o Go e o ikebana e a forma sonolenta com que os professores tentavam nos inculcar rudimentos de matemática, português e geografia...

Para meu alívio, a tortura só durou até a quarta série. Naquela época, quem quisesse continuar os estudos depois disso tinha de ir para Santos ou São Paulo, e para nós aquela hipótese estava fora de cogitação. O que se cogitava em casa era a possibilidade de migrarmos para o Paraná, onde a terra era boa e se dizia que muitos japoneses estavam prosperando. Algumas famílias haviam subido a Serra do Mar a pé, e a Mãe estava disposta a fazer a mesma coisa. Contudo, o vigia da Kaikô não nos deixou partir. Ele dizia que primeiro precisávamos pagar a dívida.

"Que dívida é essa?", perguntei à Mãe, julgando que aos dez anos eu já tinha direito de saber como funcionava o mundo à minha volta. "Querem nos fazer andar para trás", ela respondeu. "Aqui, a cada ano nós regredimos dez anos.

Daqui a pouco, vamos voltar aos tempos de antes da guerra. Depois, queimados pelo sol e embrutecidos pela servidão, vamos nos transformar em bichos." Provavelmente, a guerra a que ela se referia era a disputa entre russos e japoneses, ocorrida quando ela ainda era um bebê. Nem ela nem eu podíamos imaginar que uma nova guerra se deflagraria dali a cinco anos, fazendo com que nossas vidas regredissem de fato a uma condição ainda pior do que a daquele momento.

Foi durante essa guerra que sofri minha segunda humilhação. Eu tinha acabado de completar dezoito anos, mas conservava uma ingenuidade que ainda hoje me comove e me deixa perplexo. Uma mistura de provincianismo com boa-fé, que só era possível naquele estreito mundo em que vivíamos, trabalhando doze horas por dia e jogando beisebol nos escassos momentos livres, conversando numa língua que os nativos do país não conheciam, quase sem contato com notícias vindas de fora, acreditando cegamente no que as pessoas mais velhas nos comunicavam.

Quando chegou a notícia de que o Brasil havia entrado na guerra, solicitei um salvo-conduto, alegando que tinha negócios a resolver na capital, reuni as escassas economias que tinha conseguido juntar e comprei uma passagem para São Paulo. Minha ideia era me apresentar à Embaixada do Japão, com a espada militar da família. Lembro-me claramente do sentimento de exaltação que me dominava ao embarcar em Juquiá no trem que me levaria a Santos, onde eu tomaria outro trem com destino à capital. Em nenhum momento da minha longa trajetória me perguntei por qual país afinal eu estava disposto a morrer. Desde criança, tive certeza de que voltaria ao Japão, e aquele me parecia o momento ideal para o regresso à terra dos meus ancestrais. Ali, na pior das hipóteses, eu morreria honrosamente; na melhor, contribuiria para a grande vitória e regressaria depois ao Brasil para instaurar também aqui uma nova era de prosperidade.

A confusão que encontrei na embaixada me deixou perplexo. Pessoas entravam e saíam às pressas, algumas quase correndo, outras discutindo em voz alta, todas com semblante preocupado ou ostensivamente descomposto.

Depois de passar mais de meia hora tentando me fazer compreender por um funcionário que não falava uma palavra em japonês, enfim fui encaminhado a uma saleta onde fiquei esperando por mais quarenta minutos. Quando enfim um senhor despenteado se apresentou como segundo-secretário executivo da embaixada (ou outro cargo mais ou menos similar), expus em poucas palavras a minha intenção e, para conferir maior ênfase ao discurso, retirei da mala a minha espada esmeradamente polida.

No momento em que o homem se recuperou do susto e abriu a boca para começar a falar, uma moça entrou sem bater, carregando uma pasta de documentos. Ela deu dois passos em direção à mesa e de repente estacou, com os olhos fixos na espada. "Está tudo bem", o homem lhe disse, ou foi o que depois imaginei que ele havia dito. A verdade é que a única coisa que ouvi naquele momento foi a respiração entrecortada da moça, os passos dos seus sapatos de salto batendo em retirada e o leve ruído da porta se fechando outra vez às minhas costas. Depois de alguns instantes, o segundo-secretário executivo enfim me dirigiu a palavra.

"Aprecio muito a sua iniciativa e a sua coragem." Ele me fitava com os olhos muito atentos, como se a qualquer momento eu pudesse atacá-lo. "No entanto", continuou, "nas circunstâncias atuais, a melhor coisa que o senhor pode fazer é guardar essa espada e retornar o mais rápido possível para a sua casa. Não sabemos o que acontecerá nos próximos dias, mas a situação dos japoneses no Brasil não é boa. Muitos compatriotas foram presos ontem no Rio de Janeiro, e a última coisa de que precisamos neste momento é de pessoas andando com espadas pelas ruas." Ao ouvir aquelas palavras, senti um vento gelado estremecer minhas costas. Cheguei a olhar para trás, em busca de uma janela aberta, mas tanto a janela quanto a porta estavam fechadas. "Quero embarcar para o Japão", repeti, sem a mesma convicção de antes.

O homem me fitou com um misto de impaciência e comiseração. Depois de ponderar por alguns instantes, deu um suspiro e disse: "A notícia já está nos jornais, então acho que não tem problema eu lhe contar. Nesta madrugada, o embaixador e outros diplomatas abandonaram o Brasil. É muito improvável que a partir de hoje algum japonês consiga sair do país". Eu estava pronto para matar ou morrer, mas não para aquilo. Caminhando mais tarde sem rumo pelas ruas frias de São Paulo, eu simplesmente não sabia o que fazer com aquela espada. Devia jogá-la no rio? Enterrá-la na minha própria carne?

Vaguei por horas pelas ruas tortas da Liberdade, depois margeei o Tietê em busca de um sentido para o que estava acontecendo. Sentia que o mundo perdia consistência, tornava-se mole, dúbio, gelatinoso. Quando percebi que a noite já havia caído e que meu corpo tremia de frio e cansaço, entrei na primeira pensão suja que encontrei, joguei-me na cama que me ofereceram e dormi até ser acordado dez horas depois pelo ruído de um rádio alheio. A manhã raiava cinza e amarela, minha barriga reclamava de fome, mas a sensação de irrealidade persistia. Quando voltei a Registro depois de *outros três dias de viagem, com a espada escondida no fundo da mala, sentia-me como se voltasse de uma viagem ao outro lado do mundo.*

A verdade é que já não era possível voltar ao mundo que existia antes de eu viajar para a capital. Aquele mundo havia se desvanecido como o orvalho que evapora com os primeiros raios do sol. Uma semana depois da minha viagem, um navio brasileiro foi afundado em Belém. Como retaliação, os paraenses destruíram as propriedades dos japoneses, italianos e alemães que viviam na cidade. Ficamos apavorados com aquela notícia. Acreditávamos que a qualquer momento alguém derrubaria nossas portas, arrasaria nossas plantações, tomaria nossos poucos pertences.

Os edifícios da Kaigai Kogyo Kabushiki Kaisha, que desde o início da colonização haviam sido o centro da nossa comunidade, foram fechados da noite para o dia. Produtos básicos como sal, açúcar e querosene começaram a faltar. De repente, as noites se tornaram muito escuras e silenciosas, densas, como se estivessem gerando desastres em suas entranhas. Numa daquelas noites cheias de maus presságios, um grupo de cinco policiais entrou em nossa casa e começou a vasculhar os cômodos sem pedir licença. Eles pegaram as revistas que a Mãe havia trazido do Japão, o livro de Sei-chan, meus antigos cadernos de caligrafia, uma imagem desbotada do Monte Fuji e um ou dois panfletos de propaganda completamente inofensivos, fizeram uma pequena pilha na porta de casa e puseram fogo em tudo.

Sessenta anos mais tarde, quando Kazue repetiu aquele ato infame e imperdoável de destruição, a imagem do rosto transtornado da Mãe regressou à minha memória. Tenho certeza de que aquela noite marcou o início da doença que se prolongaria pelos quinze meses seguintes. O aniquilamento brutal do mundo que ela havia trazido consigo – e para onde ela ainda sonhava voltar – marcou o início das febres que passaram a acometê-la periodicamente, com episódios de delírio em que ela acreditava estar outra vez na cidade da sua infância ou no navio que a trouxera para cá. O diagnóstico do médico foi malária, mas ainda hoje acredito que o que deu cabo de sua saúde foi o ato ignóbil daqueles policiais.

Alguns meses depois, recebemos a notícia de que todas as famílias japonesas que viviam em Santos haviam sido deportadas para São Paulo. Mais de 1.500 pessoas foram fichadas pela polícia e obrigadas a deixar para trás, da noite para o dia, o que haviam levado décadas para juntar. O Sr. Tadaki, que estava em Santos naquele dia, contou-nos que as pessoas eram obrigadas a abandonar a cidade apenas com a roupa do corpo, e eram postas em fila como se fossem um bando de ovelhas, antes de serem embarcadas em vagões de carga onde seriam trancadas a chave.

A partir de então, passamos a temer que algo similar acontecesse em Registro. "Mas aqui só tem japoneses!", disse um colega da fábrica de chá. "Vão transferir a cidade inteira para a capital? Oito mil pessoas?" "Eles dizem que querem proteger o litoral do país para que nenhum espião passe informações para as nações inimigas", reclamou outro, "mas a gente aqui fica o dia todo com os olhos virados para o chão." Em pouco tempo, até mesmo aquelas conversas seriam coisa do passado. Não podíamos mais falar em japonês em lugares públicos, e os policiais brasileiros dispersavam grupos de mais de três pessoas reunidas por qualquer motivo.

Mais de um conhecido nosso foi obrigado a passar a noite na cadeia apenas porque havia tentado comprar feijão ou querosene e tinha feito seu pedido ao dono da venda em japonês. O Sr. Ito Oiashi foi levado para São Paulo e ficou seis meses numa prisão só porque encontraram num armário da sua casa um antigo uniforme militar que ele havia usado na guerra contra a Rússia. Se, depois de muito hesitar, eu não tivesse jogado no Rio Ribeira a velha espada da família, corria o risco de sofrer uma punição ainda pior do que aquela.

As batalhas que se desenrolavam a milhares de quilômetros dali pareciam lançar estilhaços que mais cedo ou mais tarde nos atingiam. Os jornais em japonês estavam proibidos de circular. Como quase ninguém tinha rádio em casa naquela época, aqueles que – como eu e a Mãe – não entendiam o português dependiam das traduções capengas que os colegas e vizinhos faziam dos jornais brasileiros, ou dos boatos que circulavam clandestinamente. Num dia, contavam que o Japão havia dominado metade da Ásia; na semana seguinte, falavam que o Mar do Japão estava coalhado de navios russos. Num mês, anunciavam que o Peru estava deportando todos os japoneses para campos de concentração nos Estados Unidos; no mês seguinte, diziam que um grupo de japoneses havia feito um trem descarrilar perto da Colônia Aliança, no interior de São Paulo. A guerra era uma sucessão de eventos desconexos e imprevisíveis, que se sucediam sem lógica aparente.

Com as escolas japonesas fechadas, fui obrigado a vencer minha timidez e durante oito meses dei aulas de japonês a um grupo de crianças que me olhava com espanto e reverência, como se eu fosse um velho sábio. As aulas clandestinas aconteciam num galpão vazio e escuro onde a família

Fukazawa havia tentado inutilmente desenvolver uma criação de bichos-da-seda. Todos os ovos trazidos do Japão dois anos antes haviam morrido; apodreceram antes de sair dos casulos, como se não quisessem vir àquele mundo de tribulações.

    Numa noite de sexta-feira, eu já estava dormindo quando ouvi batidas imperiosas na porta de casa. Levantei-me num salto e já encontrei a Mãe de pé na sala. Ela fez um gesto para que eu permanecesse em silêncio. Voltaram a bater, mas dessa vez eu reconheci a voz do Sr. Michiya, o vizinho que trabalhava na escola adventista.

    "Preciso de ajuda", ele disse, quase sem fôlego, depois que abri a porta. Quando entramos na casa do Sr. Michiya, deparei com uma imagem inesquecível: dezenas de latas de óleo abarrotadas de livros. Não havia espaço para mais nada: as latas ocupavam toda a pequena sala, e os livros em japonês, francês, inglês, italiano e português preenchiam todo o espaço disponível nas latas. À medida que as carregava para a mata, durante as várias viagens que fizemos até descarregar todo o material, eu ia espiando alguns títulos à luz mínima do lampião. Havia clássicos japoneses como Hōjōki e Genji Monogatari, mas também obras de Dante, Voltaire e Victor Hugo, livros de geografia e história, dicionários e enciclopédias que eu ajudei o Sr. Michiya a enterrar em vários pontos da mata.

    "Pediram para eu botar fogo em tudo", ele me contou mais tarde, quando bebíamos chá na sala estranhamente vazia, "para que não causassem problemas para todos. Mas não tive coragem." Ainda havia marcas de terra e suor em seu rosto vincado de rugas. "Quem sabe algum dia, depois que tudo isto acabar, alguém possa desenterrar o tesouro escondido." Nunca mais tive notícia dos livros. O Sr. Michiya *morreu quatro meses depois daquela madrugada, acometido de um infarto súbito.*

O que ficará de mim quando eu morrer? Uma espada que apodrece lentamente sob as águas do Rio Ribeira. Novecentos livros cujas páginas aos poucos se apagam debaixo da terra.

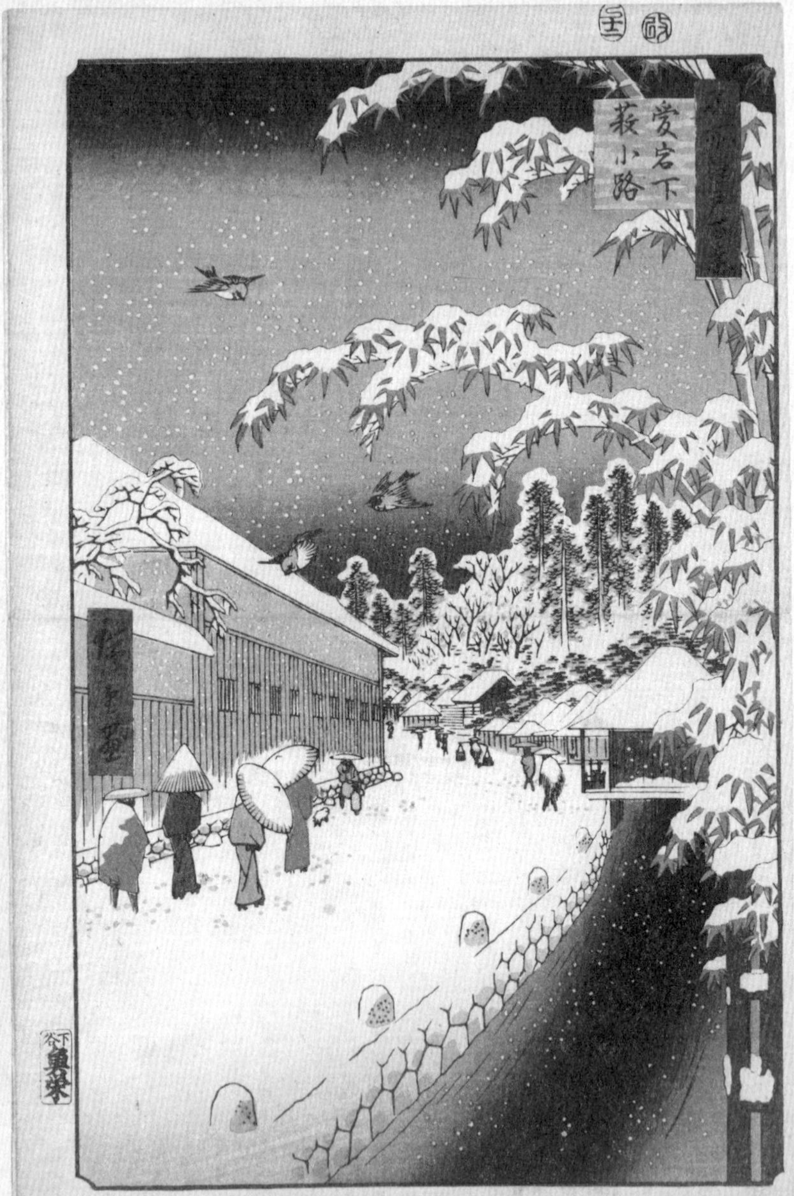
愛宕下藪小路

O TORII

Era curioso observar como os barquinhos luminosos iam se movendo e se agrupando como animais inquietos. Às vezes um se desgarrava dos outros, como se quisesse explorar partes desconhecidas do rio; às vezes um grupo de quatro ou cinco se aproximava e se reunia como se fossem velhos amigos; às vezes uma luz laranja perseguia uma luz vermelha com a assiduidade de um amante rejeitado.
– Você não acredita, não é? Nessa história de espíritos?
A pergunta à queima-roupa me surpreendeu e eu respondi quase sem pensar:
– Não.
– Ainda assim, você comprou duas velas. Não pense que eu estava espionando! Vi por acaso, quando esperava na fila.
Então ela também me perscrutava a distância?
– Acho que a gente não precisa acreditar em espíritos para participar de um ritual como este. Acho que, de uma forma ou de outra, os mortos continuam a viver em nós. Mesmo quando a gente pensa que se esqueceu deles.
O piercing na barriga de Midori brilhava e oscilava ritmicamente. Após uma breve pausa, perguntei:
– E você? No que você acredita?
Ela suspirou antes de responder, como se tomasse fôlego antes de um demorado mergulho.
– Na época que eu passava doze horas por dia lendo mangá, meu autor favorito era Eiji Ogawa. Você já leu alguma coisa dele? Não sei se foi traduzido para o português, mas para o inglês eu tenho certeza que foi. Vou te contar só

duas histórias. História número um. Imagine que em 2300 alguém conseguiu criar um programa de computador com uma simulação sofisticada do universo. Nessa simulação, os seres vivos agem por conta própria, os humanos têm consciência, e naturalmente não fazem ideia de que são parte de uma programação. É claro que a criação de um programa como esse é extremamente útil para a humanidade: é possível simular diferentes linhas evolutivas, cenários em que uma epidemia se propaga ou em que os maiores bilionários do planeta doam toda a sua fortuna para os países mais pobres, versões alternativas da História em que as guerras tiveram resultados diferentes; enfim, é possível simular virtualmente qualquer coisa, por isso os governos investem muito dinheiro para tornar o programa viável.

Entusiasmada com o que ia dizendo, Midori se levantara e caminhava de um lado para outro do pasto. Fiquei um pouco preocupado, porque ela estava descalça e poderia machucar os pés, mas ela estava tão entusiasmada com a história que não havia como formular qualquer aparte.

– Como cada simulação ocupa um espaço mínimo num chip minúsculo e como é possível simular um milênio em um milissegundo, em pouco tempo há trilhões de simulações de universos alternativos. Se você imaginar que num pequeno número desses universos alternativos há também simulações de outros universos alternativos, o número de universos simulados é praticamente infinito, enquanto o universo real que deu origem a tudo isso é um só. O que isso significa? Que se você é um ser consciente (humano ou não, porque também há universos alternativos em que a evolução das espécies tomou rumos em que os seres humanos se extinguiram ou simplesmente nunca existiram), existe apenas uma possibilidade em um zilhão de que você esteja vivendo num universo real e 99,9999999999999999999999999999999999999999999999999999% de chances de você estar vivendo numa simulação. E se você acha que a possibilidade de alcançarmos o nível tecnológico capaz de criar simulações tão sofisticadas é mínima, note que nem sequer é preciso que o programa de simulação tenha sido desenvolvido por humanos. Ele pode ter sido criado em 5030 por alienígenas de um exoplaneta desconhecido, ou em 3500 a.C. por seres já extintos. Se nós vivemos numa simulação, não há nenhuma necessidade lógica de que o universo onde a nossa simulação foi criada obedeça às mesmas leis que o nosso universo simulado. A gravidade ou a inércia, por exemplo, ou a causalidade, podem ser válidas apenas aqui, e em algum universo paralelo pode haver uma Midori que voe ou que se mova do futuro para o passado.

Ela parou de perambular à minha volta, mas continuou de pé, com os olhos fixos nas luzes flutuantes.

— O interessante é que, nesse mangá do Ogawa, quando a jovem descobre essa teoria das simulações ao ler um mangá obscuro numa banquinha de revistas dos arredores de Tóquio (as histórias dele têm sempre algum tipo de jogo de espelhos), isso tem um enorme potencial libertador. As coisas perdem o peso que tinham, e ela já não se deixa paralisar por pequenos temores.

Aproveitei a pausa para perguntar:

— É nisso que você acredita? Que a gente vive numa simulação?

Ela me olhou aturdida, como se tivesse acabado de acordar e ainda estivesse confusa com as luzes. Depois, voltou a se sentar ao meu lado, suspirou e continuou:

– História número dois. Havia uma criança que tinha mania de construir pequenas torres usando gravetos e pedregulhos. Ela passava a tarde inteira ocupada com aquilo, mas, quando o sol estava quase se pondo, aparecia sempre um demônio e, com um único golpe, destruía todas as torres que ela havia erguido. A criança não se importava: na tarde seguinte, estava ali de novo, no velho quintal de terra da casa de seus avós, reunindo gravetos e pedregulhos para construir suas pequenas torres. O demônio voltava a derrubá-las a cada fim de tarde, e a cada início de tarde a criança recomeçava, sem pressa, mas sem negligência, sua atividade de sempre. Até que o demônio perdeu a paciência. "Assim não é possível!", ele disse, "até parece que é você o demônio, e não eu!" A criança sorriu para ele e respondeu: "Quem lhe disse que você é um demônio? Você é o mais belo anjo que eu já vi". Aterrado, tropeçando nas próprias pernas, o demônio saiu correndo dali o mais rápido que pôde, até encontrar um lago onde conseguiu contemplar o reflexo do próprio rosto. A criança não o havia enganado: seu rosto se tornara esplêndido e inocente como o de um recém-nascido.

Midori contou a segunda história como contara a primeira: olhando para o rio coalhado de barquinhos luminosos, sem se voltar uma única vez para mim. Contudo, senti meu rosto arder novamente quando ela se calou, como se Midori tivesse me acusado de um crime terrível.

– Eu sou esse demônio, não é?

As palavras saíram da minha boca sem que eu tivesse planejado dizer nada. A vergonha se alastrou para os meus olhos, e eu senti que as lágrimas brotavam de muito longe, de um lugar que eu nem lembrava que existia. Midori continuou com os olhos fixos na água durante alguns segundos, como se calculasse o momento exato para voltar a falar.

– História número três. Vai ser a última. Esta não é do Eiji Ogawa. Doze dias depois de eu completar 21 anos, senti uma pontada súbita na cabeça. Eu estava no escritório onde tinha começado a trabalhar no início do ano, e a dor foi tão lancinante que a única coisa que eu consegui fazer foi me ajoelhar. Por um momento, achei que fosse um terremoto. Quando veio a segunda onda de dor, eu me deitei no chão do escritório e tudo ficou branco. Acordei já diante de uma médica, que me explicou em japonês que eu havia desmaiado e fora levada a um hospital. Eu respondi em português: "Entendi", e em seguida senti a onda de dor chegando novamente. Não sei ao certo quanto tempo demorou até eu acordar outra vez. Agora eu estava num quarto silencioso e impecavelmente limpo e o dia começava a raiar na janela à frente dos meus pés. Fiquei à espera da próxima onda de dor, mas ela não veio. Quem veio foi uma enfermeira que me fez algumas perguntas básicas e disse que em breve eu receberia a visita da médica. Depois de se certificar de que eu estava plenamente consciente, a médica me mostrou uma imagem colorida do meu cérebro e explicou que eu tinha um aneurisma e que era necessário realizar uma intervenção cirúrgica o mais rápido possível. Mas havia algo mais espantoso do que aquela notícia: ao mesmo tempo que me explicava o procedimento cirúrgico, que consistia basicamente na introdução de um clipe metálico na parede arterial do meu crânio, ela me dizia que aquela operação era uma ação inútil, que não impediria nem sequer retardaria o inevitável tsunami sanguíneo que em menos de um ano submergiria a minha vida. Não sei se eu consigo explicar com clareza: não é que houvesse algo na expressão dela que denunciasse a falsidade do discurso ponderado e tranquilizador; a expressão do rosto era profissionalmente neutra e imparcial. Era outra coisa: como se houvesse dois canais simultâneos, um em que a médica me comunicava um procedimento de saúde eficiente e quase rotineiro, e outro em que a mesma pessoa me confessava que eu morreria em breve e que não havia nada a fazer em relação àquilo.

Não sabia o que dizer daquela história, que parecia mais irreal do que as narrativas de Eiji Ogawa.

– Isso foi quando?

– A minha crise aconteceu no dia 17 de março. A cirurgia foi marcada para o dia 24. Mas é claro que eu não fui.

– Não foi?

– Sei que você deve estar achando que o aneurisma me fez ficar maluca, que o sensato era fazer a cirurgia e não dar ouvidos a alucinações. Mas não era uma alucinação. Eu fiz vários testes. Na tarde em que eu saí do hospital, olhei para uma mulher que estava sentada no banco em frente ao meu e em um minuto de observação eu já sabia tudo sobre a vida dela. Não é que eu tivesse ouvido alguma coisa ou que imagens passassem pela minha cabeça; era mais ou menos como acontece nos sonhos, sabe?, quando você encontra um desconhecido, mas já conhece tudo sobre ele de antemão. A mulher tinha o rosto magro e pálido e olhava pela janela para lugar nenhum, e eu sabia que ela estava pensando no filho que havia ficado em Ueda com os avós. Ela dizia a si mesma que o menino se tornaria um adolescente revoltado por ter sido deixado para trás, e naquele momento eu senti a necessidade súbita de dizer a ela que Satoshi (eu sabia até o nome do menino!) cresceria feliz no interior e que ela havia tomado a melhor decisão possível. Ao ouvir minhas palavras, a mulher segurou minha mão direita e começou a chorar descontroladamente, murmurando apenas "obrigada, obrigada". Era um choro de alívio e agradecimento tão límpido que eu senti que aquele único momento já justificava toda a minha existência.

Curiosamente, Midori relatava aqueles acontecimentos num tom quase neutro, como se contasse uma história alheia.

– E depois?

– Depois ela desceu do ônibus e eu não voltei a encontrá-la. Mas aquela não foi a única verificação que eu fiz da minha nova capacidade. Notei que bastava eu me concentrar um pouco numa pessoa qualquer para que ela aparecesse, íntegra, à minha frente. Era como se eu tivesse um scanner que revelasse o interior das pessoas, mas a revelação não vinha de forma visual ou auditiva ou através de qualquer sentido convencional; simplesmente eu passava a saber. Depois de ter comprado minha passagem de volta para o Brasil, eu fui ao banco e retirei todo o dinheiro da minha conta. Não era uma fortuna, mas também não era uma quantia desprezível, porque, após quatro anos de faculdade com uma bolsa do governo japonês, eu havia conseguido poupar uma quantia suficiente para o caso de não conseguir emprego tão rápido. Pois bem: quando estava quase chegando ao meu apartamento, vi um senhor caminhando do outro lado da rua. Ele estava bem-vestido, com um terno azul relativamente novo, e tinha a aparência de uma pessoa tranquila. Mas ainda a vinte metros de distância eu percebi que ele tinha acabado de decidir que se mataria naquela mesma manhã. Um funcionário tinha cometido um desfalque em sua lojinha de eletroeletrônicos e não havia como cumprir os compromissos assumidos com os fornecedores. Ele conseguira um empréstimo no banco, mas a quantia ainda era insuficiente. Depois de mais de cinquenta anos honrando todas as suas dívidas, aquele senhor preferia se matar a ter de passar a vergonha de dar um calote. À medida que nos aproximávamos, eu tomava conhecimento de todos os cálculos que ele vinha fazendo durante as últimas horas e me dava conta de que eu tinha na minha bolsa a quantia exata que faltava para que ele pagasse as dívidas. Como eu disse, não era uma soma exorbitante, mas eu atravessei a rua e entreguei o envelope para ele sem dizer uma palavra, como se eu fosse a funcionária de uma agência de entregas. Primeiro o homem me olhou com desconfiança; depois, quando espiou dentro do envelope e conferiu as cédulas, ele abriu enormes olhos redondos, olhou para mim, olhou para o céu, voltou a olhar para mim e disse: "Você salvou a minha vida". Ele se inclinou umas vinte vezes até o chão antes de me deixar ir embora, e eu não estou contando isso para me gabar, mas para que você entenda o significado desse canal que se abriu na minha cabeça. Eu não entreguei o dinheiro a ele por ser mais generosa ou melhor do que as outras pessoas, mas porque de repente eu tinha me tornado transparente para mim mesma.

– Espera um pouco! Você está me dizendo que essas foram as confirmações de que as suas visões eram reais? Uma mulher que lhe agradeceu por um conselho e um homem que ficou encantado por ter recebido do nada uma boa quantia de dinheiro?

– Não são visões. É um tipo de conhecimento que não passa por nenhum dos cinco sentidos convencionais.

Comecei a me indagar se as traduções de Midori seriam tão fantasiosas quanto as histórias em que ela parecia viver mergulhada.

– Tudo bem, mas... Por exemplo, essa mulher: ela confirmou a história do filho?

– Como assim?

– Ela confirmou que o filho se chamava Satoshi e vivia em Ueda com os avós?

Midori me olhou com a benevolência com que devia olhar seus alunos quando eles faziam alguma pergunta excessivamente pueril.

– Ela confirmou pelo menos que tinha um filho?

– Pra quê? Ela compreendeu que eu sabia de tudo. Ela fechou os olhos, juntou as mãos e disse "obrigada, obrigada". Se a história do menino deixado com os avós fosse falsa, ela teria me repelido, você não acha?

– Entendo. E aquele senhor de terno azul também não confirmou a história do desfalque, não é?

– Eu sei o que você está pensando, mas o que parece irracional às vezes é o que a nossa razão não é capaz de alcançar.

– Certo. Midori – de repente me dei conta da estranheza de pronunciar aquele nome como se ela fosse uma velha conhecida –, você consultou algum médico depois que voltou ao Brasil?

Ela continuava com os olhos fixos no rio.

– De repente esfriou. Já são nove e dezessete!

Conferi a hora no meu celular. Era difícil acreditar que aquela tarde tórrida houvesse se transformado numa noite

tão agradável. A brisa fresca do rio fizera com que os pequenos pelos do braço de Midori se arrepiassem.
— Minha cabeça não voltou a doer depois que eu cheguei em Registro. Talvez porque a cidade tenha bem menos gente do que Tóquio ou São Paulo, e assim é mais fácil me concentrar em uma pessoa de cada vez; talvez porque eu tenha aprendido a lidar melhor com a minha nova capacidade. Mas eu não me iludo: sei que vim aqui para morrer.
— Acho que você devia procurar um médico. Consultar uma outra opinião. Mesmo que você tenha lido a mente daquela médica em Tóquio, ela podia estar enganada, não é? Quero dizer: com relação à cirurgia?

Ela preferiu mudar de assunto:
— Dizem que o torii é um portal que permite a passagem de uma dimensão para outra. Muita gente considera que ele marca a transição do mundo dos seres humanos para o mundo dos espíritos, mas você pode interpretar essa passagem simplesmente como a transição do mundo da cegueira e da ignorância para o mundo do conhecimento, ou a passagem de uma visão mais restrita para uma visão mais ampla.

Depois de uma breve pausa, ela calçou os tênis, levantou-se e disse, sem sequer se fixar nos meus olhos:
— Vamos?

Eu me levantei meio a contragosto, e ela imediatamente dobrou o lençol, com gestos rápidos e eficientes, e o enfiou na bolsa. Sem esperar por mim, Midori começou a subir o aclive que levava de volta à Praça Beira-Rio. Ela caminhava como um autômato, e a princípio eu me senti ofendido pela forma brusca com que ela me deixara para trás. Por um momento, pensei em permanecer ali, mas eu já havia passado mais de três horas olhando os barquinhos, e sem ela o Tooro

Nagashi já não tinha muita graça. Também pensei que ela poderia correr algum risco caminhando naquele estado que beirava o sonambulismo; por isso, depois de um ou dois minutos de hesitação, segui pelo mesmo caminho que ela acabara de trilhar.

Ao deixar o barranco e ultrapassar a murada que separava as cadeiras de plástico do capinzal, fiquei surpreso com a transformação que ocorrera durante as últimas três horas. O espaço amplo da praça estava apinhado de gente, e para onde quer que eu olhasse só via pessoas e mais pessoas conversando, olhando para o rio, comendo e bebendo, tirando fotografias, caminhando em diferentes direções. Demorei alguns segundos até localizar, em meio àquele rio de gente, já bem à frente dos galpões da KKKK, os inconfundíveis cabelos azuis de Midori, que oscilavam, tentando abrir espaço, como um barquinho à deriva.

Avançando com grande dificuldade, pedindo licença aqui, desculpa ali, fui abrindo caminho na multidão e lentamente vi o espaço entre nós dois diminuir. Quando avistei o imponente torii vermelho a distância, soube que era para lá que ela se dirigia resolutamente, e só não corri porque era impossível dar mais de dois passos sem esbarrar em alguma outra pessoa vindo na direção contrária. O que Midori faria ao cruzar o portal? No momento em que ela chegou ao torii, eu estava a cerca de duzentos metros de distância, mas podia ver com clareza a parte de trás da sua cabeça. Ela então se virou para trás pela primeira vez e pareceu procurar por mim, como se estivesse se certificando de que eu a seguia. Nossos olhos se cruzaram por um instante, mas ela pareceu olhar *através de mim*, e no momento seguinte já havia se virado e seguido adiante.

Alguém esbarrou em mim, Midori desapareceu do meu campo de visão, e, quando voltei a fixar meus olhos nas pessoas que passavam embaixo do torii, as últimas palavras que ela me dissera voltaram a soar em meus ouvidos e me sacudiram como uma onda sísmica:

– Dizem que o torii é um portal que permite a passagem de uma dimensão para outra. Muita gente considera que ele marca a transição do mundo dos seres humanos para o mundo dos espíritos, mas você pode interpretar essa passagem simplesmente como a transição do mundo da cegueira e da ignorância para o mundo do conhecimento, ou a passagem de uma visão mais restrita para uma visão mais ampla.

Pois ali estava, cruzando o torii naquele exato instante, o espírito que eu temera e desejara encontrar desde que chegara na cidade. Nítido e vivo, o espírito a quem eu dedicara uma vela como sinal do meu remorso e da minha culpa olhava desafiadoramente para mim.

Durante muitos anos, acreditei que só existia um livro no mundo: o livro de Sei-chan. Era um livro sem capa que a Mãe havia trazido do Japão e que ela lia (ou melhor: relia) todas as noites em voz alta para mim, saltando de uma página para outra, escolhendo os trechos segundo uma lógica que só ela podia compreender. Como o livro não tinha capa – ou melhor: como a capa se perdera em algum momento de sua longa trajetória de um lado a outro do mundo –, eu não podia saber seu verdadeiro nome. Era o livro de Sei-chan, como a Mãe o chamava, ou simplesmente o Livro, e eu acreditava (e às vezes ainda acredito) que nele estavam cifrados todos os mistérios do universo.

Quando me pus a dar aulas de japonês no galpão dos bichos-da-seda, não quis seguir os manuais empoeirados e carcomidos que os outros professores tomavam como referência. Como eu não era um professor oficial, sentia-me livre para utilizar instrumentos excepcionais. Além disso, um livro que só existia na minha memória não corria o risco de ser confiscado pela polícia. Talvez as frases de Sei-chan não fossem as mais adequadas para crianças que estavam se alfabetizando em japonês; entretanto, aqueles eram tempos extraordinários. Ou pelo menos essa foi a justificativa que ofereci a mim mesmo na época.

No momento em que eu traçava numa lousa os seus caracteres milenares, o exemplar da Mãe já havia sido estupidamente destruído pelos policiais brasileiros. Contudo, grande parte de suas palavras ainda estava impressa na minha memória. No fim das contas, talvez aquelas aulas clandestinas respondessem a um impulso puramente egoísta. Se eu me arriscava a ser preso caso descobrissem que eu ensinava em segredo uma língua proibida, isso não se devia a um propósito cívico ou heroico, mas sim ao desejo de salvar o livro de Sei-chan da sua destruição definitiva.

Coisas que deixamos de cumprir: rituais que se tornaram caducos, compromissos de que ninguém mais se lembra, promessas feitas a quem já morreu.

Visitar a Mãe no seu leito de morte foi um ritual que se estendeu por muitos dias. Não saberia calcular quantas noites passei ao lado dela, enxugando sua testa ardente, segurando suas mãos trêmulas, ouvindo suas palavras extraviadas, cabeceando, tentando manter meus olhos abertos depois de uma longa jornada de trabalho, às vezes depois de ter vindo correndo, porque haviam me avisado que ela estava frágil demais e poderia morrer a qualquer momento. A febre ia e vinha, ela alternava momentos de tranquila lucidez com períodos de desamparada loucura; ora me dava conselhos ponderados, ora chorava e gemia desconsoladamente, ora recitava poemas escritos há mais de mil anos, ora me xingava ou me golpeava, confundindo-me com meu Pai ou com o homem com quem havia se casado.

O mundo se desagregava numa velocidade ainda maior. Com as fábricas sob intervenção do governo, a produção de chá da cidade definhava. Em alguns dias, trabalhávamos catorze horas seguidas; em outros, éramos mandados de volta para casa ainda de manhã, porque não havia o que fazer, senão esperar. Pelo que esperávamos? Hoje me parece claro que só podíamos esperar pela morte. As imagens do bombardeio de Tóquio, publicadas em todos os jornais brasileiros durante aqueles meses terríveis, pareciam a confirmação definitiva de que a morte era a única realidade com que podíamos contar.

"Prometa que nunca vai se matar. Só os covardes se matam", a Mãe me pediu numa das suas últimas noites, com os olhos ardentes fixos em mim. Ela apertava a minha mão com tal força que a marca da sua unha só se apagou oito dias depois, quando ela já havia morrido. Eu respondi quase imediatamente que jamais me mataria; contudo, minhas palavras apressadas não a convenceram; ela continuou me fitando com insistência, cravando a unha no dorso da minha mão, até que eu afirmei resolutamente: "Eu prometo. Não vou me matar sob nenhuma circunstância".

Eu poderia tentar embelezar minhas lembranças dizendo que foi essa promessa que me impediu de tirar a própria vida mais tarde, quando você morreu. Contudo, a verdade é que àquela altura a Mãe já havia se transformado numa pálida lembrança. Não haviam se passado nem seis anos desde que ela deixara este mundo, mas eu já não era o filho que a olhava sempre de baixo para cima, mesmo quando ela se desfazia em suor e catarro num futon esquálido sob os meus olhos impotentes. Àquela altura, quando a ideia do suicídio se apresentou como uma saída para o doloroso desespero que ameaçava me submergir, nenhuma pessoa – viva ou morta – podia me distrair da única pessoa que me importava; nenhuma promessa podia extraviar minha única lealdade.

Se não segui o exemplo de Eiko, se não pendurei outra corda na viga que já havia se provado capaz de sustentar um corpo, foi unicamente porque não queria que você morresse comigo. A despeito do meu desespero – ou era o desespero que me tornava frio e lúcido? –, eu sabia claramente que, se me matasse, a sua memória se apagaria definitivamente do mundo – ou, pior ainda, seria deturpada, traída, transformada numa imagem grotesca que falsificaria a sua beleza plena, mas que para os outros seria a única realidade. Por isso suportei a dor e o vazio dos dias áridos que se seguiram: para que a sua vida persistisse em mim.

    Escrevo estas palavras e me lembro do sonho da noite passada. Chego a uma cidade desconhecida e encontro Eiko. Conto-lhe que a nossa cidade resolveu cunhar uma moeda de bronze em homenagem a você. "A moeda vale menos de um centavo", eu explico, "e por isso mesmo é mais valiosa do que se pudesse comprar alguma coisa." Eiko sorri, compreendendo o que eu lhe digo. Havia me esquecido completamente desse sonho ao despertar, e só há pouco, quando escrevi sobre Eiko e sobre a possibilidade do suicídio, ele voltou a aflorar, nítido e concreto, em minha mente.

    A princípio, não entendi por que a Mãe se empenhara tanto para que eu lhe jurasse solenemente que não me suicidaria. Imaginei que ela tivesse alguma consciência das atrocidades que aconteciam na cidade e no mundo, embora já não saísse de casa, e talvez temesse que o peso dos acontecimentos me devastasse. Pensei também que ela adivinhava que meu casamento recente com Kazue havia sido um equívoco. Nos dias seguintes (que seriam seus últimos dias de vida), porém, fui desvendando, através das informações entrecortadas que ela fornecia em meio às idas e vindas da febre, o sentido daquela solicitação. Ela temia que eu repetisse o último ato do meu Pai – o verdadeiro, que eu só podia conhecer através das palavras dela –, que havia se suicidado com um tiro no rosto.

Quando havia acontecido aquilo? Antes de ela vir para o Brasil? Depois? O suicídio do meu Pai tinha sido motivado pelo casamento da Mãe? Ou, ao contrário, o doloroso entorpecimento causado pela morte do namorado (sentimento que eu só viria a conhecer alguns anos depois) havia feito com que ela suportasse a longa viagem para o Brasil sem se atirar no oceano? Fiz aquelas perguntas a ela dezenas de vezes, empregando diferentes palavras, recorrendo às mais variadas paráfrases, tentando arrancar farrapos de informação de sua lucidez intermitente. Entretanto, ela só falava o que queria – ou o que sua enfermidade lhe permitia falar –, e eu não consegui obter nenhuma resposta conclusiva para minhas inquietações.

A convicção com que ela narrou a cena do tiro no rosto (embora certamente não a tivesse presenciado) me fez acreditar que não se tratava de um delírio. Ela era capaz de descrever em detalhes a arma escura, o movimento rápido e limpo do braço do suicida, o baque do corpo desabando no vazio. Ela tinha lido a notícia no jornal ou havia sido informada por alguma amiga? Anos mais tarde, quando o Dr. Ushikawa me contou candidamente que você havia morrido – como quem fala sobre um terremoto ocorrido a 20 mil quilômetros de distância –, ligeiramente comovido, mas nem um pouco alterado – sem adivinhar o efeito devastador de suas palavras sobre mim –, eu entendi a brutalidade de sabermos sobre a morte de quem amamos através de um relato alheio.

A morte da Mãe me devastou e me fez perder o sentido da realidade durante alguns meses; no entanto, eu acompanhei assiduamente seus últimos dias, vi como a vida aos poucos a *abandonava e aferrei sua mão gelada no momento em que ela arquejou pela última vez. A notícia de que você tinha morrido, todavia, teve o efeito de um tsunami súbito, para o qual eu não estava minimamente preparado. A Mãe morreu antes de completar quarenta anos, mas já não esperava mais nada do mundo. Você tinha 31 (era apenas oito anos mais jovem que ela!), e sua vida parecia uma promessa plena de futuro.*

Como eu sabia que a Mãe não havia presenciado a morte do namorado? Conhecendo-a tão bem, eu sabia que, se ela estivesse presente no momento do tiro, teria pegado imediatamente a arma do chão e repetido o ato, com a economia de movimentos e a limpidez de execução com que ela o narrou quatro vezes para mim. A cada vez que ela descrevia o braço que se levantava, a arma que reluzia, o corpo que desabava, eu voltava a sentir seu ressentimento por não ter sido convidada a participar daquele ritual, o seu desesperado despeito por ter sido excluída de uma morte tão pura.

O tema do suicídio do namorado só surgiu no seu último mês de vida, como se a proximidade da morte tivesse trazido à tona uma experiência que ela havia tentado esquecer. Curiosamente, a maior parte das anedotas e reflexões que a Mãe formulou em sua lenta agonia diziam respeito à viagem do Japão para o Brasil. Às vezes, ela se lembrava de alguma passagem da infância ou voltava a se indignar com as dificuldades que havia passado enquanto vivíamos na Colônia Katsura; no entanto, seu pensamento sempre acabava regressando ao Kamakura Maru, onde ela oscilara durante sete semanas antes de enfim voltar a pôr os pés em terra firme. No meio de um acesso de tosse, ela desatava a falar sobre os peixes-voadores; quando eu julgava que ela estava dormindo, a Mãe abria os olhos e comentava sobre a festa em homenagem a Netuno, quando o navio cruzou a linha do Equador; em alguns momentos, seu corpo chegava a se mover ritmicamente no futon puído, como se as ondas de vinte anos antes ainda a embalassem. Parecia até que ela havia passado metade da vida no navio.

"Quarenta e nove dias balançando sobre as águas, alojados em beliches que mais pareciam gaiolas! Nosso dormitório ficava ao lado da casa de máquinas, e os travesseiros chacoalhavam sem parar. Às vezes eu achava que você ia nascer pela minha boca, num jato de vômito. Às vezes eu precisava me segurar para não me jogar no mar e acabar de uma vez com o cansaço, a raiva, o enjoo!" As frases que reconstituo agora eram lançadas sem ordem e sem aviso, como peças de um quebra-cabeça que só a duras penas iam se encaixando. Incapaz de manter a concentração por mais de cinco minutos, a Mãe divagava, delirava, interrompia sua narrativa antes de concluí-la.

"Sagano
Inamino
Katano
Tobuhino
Komano
Shimeshino
Kasugano
Miyagino"

Ela entoava aquelas palavras repetidamente, ora como um poema visionário, ora como uma litania para impedir (ou ao menos adiar) o naufrágio que seu corpo pressentia – e eu não sabia se a sequência de nomes era uma reza aprendida na infância, uma enumeração de lugares que ela ainda sonhava visitar, ou um fragmento de algum livro esquecido no fundo de um armário de uma cidade bombardeada do outro lado do mundo.

Quando se atinge o cume de uma montanha, a única coisa que resta é contemplar a paisagem e empreender o árduo trajeto de volta ao chão. Quando atingíamos o cume da dor e do desalento, permanecíamos ali por alguns instantes, abraçados – ela, respirando com dificuldade, esforçando-se para encontrar um pouco de oxigênio naquela atmosfera rarefeita; eu, murmurando palavras sem sentido, no tom mais doce de que era capaz, limpando o suor gelado que brotava no rosto da Mãe, diluindo-o nas lágrimas que caíam dos meus olhos – até que algo acontecia dentro dela, e a respiração adquiria um ritmo mais sossegado, e lentamente descíamos de volta aos níveis suportáveis de tristeza e angústia.

O único médico da cidade vinha nos visitar uma vez por semana. Quando achávamos que a situação estava saindo do controle, eu saía à procura dele e deixava a Mãe aos cuidados do marido ou de Kazue. Não era fácil encontrar o médico, porque ele passava boa parte do dia visitando pacientes na zona rural, em Sete Barras, Eldorado e onde mais o chamassem. Naqueles longos anos de carestia, o número de doentes aumentava à medida que as provisões de comida diminuíam. Enquanto perambulava por estradas lamacentas ou empoeiradas, às vezes debaixo de um sol escaldante, às vezes num breu que o lampião de querosene não era capaz

de iluminar, eu repetia aquelas palavras cujo sentido me
escapava, mas que me proporcionavam um alívio provisório:
Sagano
Inamino
Katano
Tobuhino
Komano
Shimeshino
Kasugano
Miyagino

"Quanto ao inverno, o bem frio. Quanto ao verão, o
de calor sem igual." A paixão da Mãe pelos extremos foi
premiada em dezembro de 1944 com uma onda de calor
como não se via há muito tempo na região. Nossa casa não
era particularmente abafada, especialmente se comparada
à cabana de teto de zinco onde eu havia passado a infância;
naquele mês, contudo, em que o ar parecia paralisado e as
árvores não se moviam, o simples ato de caminhar da sala
para o banheiro já nos fazia suar. Abaná-la com o leque
era apenas mover o ar quente de lugar; a Mãe pedia para
beber água a cada quinze minutos; depois, levantava-se com
grande dificuldade, ia ao banheiro, voltava a se deitar no
futon encharcado de suor, voltava a beber água, voltava a se
levantar, olhava para a janela, buscando, sôfrega, uma nuvem
inexistente, chamava por mim como se eu estivesse a dez
metros de distância, e não ali, ao lado dela.

    Confesso que me sentia aliviado quando precisava sair
de casa para trabalhar ou para comprar algo. No entanto, o
calor a céu aberto era ainda pior; cada gesto parecia requerer

o dobro de energia de um dia normal, e ao voltar para casa eu me sentia exausto. Foi num desses dias de calor extremo que, ao chegar do trabalho no fim da tarde, encontrei a Mãe em pleno delírio. Deitada com o rosto virado para a parede, ela gritava e gemia. O marido, que passara o dia com ela, parecia estar à beira de um colapso. "Pedi para Kazue procurar o médico, mas já faz duas horas que ela saiu", ele me disse. Corri para a Mãe e senti sua testa queimar meus dedos. "O remédio não faz efeito", desabafou, e, antes que eu respondesse, ele disse que iria sair para procurar o médico. Não o impedi nem me ofereci para ir em seu lugar. Sabia que ele precisava sair daquele ambiente desolador e, embora o sol ainda não tivesse se posto, o calor havia arrefecido um pouco. Também não queria me afastar da Mãe naquele momento. Sentia que ela precisava de mim, ainda que não soubesse como ajudá-la.

    Nos minutos seguintes, apliquei-lhe compressas de água morna na testa, molhei seus lábios, cantarolei todas as velhas cantigas de que me lembrava, perguntei-lhe sobre os golfinhos e as gaivotas que acompanhavam o Kamakura Maru pelas águas do Oceano Índico, recitei trechos do livro de Sei-chan, pedi a ela que descrevesse mais uma vez as luzes noturnas de Hong Kong, o primeiro porto estrangeiro que ela tinha visto na vida. Quando dei por mim, já era noite. Uma brisa surpreendentemente fresca entrou pela janela, e eu notei que ela ressonava placidamente. Fechei os olhos por um instante; quando os reabri, as estrelas vistas da janela haviam mudado de lugar. A Mãe ainda estava dormindo, mas sua respiração se tornou mais ruidosa. Senti a temperatura em sua testa: ela não estava com febre.

    Quando eu já me preparava para me levantar e pegar uma roupa limpa para substituir a que cobria o seu corpo magro – suja, amarelada, empapada de suor –, percebi que ela movia os lábios lentamente, como se estivesse fazendo um grande esforço para dizer algo. Mergulhei a toalha na bacia com água e umedeci sua boca, depois me aproximei ainda mais para conseguir ouvir o murmúrio quebrado: "Quero voltar", e ela deu um suspiro profundo, como se tivesse acabado de percorrer um longo trajeto por horas a fio. "Preciso voltar." Sua voz oscilava como uma vela trêmula. "Preciso ver só mais uma vez as cerejeiras em flor." E então ela fechou os olhos, como se já não tivesse forças para dizer mais nada. Entretanto, depois de alguns instantes ainda conseguiu murmurar uma última frase: "Quero morrer no meu país".

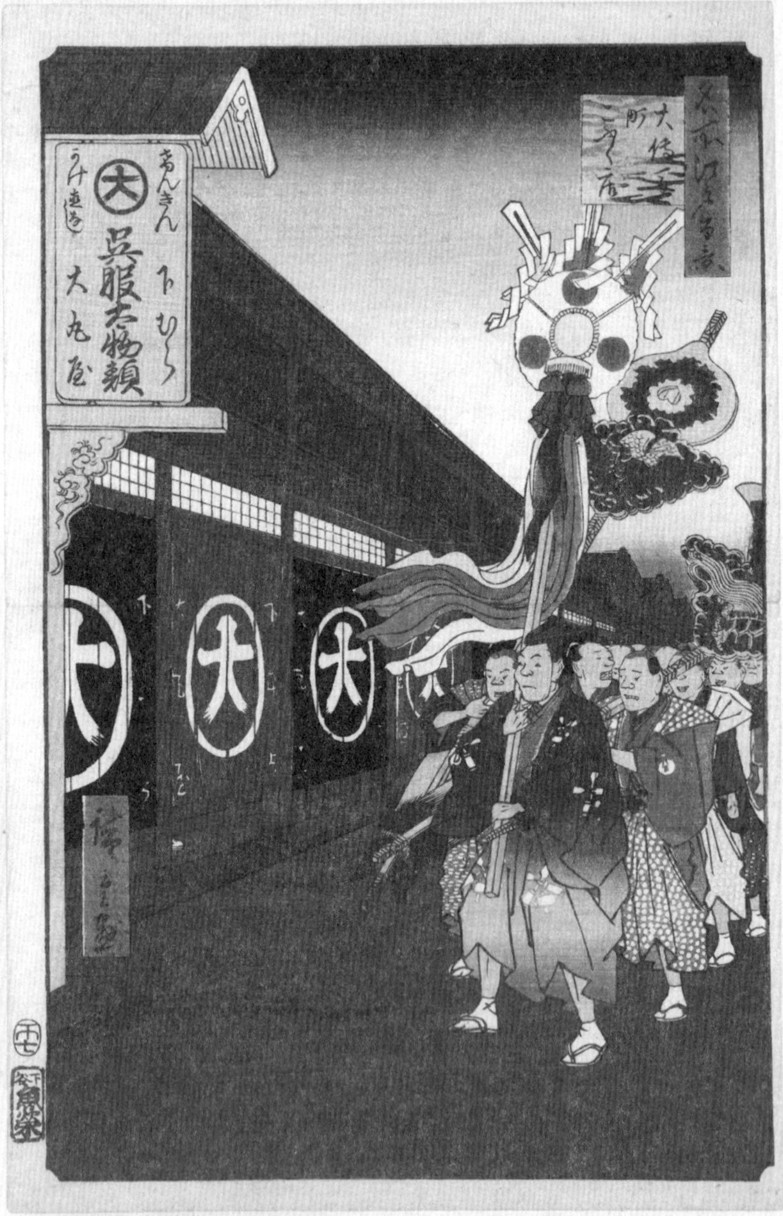
名所江戸百景
大伝馬町ごふく店
大
呉服太物類
大丸屋

A SOMBRA DO GUARACUÍ

O guaracuí havia crescido quantos centímetros durante a minha ausência? Na plenitude da primavera, ele parecia o mesmo de sempre, impávido e impassível, como se duas décadas fossem um lapso de tempo irrelevante. O muro sentira bem mais a passagem dos anos: aqui e ali, era possível notar as fissuras e, embora ele já não fosse amarelo como antes, o verde da nova camada de tinta já começara a desbotar. Qual seria a próxima cor? Sayuri experimentaria o vermelho ou regressaria nostalgicamente ao amarelo? Pensei então no destino triste das árvores: crescer e permanecer sempre no mesmo lugar, assistir ao declínio inevitável de tudo ao seu redor, e ainda assim voltar a florir a cada ano.

– Ela ainda vive no mesmo sítio. – Dona Cláudia pareceu se divertir quando lhe perguntei sobre a minha ex-namorada. Adivinhando a pergunta seguinte, ela completou: – Sozinha.

A campainha também parecia ter sofrido o desgaste do tempo. Por mais que eu a apertasse, não ouvia nenhum som. Bati palmas durante uns cinco minutos, mas não obtive qualquer resposta. Como o portão era alto e não havia nenhuma fresta por onde espiar, só me restava desistir e voltar ao ponto de ônibus a seiscentos metros dali – ou tentar escalar o velho muro.

Eu me lembrava de ter visto, pouco depois de ter descido do ônibus, um caixote jogado na beira da estrada. Não era muito grande nem muito sólido, mas se eu o apoiasse no muro conseguiria vencer a distância que me separava do topo. Depois de olhar para os dois lados e me certificar de que não havia ninguém por perto, subi no caixote e, com um pequeno impulso, alcancei o alto do muro.

A casa estava completamente silenciosa, como se não houvesse mesmo ninguém, mas eu podia ver uma caminhonete preta na garagem. Pulei no gramado e, quando estava a alguns passos da varanda, chamei:

– Sayuri!

Ouvi um latido distante, porém não tive certeza se vinha da parte de trás da casa ou de algum sítio vizinho. Um bem-te-vi cantou no alto de uma árvore.

– Sayuri? – voltei a chamar e, no momento em que finalmente me decidi a dar alguns passos rumo à casa, vi o vulto preto correndo em minha direção. Demorei alguns segundos para reagir, e aquela hesitação foi decisiva: antes que eu pudesse encontrar uma árvore onde subir ou qualquer outro lugar onde me esconder, o rottweiler já havia abocanhado a minha coxa esquerda e se preparava para a próxima mordida. Surpreendido pela intensidade da dor, eu não conseguia raciocinar direito. Vendo o monstro pular em direção à parte superior do meu corpo, como se mirasse a minha garganta, tentei me defender com o braço, e a segunda mordida foi inverossimilmente mais dolorosa que a primeira. Ele ainda estava com o meu braço entre os dentes, preparando-se para agitá-lo de um lado para outro até dilacerá-lo completamente, quando a voz ofegante de Sayuri ressoou:

– Musashi! Aqui!

Senti no músculo do meu antebraço a decepção do cachorro, como se seus dentes dissessem: "Não podemos mesmo continuar com esta adorável brincadeira?". Contudo, quase imediatamente também pude sentir, com alívio, a pressão dos dentes agudos se aliviando. Musashi me soltou no gramado e se posicionou, obediente, ao lado de Sayuri.

– Que ideia estúpida foi essa de entrar aqui assim?

Gostaria de ter examinado detidamente o semblante dela em busca de indícios do antigo sentimento; gostaria de saber em que momento ela percebeu que o desconhecido que invadira sua casa era seu ex-namorado; gostaria de ter dito algo espirituoso, que imediatamente a desarmasse e a dispusesse a responder com franqueza a todas as perguntas que eu queria lhe fazer; porém, eu estava jogado ali no chão, meio de cócoras, numa posição ridícula, e não conseguia pensar em nada além da dor lancinante que sentia no braço, na perna e no coração.

– Tira a calça.
– Já? Nós nem vamos conversar um pouco antes?

Sayuri me lançou um olhar gelado, como se quisesse deixar claro que minhas piadas eram um recurso ultrapassado, que já não servia naquele novo contexto. Vi uma careta se formar no seu rosto quando ela passava o algodão no buraco aberto na minha coxa.

– Você já desinfectou o Musashi? É capaz de o coitadinho pegar alguma doença grave...

Fingindo não ter ouvido nada, ela continuou a limpar o ferimento.

– Se você não estivesse de calça, o estrago teria sido maior ainda.

– O que tem nessa seringa?
– Um anti-inflamatório e um analgésico. Pode ficar tranquilo. Eu fiz curso de enfermagem.

Fui arrebatado por uma estranha sensação de alívio à medida que o líquido entrava em minha veia. A dor no braço e na perna ainda era muito intensa, mas o fato de estar ali, aos cuidados de Sayuri, fazia com que eu me sentisse regressando a uma versão anterior de mim mesmo, uma versão mais serena, mais simples e mais essencial.

— Os remédios podem dar um pouco de sono, por isso é melhor você não dirigir.

— Eu vim de ônibus.

— Posso te dar uma carona até a cidade. Onde você está hospedado?

— Você quer dizer: depois que nós conversarmos?

— Não quero conversar.

— Sayuri, eu sei que é difícil depois de tudo...

— Não quero conversar — ela repetiu num tom um pouco mais alto, enquanto guardava os objetos na maleta de primeiros-socorros.

— Eu vi a menina.

— O quê?

— Ontem, no Tooro Nagashi. Eu vi a menina.

Ela me observou com os olhos contraídos, como se eu estivesse a quinhentos metros de distância; depois, permaneceu em silêncio, como se esperasse por algo. Durante os segundos seguintes, pude observar com maior atenção — agora já recuperado do susto causado pela investida do cachorro — os efeitos do tempo no seu rosto. Os lábios pequenos ainda eram finos e delicados, mas haviam se arqueado levemente, como se sustentassem um peso maior do que sua capacidade. Ao lado dos olhos havia uma série de pequenas fissuras que me lembraram as rachaduras do muro verde lá fora. A pele estava mais escura, e os cabelos, mais desbotados. Era como se aquela mulher à minha frente fosse uma parente remota da Sayuri que eu conhecera – em contraste com a menina que eu vira cruzar o torii na noite anterior, que guardava intactas a beleza e a vivacidade da minha ex-namorada.

– Você interrompeu um trabalho que eu estava fazendo.

Tampouco a voz clara e límpida era a mesma de antes. O jeito brusco de se levantar e me dar as costas, sim, era o de 21 anos antes. Achei que ela também comparara meu rosto atual com o que permanecera em sua memória, e o resultado não podia ter sido satisfatório.

– Posso te acompanhar?

– Se você quiser – ela nem sequer se virou para responder.

Vesti a calça o mais rápido que pude e a segui, caminhando com dificuldade.

Atrás da casa havia uma edícula que fora transformada numa fabriqueta de processamento de chá. No cômodo escuro em que Sayuri entrou, quase todo o espaço era tomado por uma grande esteira cheia de folhas postas para secar ao lado de uma máquina cuja função eu demorei um pouco para entender. Sem dizer uma palavra, ela me entregou uma touca e um par de luvas descartáveis para que eu me paramentasse antes de entrar. Olhei com atenção seus gestos rápidos e a imitei. Era no mínimo curioso que nosso primeiro encontro depois de 21 anos se desse naquelas condições: parecíamos versões cômicas de nós mesmos, vestidas para um baile fantasmagórico e irreal.

Sayuri apertou o botão e a máquina começou a girar lentamente, movendo as folhas que ela provavelmente deixara ali momentos antes de ser interrompida pelos latidos de Musashi. O movimento circular da máquina fazia com que algumas folhas escapassem ao alcance da secadora, e Sayuri compensava o movimento centrífugo das folhas com uma vassourinha que ela usava para devolvê-las ao centro da máquina. Aquilo se repetia indefinidamente: as folhas escapavam e ela as devolvia ao centro.

– Faz tempo que a campainha está quebrada?

Sayuri demorou alguns instantes para responder.

– Não. Só uns dois ou três anos.

– Você não tem medo de perder clientes?

Ela continuava concentrada em sua atividade.

– Quem conhece o meu negócio sabe o número do meu telefone. Ou conhece alguém que sabe. É um negócio pequeno, sem grandes pretensões.

– Mas e os novos clientes? Alguém de fora da cidade, por exemplo, que queira comprar o seu chá?

– Acho que o sossego compensa o risco de perder um ou outro cliente.

À medida que observava os movimentos circulares da máquina e a paciente tenacidade de Sayuri, senti um torpor que me indispunha a abordar imediatamente o assunto que me trouxera ali. Talvez fosse efeito dos remédios, mas tudo o que eu queria naquele momento era fechar os olhos e descansar.

– Posso esperar na sala?

Não lembro se ela chegou a responder à minha pergunta. Quando acordei, já eram quase 5 da tarde. O silêncio da casa só era quebrado por um ou outro pássaro cantando em algum lugar das redondezas. Um canário à direita, um fogo-apagou um pouco mais ao fundo – e,

depois de uma breve pausa, um bem-te-vi muito próximo. Eu estava morrendo de sede, mas não sabia se devia procurar a cozinha. Havia sempre o risco de Musashi estar à espreita e querer terminar o trabalho interrompido. Achei mais prudente chamar por Sayuri, que respondeu de algum canto da casa:
— Estou aqui.
A voz parecia vir do cômodo luminoso à minha direita, que eu supus ser a cozinha, e do qual me aproximei com passos hesitantes. Senti o cheiro inconfundível da carne de porco fritando e só então percebi que estava com muita fome. Como se adivinhasse o que se passava pela minha cabeça, Sayuri disse, antes mesmo de me ver:
— Imagino que você não vai querer ir embora agora.
— Antes que eu pudesse responder, ela completou: — Tem água na geladeira. O banheiro fica ali, do outro lado, no fim do corredor.

— Como estão os machucados?
Já estávamos quase terminando a refeição quando ela voltou a falar comigo. Não quis estabelecer um diálogo forçado, preferindo reservar minhas energias para as questões mais importantes.
— Tudo bem.
— Quando voltar a dor, você me avisa, que eu te dou uma nova dose de analgésico.
Ela não havia se maquiado, mas trocara a roupa de trabalho por um vestido azul florido. Também soltara o cabelo, que parecia mais escuro do que antes.
— A comida está ótima.

— Você deve estar há pelo menos seis horas sem comer nada. Assim, qualquer comida fica ótima.

— Está ótima. De verdade.

E não voltamos a falar nada até o momento em que nos sentamos no sofá da sala, cada um com sua xícara de chá na mão.

— Por favor, não precisa elogiar o chá.

Num instante, a impressão de que aquela Sayuri era apenas uma parente remota da jovem que eu abandonara duas décadas atrás perdeu todo o sentido. Era ela, sim – a Sayuri de sempre, de quem eu me desencontrara tantas vezes em repetidos sonhos em que perambulávamos sem rumo pelas ruas da cidade –, e com quem eu agora compartilhava o silêncio daquela tarde que lentamente se transformava em noite. Nenhum de nós dizia uma palavra, e à medida que as sombras se espraiavam pela sala eu pensava no guaracuí que esperava lá fora e em seu impenetrável silêncio.

Coisas pequenas que nos causam grandes aflições: adoecer na véspera do Ano-Novo; constatar no espelho a marcha da velhice; caminhar dois quilômetros para ver um flamboaiã florido e descobrir que o cortaram.

Caminho cada vez menos, e já não sinto vontade de ir muito além do quarteirão de casa. Minha nora brinca comigo, dizendo que eu fiquei preguiçoso; faz gestos com os dedos, tentando me animar a andar mais. "É bom fazer exercício", Cláudia repete a cada manhã, na língua peculiar que ela inventou para se comunicar comigo, um português simplificado em que algumas expressões em japonês se alternam com mímicas exageradamente explícitas, como hoje, quando seus dedos morenos imitavam pernas que se moviam decididamente.

Se ela entendesse melhor a minha língua, eu poderia lhe explicar que não é a preguiça nem a debilidade física que me impedem de caminhar no mesmo ritmo e percorrer a mesma distância de antes; o que me desanima a sair de casa é a certeza de que encontrarei a cada manhã um mundo menor e mais pobre do que o que existia na manhã anterior. Por que arrancar da noite para o dia um flamboaiã que demorou décadas para alcançar seu esplendor? Ele pode cair e esmagar a casa que será construída naquele terreno. Mas se a casa ainda não foi construída, por que não deixar um espaço suficiente entre ela e a árvore? Por que essa ânsia em aproveitar cada centímetro de terreno, por que essa necessidade de eliminar qualquer possibilidade de surpresa?

E outra vez me vem à memória a sua voz clara e lúcida: "As pessoas projetam casas sem pensar no ambiente que as circunda. Aqui um quarto, ali um banheiro – e tudo parece perfeito na folha de papel. Mas projetar uma casa *que se integre à paisagem é muito mais difícil". Você ergue lentamente o cigarro preso entre os seus dedos finos, como se hesitasse entre voltar a falar e voltar a fumar. Por um instante, o universo pende de uma chama acesa. "É preciso estudar o local onde cada cômodo será construído, e depois, respeitar o caráter dos elementos. O trabalho é muito maior, sem dúvida alguma, mas as recompensas são proporcionais. Habitar uma casa viva é uma das sensações mais intensas que se pode experimentar."*

O que foi feito do velho Yugi? Quando ele partiu de Registro para o interior da Bahia, disposto a investir todas as suas economias na plantação de bananas, as pessoas acharam que ele havia enlouquecido. Dizem que hoje ele se tornou milionário. Viu para onde o vento estava soprando e seguiu na direção correta, é o que todos por aqui afirmam, com admiração e uma ponta de inveja. E eu me indago se não há gente que, de fato, tem uma percepção especial – e consegue sentir o que ainda está oculto no ventre grávido do tempo.

Yugi foi o primeiro a me falar do casal que havia chegado dos Estados Unidos e estava construindo uma casa estranha, que mais parecia um pássaro imenso pousado em cima das pedras que margeavam um pequeno córrego a cerca de quinze quilômetros da cidade. A princípio, eu não lhe dei muita atenção: estava mergulhado em minha própria tristeza, desalentado com a morte da Mãe, acabrunhado pelas notícias cada vez mais desoladoras de uma guerra que parecia não ter fim. As partidas de Go que nós jogávamos a cada fim de tarde, depois que ele havia fechado sua pequena quitanda, eram a única atividade que me dava um pouco de alento naqueles dias. Lembro de ter pensado na grande inutilidade de se construir uma casa quando tantas outras casas eram destruídas por bombas, não muito distinta da inutilidade de continuarmos colhendo folhas de chá que, depois de processadas e embaladas, cruzariam o oceano e dariam ânimo aos ingleses para lutar contra os aliados do Império Japonês.

Tudo parecia inútil e sem sentido, e eu me oferecia para fazer todo tipo de trabalho – carregar água para os vizinhos, distribuir pelos sítios da região os mochis que a irmã de Kazue fazia, ajudar a tapar os buracos das estradas – com o único objetivo de ocupar meu tempo e não pensar em nada, trabalhar até o esgotamento, e então dormir, e voltar a trabalhar no dia seguinte, enquanto os dias passavam. A "fenda do espírito" parecia crescer a cada dia, e eu fazia o possível para não a tornar ainda maior. Quando Kazue me disse que estava grávida, não pensei na grande inutilidade de trazer ao mundo uma nova vida naquele momento em que tantas vidas eram destruídas, simplesmente porque me esforçava para não pensar em nada. Àquela altura, o homem que havia me criado já tinha se mudado para São Paulo, onde passou a trabalhar numa tinturaria. Eu e Kazue agora dispúnhamos de mais espaço para nossos silêncios e para o bebê que nasceria no fim do ano. Eu aceitava o que acontecia com a mesma naturalidade com que se aceita que uma bomba caiu num lugar e não em outro, ou que a terra tremeu aqui e não ali. Os fatos se sucediam segundo sua própria lógica, alheios à minha opinião e à minha vontade.

No dia 15 de agosto, o interventor nos reuniu no pátio da fábrica e anunciou que a guerra havia terminado e o Japão tinha perdido. Diante do silêncio pesado que se seguiu, ele repetiu nervosamente: "Vocês entenderam?

A guerra acabou. Os aliados venceram". Como os funcionários permaneceram estáticos, fitando-o sem dizer uma única palavra, o homem (um brasileiro queimado de sol, vestido com um terno apertado que parecia dificultar seus movimentos) deu um sorrisinho forçado e continuou: "Vocês podem voltar para casa. Hoje ninguém trabalha. Entendido? Estão todos dispensados até amanhã". Depois de esperar por alguns instantes, o interventor moveu os ombros, desceu do caixote onde havia subido e entrou no prédio sem olhar para trás, deixando-nos a sós com nossa perplexidade.

Naturalmente, quase todos ali já tinham ouvido falar sobre a rendição da Itália, a invasão de Berlim, o suicídio de Hitler, a tomada da Manchúria pelos russos, as bombas nucleares atiradas em Hiroshima e Nagasaki; alguns poucos até já tinham notícia da declaração de rendição do Imperador transmitida na véspera pelo rádio; contudo, o pronunciamento do interventor nos abalou como o último golpe do machado que enfim derruba a árvore cem vezes fustigada. Aos poucos, fomos nos dispersando – uns caminhando lentamente de volta para casa; outros andando sem rumo, com os olhos voltados para o chão; outros chorando e soluçando como se tivessem perdido um parente; outros ainda, como eu, observando tudo como se fosse um filme cujo roteiro não conseguíamos compreender.

Hideo, um sujeito atarracado e barbudo que havia começado a trabalhar na fábrica mais ou menos na mesma época que eu, de repente gritou: "É mentira! O Japão nunca perdeu uma guerra!". Alguns levantaram a cabeça e o olharam, como se estivessem à espera de algo; outros aquiesceram timidamente: "É isso mesmo", "O Japão venceu". A maioria, porém, preferiu permanecer em silêncio e continuou sua desalentada dispersão. Caminhando de volta para casa naquela manhã fria e azul, senti como se a cidade inteira enfim compartilhasse a sensação de vazio que me acometera desde a morte da Mãe.

Nos dias que se seguiram, nada de substancial aconteceu. Não fomos presos nem enviados para campos de concentração, como alguns temiam; tampouco a cidade foi envolvida por uma onda de prosperidade, como outros anunciavam. O trabalho na fábrica seguiu monótono e previsível; de manhã, eu colhia as folhas de chá e as levava ao pavimento superior, onde elas repousariam; à tarde, auxiliava no processo de secagem e embalagem. Em casa, minhas conversas com Kazue se limitavam a observações sobre as verduras e os ovos, ou sobre as nuvens e os ventos. Até o dia que eu falei a ela sobre o convite de Yugi.

Yugi era capaz de sentir para onde o vento estava soprando? Ou foi apenas um agente involuntário do destino? Por mais que dê voltas a essas perguntas que me faço há pelo menos quarenta anos, e as examine por todos os lados, como uma posição intrincada num tabuleiro de Go, não consigo chegar a uma resposta conclusiva. Até aquele momento, ele havia me falado em diversas ocasiões sobre o casal de japoneses que tinha se mudado dos Estados Unidos para Registro no meio do ano; sem que eu lhe perguntasse nada, entre um novo lance e um gole de saquê, ele começava a falar sobre a vitrola e os discos de música que vocês haviam trazido, "uma música celestial, mais pura do que o voo de uma garça"; em outro dia, contava sobre o jantar de inauguração da casa das pedras, "muito discreto, mas refinadíssimo, com todos os pratos preparados pelo próprio dono da casa"; enquanto eu ocupava o canto do tabuleiro e expandia meu domínio para o centro, ele falava com entusiasmo sobre a companhia americana que construiria uma grande ferrovia ligando São Paulo a Buenos Aires, "passando bem ao lado das terras que eles compraram a preço de banana", e repetia que eu precisava conhecer vocês – e aos poucos, como de propósito, foi despertando a minha curiosidade.

Assim, quando ele me disse que "os americanos" (como ele os chamava jocosamente) queriam me conhecer, eu reagi com incredulidade. O que aquelas pessoas refinadas poderiam querer com alguém como eu, que passava meus dias debaixo do sol, colhendo folhas de chá? "Bom, você é o melhor jogador de Go da região", Yugi respondeu, e depois me contou sobre as encarniçadas partidas que ele havia disputado com o seu anfitrião na casa das pedras. "Quando eu falei para ele que você era imbatível, o americano me fez prometer que ia levá-lo até lá no próximo sábado."

Naquele momento, eu imaginei que era um traço da personalidade de Yugi aquele afã de aproximar as pessoas, alardeando para cada um as características mais atraentes do outro. Ao contrário de mim, ele tinha grande desenvoltura em fazer amizade com as pessoas mais distintas – e, com sua facilidade para transitar em diversos ambientes, se tivesse permanecido mais tempo na cidade, é provável que tivesse sido eleito prefeito ou até mesmo deputado. Voltando a pensar sobre isso agora, todavia, eu me pergunto se ele nos aproximou porque queria me distrair do estado melancólico em que eu me encontrava na época, ou se viu algo mais profundo sob a superfície das coisas – uma corrente subterrânea que já nos unia antes mesmo de nos encontrarmos pela primeira vez, que ele adivinhou e soube pôr em movimento.

O fato é que, dois dias depois daquela conversa, apertado entre Yugi e sua esposa na carroceria da caminhonete que subia e descia como um barco ao sabor das ondulações da estrada de terra, vi pela primeira vez a imagem que se gravaria a fogo na minha memória e que ainda hoje me sobressalta a cada vez que regressa à minha memória: a casa branca equilibrada sobre o córrego. A caminhonete se aproximou vagarosamente, como se Yugi quisesse me propiciar o tempo necessário para que eu me familiarizasse com a paisagem. Quando enfim estacionamos no gramado que se estendia ao lado da casa, vi uma figura esguia que se aproximava sob a luz oscilante da tarde que se transformava em noite.

Durante toda a minha infância, a Mãe se esforçou para incutir em mim os princípios do que ela considerava como o modo mais adequado de se portar em relação ao curso dos eventos. "Se você não confiar em si mesmo nem em qualquer outra pessoa, se conseguir se esvaziar de todas as expectativas, vai se sentir grato quando algo bom acontecer e não vai se sentir frustrado quando for surpreendido por acontecimentos desagradáveis", ela me explicou dezenas de vezes, como se enunciasse um teorema matemático – e, efetivamente, a mistura de budismo com bom senso daqueles preceitos se revelou clarividente em vários momentos da minha vida.
  "Mantenha um espaço claro entre você e o mundo, e nada vai obstruí-lo", ela recitava, enquanto me apertava contra o próprio corpo, como se eu e ela fôssemos um único organismo. "Aquilo a que você se prende se torna seu ponto fraco", ela ainda lembrou de me dizer em seus últimos dias de vida – ela,

que nunca foi capaz de se livrar da raiva, do desejo e do despeito, e ainda ardia por eventos ocorridos vinte anos atrás.

    A despeito da contradição entre as palavras e as ações, acredito que a Mãe era sincera ao enunciar repetidamente aquelas frases; ela temia que eu me envolvesse no mesmo círculo de sentimentos arrebatados que a havia consumido, e fazia o que estava ao seu alcance para me transformar numa pessoa equilibrada, sensata, imune às vicissitudes de um mundo que ela considerava fundamentalmente traiçoeiro. De forma similar, nunca duvidei da sinceridade de Kazue ao abraçar a religião católica e ao tecer longos discursos – não para mim, mas sempre em voz suficientemente alta para que eu os escutasse – sobre a necessidade de se resignar e perdoar aqueles que nos ofenderam. Não considero que ela exaltasse a bondade e a caridade para disfarçar a aridez dos próprios sentimentos; a meu ver, o fato de ela ser incapaz de dar uma moeda de cinquenta centavos a um mendigo sem se sentir penalizada tornava ainda mais comovente sua adesão ao catolicismo. Kazue era avarenta e tinha fé na generosidade, como a Mãe era impulsiva e louvava a impassibilidade.

    Se me afastei tanto do budismo quanto do catolicismo, não foi por causa da contradição entre seus enunciados e as práticas dos seus adeptos. Em meus 83 anos de vida, não conheci nenhuma pessoa minimamente interessante que não fosse contraditória. Ao contrário, como ficou demonstrado pelas lamentáveis e atrozes circunstâncias da sua morte, as únicas pessoas que devemos temer e combater a todo custo são os fanáticos empenhados em agir segundo uma ortodoxia rígida.

    O ideal de se manter à parte do mundo, alheio às suas vicissitudes e transformações, nunca me pareceu uma meta desejável. Se, durante os anos que se seguiram à sua morte, eu passei a viver como um sonâmbulo, incapaz de me envolver com as pessoas ao meu redor – e se, de certa forma, a sua morte acabou me incapacitando para novos relacionamentos humanos intensos e duradouros –, isso não aconteceu por escolha própria, mas simplesmente como consequência dos fatos. Não busquei apagar meus desejos nem tentei escapar à roda implacável das causas e efeitos; ao contrário: se hoje algumas pessoas desavisadas me tomam por um sábio senhor oriental, isso se deve apenas ao fato de elas não poderem olhar no fundo do meu espírito, onde o desejo ainda arde como uma brasa viva.

Tampouco me atrai o ideal católico de um paraíso fora do mundo, sem sobressaltos excruciantes ou dúvidas ardentes. Se há algo digno de ser preservado de toda morte, se há um tempo e um espaço que mereçam ser chamados de paraíso, eu os conheci naquela noite de novembro de 1945 na casa das pedras. Renunciaria de bom grado à minha alma imortal e ao meu salvo-conduto para transitar pelo reino dos justos se pudesse reviver uma única vez os solavancos do trajeto até o sítio, a imagem oblíqua dos últimos raios de sol refletidos na água do córrego, o instante rápido e fulgurante em que nossos olhos se tocaram pela primeira vez, as suas palavras, a sua voz, que a cada vez que soavam iam abrindo fendas e galerias ocultas em mim, o seu humor, a sua inteligência, as estrelas no terraço naquela noite magnífica, a música, a forma como você fazia com que o esplendor parecesse natural, o sabor do uísque, o rumor dos grilos, a plenitude do céu noturno que pulsava por trás da cortina do quarto, quando eu me deitei no futon à espera do que viria.

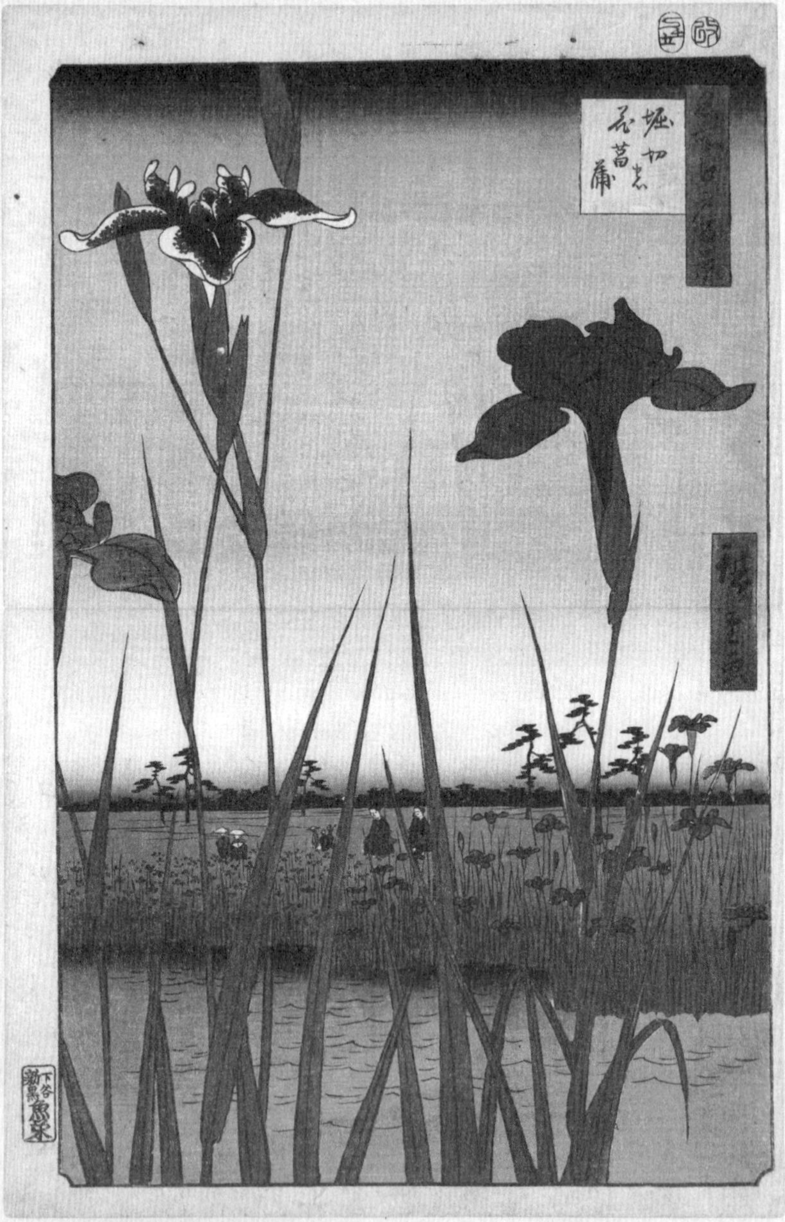
堀切の花菖蒲

O BROTO E AS FOLHAS

— A Naeko não é sua filha.

Como uma jogadora de Go experiente, Sayuri preferia atacar diretamente, sem subterfúgios, colocando sua peça no lugar exato onde podia causar mais danos. No entanto — talvez por efeito do chá e dos remédios, ou da noite que aos poucos ia apagando o que ainda restava do dia —, eu me sentia tranquilo, e o nervosismo que começava a agitá-la só aumentava a minha calma.

— Naeko? É um belo nome. Ela não mora aqui com você?

— Por que isso agora? Por que você resolveu aparecer depois de todo esse tempo?

— O Sr. Yasuro — comecei a explicar. — Você se lembra dele...

Não me recordo de ter dito a frase em tom interrogativo; eu queria apenas introduzir o tópico antes de contar sobre o tabuleiro de Go, o manuscrito em japonês e as fotografias. Mas ela não me deixou continuar:

— Se eu me lembro dele? *Eu* fui ao enterro, ao contrário de você, que nem se dignou a aparecer.

Naquele momento, senti que a tranquilidade começava a me abandonar.

— Eu não fiquei sabendo. Só soube mais tarde. Bem mais tarde. Na verdade, o Sr. Yasuro tinha pedido pra eu nunca mais voltar.

— Então ele também se decepcionou com você.

A resposta rápida e cortante me abalou. Nunca tinha pensado sobre o assunto naqueles termos, mas talvez ela tivesse razão.

— Acho que sim. Acho que ele via coisas que eu não era capaz de ver naquela época.
— Você nunca foi muito bom nisso.
— Em quê?
— Em ver as coisas com clareza.
— Eu era muito novo. Nós...
— E agora você volta à cidade depois de vinte anos e quer recuperar o que deixou pra trás? É isso? Um conto de fadas com um final redentor?
— O Sr. Yasuro escreveu um texto... Uma espécie de memorial em que ele conta a história da vida dele. Em japonês, é claro. Como eu não entendo uma palavra do que está escrito naqueles papéis, achei que vindo a Registro eu poderia esclarecer...
— E o que eu tenho a ver com isso?
— Eu não fazia ideia sobre a menina. A Naeko. Só a vi de relance, por acaso, no Tooro Nagashi. Ela é igual a você!
Sayuri sorriu amargamente.
— Você quer dizer: igual ao que eu era.
— Quantos anos ela tem?
— Ela não é sua filha.
— Quantos anos ela tem?
— Dezenove.
— Uma pessoa me disse que ela tinha vinte.
— Que pessoa? Que pessoa pode saber mais sobre a minha filha do que eu mesma?
— Uma pessoa daqui da cidade. Você pode imaginar como eu fiquei quando vi a menina, a Naeko. Eu tinha até acendido uma vela pra ela! Quer dizer: pra criança que eu achava que havia morrido antes de nascer. — Não conseguia me explicar direito, e a irritação de Sayuri me deixava ainda

mais confuso. – Hoje cedo, antes de vir pra cá, eu liguei pra essa pessoa... Pra saber sobre você: se você ainda morava aqui no sítio... E ela me disse que a menina tinha nascido alguns meses depois de eu ir embora.
– E você já montou todo o conto de fadas na sua cabeça, não foi? Ia ser muito cômodo, aliás. Depois de vinte anos, quando *a menina* já está criada, o pai maravilhoso reaparece, assume seus erros e é perdoado. Não precisa nem pagar as pensões acumuladas dos anos anteriores, porque ela já é adulta e não precisa da sua ajuda. Os dois se tornam grandes amigos e ele vem visitá-la a cada nova edição do Tooro Nagashi. Foi isso que você imaginou?
– Você tem toda a razão. Eu fui covarde. Eu tinha só dezenove anos, mas você era ainda mais nova.
– Realmente não acho que faça sentido a gente ficar debatendo essas coisas. Não adianta nada.

Sayuri se levantou do sofá, foi até a janela e ficou olhando para o quintal às escuras.

– Eu já tinha ficado assustado com aquela história de a gente casar e ir pro Japão.
– Era só por causa do visto.
– Depois, quando você me disse que estava grávida, eu simplesmente não consegui lidar com a situação.
– Esse é o privilégio dos homens. Se eles não conseguem lidar com a situação, basta dispensar a mulher e seguir em frente. *Ser fiel aos seus sonhos*. Não foi isso que você me disse?
– Eu era terrivelmente imaturo. Ao contrário de você.
– Eu tive que amadurecer. Porque, mesmo que não conseguisse lidar com a situação, eu não tinha a opção de fugir.
– Eu não te *dispensei*. Eu te chamei pra ir embora comigo.

— Ir embora? Deixar pra trás minha mãe e meu pai? Você sabia que eu não podia ir embora. O Japão era outra coisa. Se a gente fosse pro Japão, em pouco tempo daria pra juntar dinheiro pra...

— Você chegou a ir?

Ela sorveu demoradamente o chá, como se deliberasse se valia a pena responder à minha pergunta. Depois voltou a se sentar na poltrona ao meu lado.

— Vivi quatro anos lá. Quatro anos longe da pessoa que eu mais amava neste mundo. Você pode imaginar o que é isso? A dor? O frio do inverno de Sendai? Eu chorava todos os dias, todos os dias eu mandava uma mensagem pra Naeko, dizendo pra ela ficar feliz e se cuidar, porque tudo ia ficar bem. Ela tinha cinco anos quando eu fui embora. Você tem noção do que é deixar pra trás uma criança de cinco anos? Se eu tivesse ficado dez anos em Sendai, teria juntado dinheiro suficiente pra garantir o futuro dela. Mas eu não aguentei. Depois de quatro anos, eu tive de voltar.

Sayuri se levantou abruptamente e foi até a cozinha. Enquanto ela pegava mais chá — e provavelmente enxugava as lágrimas que tentara conter enquanto falava comigo —, eu fiquei olhando os porta-retratos que resumiam os 21 anos que eu perdera: a bebê mestiça no berço, esticando as mãozinhas delicadas em direção a um brinquedo de pelúcia; a menina que se chamava Naeko se equilibrando em cima de uma bicicleta; Sayuri sorrindo à frente de um templo oriental; Naeko com o cabelo preso num coque, vestindo um quimono verde com estampas florais; Sayuri e Naeko abraçadas, provavelmente naquela mesma sala, sorrindo para a câmera.

– Os horários dos ônibus que passam aqui são muito ruins. Vou te dar uma carona até a cidade.

– Você concordou que era melhor a criança não nascer.

– Concordei? – A xícara tremia nas mãos dela. – Você disse que um filho naquele momento *ia estragar nossa vida*. Nunca me esqueci dessas palavras. *Estragar nossa vida*. O que eu podia fazer então? Tentar te convencer de que um filho era uma dádiva divina?

Senti um calafrio súbito, como se num instante a temperatura tivesse caído dez graus.

– Eu era um idiota. Você tem toda a razão.

– Não concordei com você. Disse o que você queria ouvir. Se você insistisse, se dissesse pelo menos uma vez que nós íamos criar o bebê juntos, que você estava disposto a enfrentar o desafio comigo... Mas a única coisa em que você pensava era na sua preciosa vida que ia ser arruinada de uma hora pra outra. Quando eu te disse que poderia *resolver o problema*, ainda tinha uma pequena esperança de que você me contestasse e dissesse que um filho não seria nunca um problema, que tudo ia ficar bem, porque, afinal de contas, a gente se amava... E o que você fez? Abaixou a cabeça em silêncio e colocou as mãos frias e moles nos meus ombros. Nem se dignou a me dar um abraço! Depois você ficava me ligando o dia todo pra perguntar se estava tudo bem... O que é isso? Você acha que me comove com essas caretas?

– Meu braço – consegui dizer, no intervalo entre duas pontadas. – Está doendo muito.

– Trinta e oito. – Sayuri examinava o cronômetro, visivelmente contrariada. Depois de me dar outra injeção de analgésico e anti-inflamatório, ela ainda me ofereceu um comprimido vermelho. – É um antitérmico. Se a febre não baixar nas próximas horas, vou te levar ao hospital. Você vai precisar tomar uma antitetânica.

Aproveitando o fato de ela ter me deixado sozinho na sala, levantei-me do sofá e fui até a cozinha para lavar a louça e guardar na geladeira o que sobrara do jantar. As pontadas e os calafrios tornavam a atividade mais difícil, mas em poucos minutos estava tudo arrumado. Voltei à sala e permaneci cerca de meia hora olhando para os porta-retratos, enquanto Sayuri, em outro cômodo, conversava com alguém ao telefone. Não era possível distinguir as palavras que ela dizia, porém o tom afetuoso da sua voz indicava que se tratava de uma pessoa próxima.

Depois, quando o ruído dos grilos começava a dominar a casa, ela reapareceu com um colchão. Senti uma mistura de alívio e decepção. Por um lado, considerava uma vitória o fato de ela não insistir em me levar de volta ao hotel; por outro, só percebi naquele momento que alimentava secretamente a esperança de que ela me instalasse no quarto de Naeko, onde eu poderia obter mais dados sobre a vida desconhecida da minha filha recém-descoberta.

– Se precisar de alguma coisa, me chame. Boa noite.

Mal tive tempo de murmurar um "obrigado". Ela já havia me dado as costas e sumira no corredor que levava aos aposentos proibidos.

Acordei com o corpo empapado de suor e com a garganta seca. Era meia-noite e quarenta e sete, mas eu me sentia revigorado como se tivesse dormido dez horas seguidas.

Bebi um copo d'água, fui ao banheiro e voltei a me deitar no colchão estendido no meio da sala, sabendo que dificilmente conseguiria voltar a dormir. Após cerca de quarenta minutos, ouvi o leve ruído de passos que se aproximavam. Permaneci imóvel, quase sem respirar, até o momento em que senti a mão de Sayuri na minha testa. Pensando mais tarde sobre o que aconteceu, imaginei que ela provavelmente deve ter dito a si mesma que ia até a sala apenas para verificar se a minha febre havia amainado; afinal, embora eu tivesse invadido sua casa, ela se sentia responsável pelos ferimentos infligidos pelo cachorro. É provável que esse discurso tenha passado pela cabeça de Sayuri no momento em que ela decidiu verificar a minha temperatura. Contudo, quando a sua mão trêmula tocou a minha testa e depois o meu rosto, uma centelha elétrica saltou imediatamente de um corpo para outro, e poucos segundos depois nós já estávamos nus e furiosamente procurávamos percorrer com nossas mãos e nossas bocas, e depois com cada parte do nosso corpo, cada milímetro do tempo que havíamos perdido.

— O Musashi fez um bom trabalho. Sorte sua ele não ser um rottweiler puro. — Ela contornava com o dedo o desenho feito pelo dente do cachorro na minha coxa. Depois, sem nenhum aviso, mudou completamente de assunto. — No meu terceiro ano em Sendai, passei a dormir com um rapaz que eu conheci no ônibus. E na maior parte dos dias era exatamente isso que acontecia: eu e ele chegávamos em casa tão exauridos depois de doze horas de trabalho que o máximo que conseguíamos fazer era nos abraçar e dormir juntos. De qualquer forma, era um consolo saber que alguém me esperava no fim do dia que parecia não ter fim, e um corpo aquece mais que uma fotografia. O nome dele era Hideaki, e só por causa dele eu consegui aguentar ainda mais dois anos no Japão. Mas depois foi pior: quando eu voltei pro Brasil, a felicidade de reencontrar a Naeko e os meus pais foi contaminada pela sensação de que uma parte de mim havia ficado pra trás. Uma parte triste e intranscendente, mas uma parte de mim. Nós ainda nos falamos por Skype durante algum tempo, mas ele não queria vir para o Brasil, e eu me recusava a voltar para o Japão. Então, aos poucos fomos deixando que a coisa acabasse...

O ruído do despertador interrompeu o relato. Ainda estava escuro, mas Sayuri imediatamente começou a se vestir.

– Cinco e meia? Você acorda sempre tão cedo?

Ela já estava de pé quando respondeu:

– As etapas do chá têm horários rígidos. É um trabalho simples, mas exigente.

– Posso ir com você?

– Não vale a pena.

– Mas eu quero.

– Depois, quando eu for colher as folhas de chá, você pode me ajudar.

– Que maravilha! – Não pude conter meu entusiasmo ao ver o chazal que se estendia até o horizonte, onde uma pequena mata nativa o delimitava. O contraste entre o verde-claro dos arbustos de chá acompanhando horizontalmente as ondulações do terreno e o verde-escuro das árvores se erguendo verticalmente ao longe tornava a paisagem harmoniosa e reconfortante. Com o chapelão de palha que Sayuri me emprestara e um cesto às minhas costas, onde eu ia colocando cuidadosamente as folhas que colhia, sentia uma grande tranquilidade, distraída ocasionalmente pela dor no antebraço que voltava a cada movimento um pouco mais brusco que eu fazia. Contudo, o ferimento da coxa já nem me incomodava, e o do antebraço já estava bem melhor do que no dia anterior: era só uma questão de tempo até que cicatrizasse.

– Você tem que colher o broto e as duas folhas que ficam em volta dele. Isso é tudo.

Não era difícil seguir as instruções. Trabalhávamos em silêncio, cada um em um lado do chazal, seguidos de longe pelo olhar atento de Musashi, que corria alegremente entre os arbustos. Minha cesta ainda estava leve quando Sayuri se aproximou e sugeriu que fizéssemos uma pausa.

– Mas já?

– Você deu sorte de pegar um dia nublado. Normalmente, a esta hora o sol já está escaldante, ainda mais nesta época do ano.

Notei que a cesta dela estava repleta de folhas.

– Você tem que colher as folhas todos os dias?

– Todos os dias, nove meses por ano. Mas eu tenho dois funcionários que me ajudam na colheita. No resto do processo, outra pessoa mais atrapalharia do que ajudaria. Como eu lhe disse, é um trabalho exigente, mas simples.

Alguns minutos mais tarde, quando já estávamos à mesa, ela contou:

– Quando eu voltei do Japão, o sítio era um matagal. Passei várias semanas me arrastando entre as mudas de chá, limpando o terreno com a mão, matando as cobras que se escondiam nos arbustos. Minha mãe estava doente e a casa estava quase arruinada. Investi aqui todo o dinheiro que eu consegui economizar. As pessoas diziam que o chá era uma coisa do passado, que a fabricação artesanal era muito desgastante, que eu ia falir em menos de um ano... Depois de quatro anos, eu já tinha recuperado todo o dinheiro investido. Hoje, meu chá é vendido na China e no Japão. Claro que os lucros não são nada comparados aos das grandes indústrias de chá de Registro na época em que a gente era criança, mas ganho o suficiente para viver sossegada e dar a Naeko tudo de que ela precisa.

Ela parou de repente, como se estivesse arrependida por tocar no nome da filha. Ou era a consciência súbita de que já era tarde? A vida de Sayuri parecia girar em torno do relógio.

– Este comprimido é pra garantir que o ferimento não infeccione. Você tem que tomar um a cada oito horas. Vai lembrar?

Depois que eu assenti com a cabeça, ela continuou:

– O próximo ônibus passa daqui a vinte minutos.

– Eu posso te ajudar um pouco mais. Na colheita.

– O sol agora vai ficar cada vez mais forte. A febre pode voltar.

– E quanto a Naeko?

Ela suspirou longamente antes de responder.

– O que você quer com ela?

– O que eu quero? Vê-la, conhecê-la, conversar um pouco com ela.

– E depois?

– Quem sabe? Talvez ela sinta raiva, talvez me ache um chato insuportável, talvez veja a situação de uma forma completamente diferente do que nós imaginamos... Eu não vou forçar nenhuma situação, não vou fazer perguntas invasivas. Você pode me apresentar como um amigo. Eu só preciso vê-la durante algumas horas. Uma tarde. Só isso.

Sayuri me fitou longamente, como quem examinasse uma balança. Vi os pratos oscilarem, depois penderem para um dos lados.

– Ela estuda em São Paulo, mas vem me visitar no fim de semana. Vou conversar com ela, depois ligo pra você. Se ela concordar, você pode vir no sábado à tarde. Mas não se esqueça: ela não é sua filha. Vou lhe dar uma oportunidade de conhecê-la, e espero que você não traia a minha confiança.

Fiquei tão entusiasmado que tentei beijá-la. Ela, porém, virou o rosto, e meus lábios só roçaram uma bochecha gelada. De qualquer forma, eu estava muito feliz com a possibilidade de poder conversar com Naeko.

– Obrigado.
– Eu te acompanho até o portão.

Sayuri parecia realmente angustiada com a possibilidade de eu perder o próximo ônibus, por isso não insisti. Não queria correr o risco de que ela mudasse de ideia em relação a sábado; contudo, as últimas palavras saíram da minha boca sem que eu as planejasse:

– E a gente?

Um sorriso quebrado aflorou no rosto de Sayuri.

– Você continua o mesmo de sempre. Disfarça um pouco melhor o egoísmo, se faz de generoso, inclusive na cama, mas continua o mesmo. Não confunda as coisas. Às vezes, o que parece um começo é só um final.

O portão se fechou, e voltamos a ficar apenas eu e o guaracuí.

Rememorando aquela primavera, nem percebi que era outra vez primavera. Passei onze dias sem conseguir escrever uma única palavra. Em breve, terei 84 anos. A fábrica de chá de Torazo Okamoto foi fechada. Os galpões da Kaigai Kogyo Kabushiki Kaisha, quatro sombras à beira do rio, parecem grandes navios encalhados no tempo. Kazue já não pertence a este mundo há dois anos. Você e Eiko, há 57. A Mãe, há 63. Na semana passada, acordei me sentindo terrivelmente cansado, sem disposição sequer para levar um copo de água à boca. Minha nora se assustou e chamou o médico, mas ele garantiu que não era nada e disse que eu ainda viverei mais do que os pinheiros de Takasago. As estações vão me empurrando à força em direção à sombra do crepúsculo. A vida gira e passa, bêbado fogo-fátuo.

Passei mais de trinta anos sem tocar num tabuleiro de Go. No entanto, ao contrário do jazz e do uísque, que conheci naquela noite, eu havia aprendido a colocar as peças no tabuleiro muito antes, com a Mãe, e talvez por isso tenha conseguido voltar a jogar depois de três décadas. Ainda hoje, eu não seria capaz de levar um copo de uísque à boca, e a cada vez que ouço casualmente um solo de Charlie Parker ou Paul Bley sinto uma pontada violenta no tórax e preciso de muitos dias para recuperar o equilíbrio perdido; ao jogo de Go, todavia, acabei regressando espontaneamente, sem que nada me forçasse a isso – primeiro, propondo-me alguns problemas posicionais; depois, refazendo em meu velho tabuleiro as partidas que me lembrava de ter jogado com você, com Eiko e até com Yugi. Não posso garantir que me recorde com precisão de cada lance; no entanto, acho que consigo recuperar ao menos o sentido geral das partidas mais memoráveis.

Naquela noite, nós jogamos três partidas. A primeira, entre mim e Eiko, transcorreu antes do jantar e não durou mais do que meia hora. Talvez eu estivesse ansioso por mostrar minhas habilidades, ao contrário de Eiko, que, como eu descobriria depois, jogava bem melhor do que você – mas que, por cortesia ou distração, cometeu dois equívocos evidentes que me permitiram dominar um vasto território logo no início do jogo e encaminhar rapidamente a vitória. De qualquer forma, o desenlace da partida aliviou a tensão que eu havia experimentado alguns momentos antes, quando me senti um pouco deslocado naquela casa magnífica, diante de pessoas que pareciam viver uma existência diferente de tudo o que eu havia conhecido até então.

As francas risadas com que vocês dois saudaram o resultado da partida fizeram com que eu sentisse imediatamente que, mesmo se eu cometesse uma gafe ou dissesse uma besteira, não havia por que me sentir constrangido. O uísque que você me serviu logo depois (dizendo: "Vamos tentar embriagá-lo! Talvez assim eu consiga pelo menos equilibrar o jogo!") apagou de vez qualquer resquício de receio ou ansiedade que eu ainda pudesse ter. Nos minutos seguintes, já conversávamos como velhos conhecidos, sem tentar disfarçar o fascínio mútuo que nos envolvia.

Depois de nos deliciarmos com a tilápia fresca que você preparou com a cenoura e o espinafre trazidos por Yugi, Eiko nos contou sobre a excursão que vocês haviam feito até o Rio Suamirim, com o único objetivo de procurar um tiê-preto que tinha fama de viver por lá. Então você nos contou sobre o seu projeto de desenhar e fotografar todas as centenas de espécies *de pássaros que viviam na região, cujos nomes em português eu fui conhecendo durante os anos seguintes, à medida que me embrenhava nas matas com você ou abordava o primeiro desconhecido que encontrava com a mesma pergunta: "Como chama?". Nomes intraduzíveis em japonês, que você anotava num caderninho e repetia no meu ouvido como um poema que eu não me cansava de ouvir: garça-branca, periquito-verde, japuíra, martim-cachá, saí-azul, colhereiro, saíra-sete-cores, tié-sangue, bonito-lindo...*

A segunda partida da noite, entre você e Yugi, começou logo depois da sobremesa e se arrastou por quase duas horas, interrompida pelas histórias que vocês nos contavam sobre Nova Orleans, onde era possível dançar até o sol raiar, num barco que cruzava o Mississipi, e onde todos achavam muito engraçado um casal de japoneses que dançava no meio dos negros sem se abalar. Yugi parecia ter obtido uma vantagem decisiva no jogo quando Eiko ligou a vitrola e uma música absurdamente límpida começou a soar. Você então olhou para mim, uma faísca percorreu o ar, e o jogo se transformou numa série de ataques e contra-ataques violentos e rápidos que desestabilizaram a posição de Yugi no tabuleiro.

Alguém havia notado a ligação secreta e definitiva que se estabeleceu entre nós dois a partir daquele instante? A esposa de Yugi parecia concentrada na história que Eiko lhe contava sobre um incêndio que ocorrera alguns dias antes de eles se mudarem para o Brasil; Yugi tinha problemas demais no tabuleiro para se distrair com qualquer outra coisa; assim, os olhares agudos que você me lançava entre um lance e outro iam tomando posse do meu espírito com a mesma ousada desenvoltura com que suas mãos e sua boca tomariam posse do meu corpo algumas horas mais tarde.

Quando Yugi enfim se viu obrigado a admitir a derrota, sabíamos que a terceira partida da noite só poderia ser disputada por nós dois. Antes de começarmos, porém, Eiko propôs que nos transferíssemos do terraço para a sala. "Vamos perder o céu estrelado, mas está um pouco frio aqui fora, vocês não acham?" Eu não me sentia nem um pouco incomodado com a brisa fresca que vinha do córrego, mas não deixava de me surpreender com o contraste em relação ao calor da tarde em Registro. Parecíamos estar a milhares de quilômetros de distância da casa quente e abafada onde Kazue talvez me esperasse como um remorso insone.

Curiosamente, embora os outros detalhes daquela noite tenham se fixado na minha memória a ponto de eu poder descrever ainda hoje cada sensação que experimentei entre a minha chegada na casa e o momento em que fui embora, não consigo me lembrar de nenhum lance da nossa partida de Go. Talvez porque os movimentos incessantes dos seus olhos – do tabuleiro para os meus olhos, e em seguida para as minhas mãos, e depois outra vez para o tabuleiro, e em seguida para os meus olhos e para a minha boca – e as diferentes conversas que íamos entremeando à partida ocupassem toda a minha atenção. Você me perguntava sobre o meu trabalho, sobre a Mãe, sobre a minha infância na Colônia Katsura; Yugi e a esposa intervinham com explicações que ampliavam e desenvolviam minhas poucas frases; Eiko ia e vinha trazendo uísque e amendoim, trocava os discos na vitrola antes que eles tivessem acabado, andava incessantemente de um lado para outro da casa, e aquilo também me distraía do tabuleiro.

Como eu havia observado atentamente sua partida com Yugi, sabia que você jogava de maneira impulsiva, lançando ataques ousados em diferentes lugares do tabuleiro, tentando pressionar o adversário desde o início da partida, por isso adotei uma postura defensiva que aos poucos se revelou oportuna. Não me lembro dos lances nem da configuração das peças no tabuleiro, mas depois de quarenta minutos de jogo já era nítida a superioridade da minha posição, e então me senti mais relaxado para jogar quase automaticamente, respondendo em um segundo a lances que você demorava alguns minutos para arquitetar.

Yugi parecia se divertir com a situação, lançando exclamações de exagerada surpresa ou de alegria animada a cada vez que eu colocava uma nova peça no tabuleiro, chegando alguns momentos até a bater palmas, como se estivesse acompanhando uma luta de sumô. "Hou!", "Yii!", "Tch!" – as exclamações não distraíam seus olhos, que me perscrutavam com a atenção compenetrada de quem tenta decifrar um enigma. Quando você abandonou a partida com um sorriso resignado, era evidente para mim que a sua relutância em aceitar a derrota não tinha relação com as peças brancas e pretas colocadas sobre o tabuleiro: você não queria que o vínculo intenso que havia se estabelecido entre nós dois durante os últimos minutos de diluísse em frases banais e gestos equivocados.

Vi como você se dirigia ao terraço com passos decididos e não soube o que fazer. Sentia uma vontade imperiosa de correr atrás de você, mas ao mesmo tempo tinha certeza de que devia permanecer ali, imóvel, à espera de que as coisas atingissem o ponto exato de maturação. A esposa de Yugi foi quem moveu a situação numa direção decisiva, ao sugerir que fôssemos embora. "Foi uma noite deliciosa, mas já está muito tarde", ela comentou, e a resposta imediata que veio do terraço evidenciou que sua atenção ainda estava concentrada na sala:

"Vocês dormem aqui". Antes que pudéssemos responder, Eiko completou: "Ninguém está em condições de dirigir. É para isso mesmo que temos dois quartos de hóspedes".

"Por mais esplêndida que tenha sido a noite para os dois amantes, há sempre um que desperta primeiro, antes de o sol nascer, e se levanta sem fazer ruído, enquanto o outro continua a dormir a sono solto. Você é qual desses? O que interroga, sôfrego, o céu insone? Ou o que sonha e ressona despreocupadamente?"

Ao despertar, lembrei-me daquelas palavras, mas não soube dizer se você as tinha dito de fato em algum momento da madrugada ou se elas eram apenas o eco de um sonho muito antigo. Eu estava sozinho no quarto, porém a sua presença continuava a pulsar no futon que guardava o seu cheiro, na parede onde eu via a imagem de um casal flutuando sobre uma cidade adormecida, e no meu corpo, que latejava como se tivesse sido tomado por uma febre benigna. Tudo era excessivamente nítido e concreto, como se uma capa de ilusão tivesse sido removida das coisas.

Não devo ter dormido mais do que duas horas, porque o orvalho ainda recobria o amplo capinzal que se estendia sob a janela do quarto. Os pássaros cantavam, alvoroçados: aqui, aqui, aqui, e eu me sentia como se aquela fosse a primeira manhã da minha vida. Em grande medida, a sensação era bem fundamentada: o período que se iniciava naquele momento seria diferente de tudo o que eu havia vivido até então e não voltaria a se repetir nas décadas seguintes. Entre aquela manhã dos pássaros e a tarde aziaga em que recebi a notícia da sua morte, passaram-se quatro anos e oito meses, e ainda hoje tenho a impressão de que esse breve lapso de tempo foi como uma vida à parte, uma amostra de como a vida podia ser plena e verdadeira, se as circunstâncias assim permitissem.

    Não durou, não poderia durar, porque todas as coisas estão sujeitas a uma perpétua transformação. Contudo, o simples fato de ter sido possível, quando tantos elementos concorriam para que nunca acontecesse, já me enche de espanto e perplexidade. Se Kazue não tivesse recusado o convite para o jantar, você não teria me visitado no meio da noite e talvez nunca tivéssemos outra oportunidade de cumprir nosso desejo. Se Yugi não houvesse lhe falado de mim, se você não soubesse jogar Go, se não tivesse decidido se mudar para Registro, eu provavelmente nunca teria bebido uísque, nem teria conhecido o jazz, nem saberia o que é o sexo de verdade (porque o sexo com Kazue era algo tão diferente, que nem merecia ser chamado pelo mesmo nome).

    Ou nos tornaríamos amantes de uma forma ou de outra, mais cedo ou mais tarde? A força arrebatadora que me arrastou em direção a você era, como você um dia me disse, um indício de que havíamos nos conhecido em outra vida? Nesse caso, posso alimentar a esperança de que um dia voltaremos a nos encontrar? Mas onde nos encontraríamos, se a casa das pedras agora é só uma ruína? Voltaríamos a ser os mesmos depois de tantos anos? Sem nossos corpos jovens? Sem o tabuleiro de Go? Sem a música dos pássaros e de Charlie Parker, sem o sabor do uísque? Sem a sombra de Eiko?

    Depois que aceitamos o convite para passar a noite na casa das pedras, você não voltou a olhar para mim. Como se tivesse se arrependido da insistência com que tinha me *perscrutado durante a partida, você permaneceu à parte, ora fumando no terraço, ora examinando o céu magnífico onde as estrelas pulsavam.* Eiko e Yugi ainda conversaram longamente sobre a notícia que havia alvoroçado a cidade nos últimos dias: a descoberta de que os dois sujeitos que tinham andado por ali vendendo ienes eram farsantes que só queriam lucrar com a ingenuidade dos moradores de Registro. Segundo o relato de Eiko, eles haviam se aproveitado da grande desvalorização da moeda japonesa nos últimos tempos para obter um lucro exorbitante, comprando cédulas a preço de banana no exterior e as vendendo a peso de ouro aos migrantes brasileiros que não tinham notícia da desvalorização. Para piorar, Yugi disse que alguns conhecidos seus chegaram a comprar terrenos nas ilhas de Sumatra e Bornéu, acreditando na história contada por aqueles mesmos espertalhões, segundo a qual os japoneses agora colonizariam toda a região do sul do Pacífico, onde a vida era fácil e sossegada.

"É o que todos nós queremos, não é?", comentou Eiko, com um sorriso melancólico. "Um lugar resguardado, longe das calamidades a que as outras pessoas estão sujeitas, onde a vida seja fácil e sossegada." Depois, olhando em sua direção, completou: "Não foi isso também que nós viemos buscar aqui no Brasil?". Você permaneceu com os olhos fixos no céu noturno, em silêncio, mas no momento que eu julgava que o assunto morreria ali, você finalmente disse: "Sempre preferi a agitação ao sossego, a dança à leitura, o movimento à quietude. Até a guerra começar. Agora, tudo o que eu quero é que a História me esqueça".

Yugi e a esposa deram uma gargalhada, como se você tivesse contado uma piada engraçadíssima. Você abriu um leve sorriso, depois voltou as costas para nós, como se as estrelas fossem outras convidadas que exigiam sua atenção. Como todas as palavras que você enunciaria ao longo da nossa breve convivência, aquelas retornaram inúmeras vezes à minha memória, e durante muito tempo eu me indaguei sobre o sentido daquela última frase. De fato, naquele momento eu também estava cansado da História e das suas vicissitudes – e durante os quatro anos e oito meses que vivi na órbita da casa das pedras, cheguei a acreditar que poderíamos escapar ao influxo da História, permanecer à parte, esquecidos pelas suas tiranas arbitrariedades.

Não me lembro de termos conversado em nenhum outro momento dos meses seguintes sobre o Japão, o Brasil ou os Estados Unidos, nem de termos perdido um minuto sequer com cogitações acerca dos eventos tratados pelos principais jornais da época. Nem mesmo a Copa do Mundo de futebol, que mobilizava tantas atenções à medida que se aproximava, chamou nossa atenção. É claro que você contava várias histórias sobre sua infância em Kobe e sobre os anos que havia vivido em Nova Orleans, sobre as dificuldades que vocês enfrentaram depois do ataque a Pearl Harbor, quando correram o risco de ser enviados a um campo de concentração, sobre a longa viagem do Mississippi até o Ribeira de Iguape – mas eram histórias remotas e fabulosas, que pareciam ter ocorrido num outro mundo, um mundo envolto em névoa que havia ficado definitivamente para trás.

O que nos interessava eram coisas muito mais reais e candentes: os pés de mamão, mexerica e lichia que eu acrescentei ao pomar que já havia no terreno nos fundos da casa das pedras; as elétricas partidas de Go, que tinham o efeito infalível de atiçar nossos desejos; os córregos e as cachoeiras que fomos descobrindo à medida que nos aventuramos cada vez mais longe nas incertas matas da região; os livros e discos que você ia me apresentando sem pressa, quase a contragosto, como se temesse que eu perdesse algo se satisfizesse de uma vez minha curiosidade; as diferentes espécies de pássaros que você desenhava em nossas excursões, cujos nomes eram um mistério tão fascinante quanto seus hábitos de migração e acasalamento; nossos corpos, que nos surpreendiam a cada dia como continentes recém-descobertos que não nos cansávamos de sondar.

 Durante quatro anos e oito meses, acreditei de fato que havíamos eludido a mão da História e deslizado sub-repticiamente para fora do seu alcance, como peixes que escapam às malhas de uma rede – não por serem particularmente ágeis ou astutos, mas apenas por serem pequenos demais para serem capturados. No entanto, eu me enganava, e a mão terrível que havia desdenhado cravar seus dedos em nossos peitos incólumes logo viria apertar implacavelmente a nossa garganta.

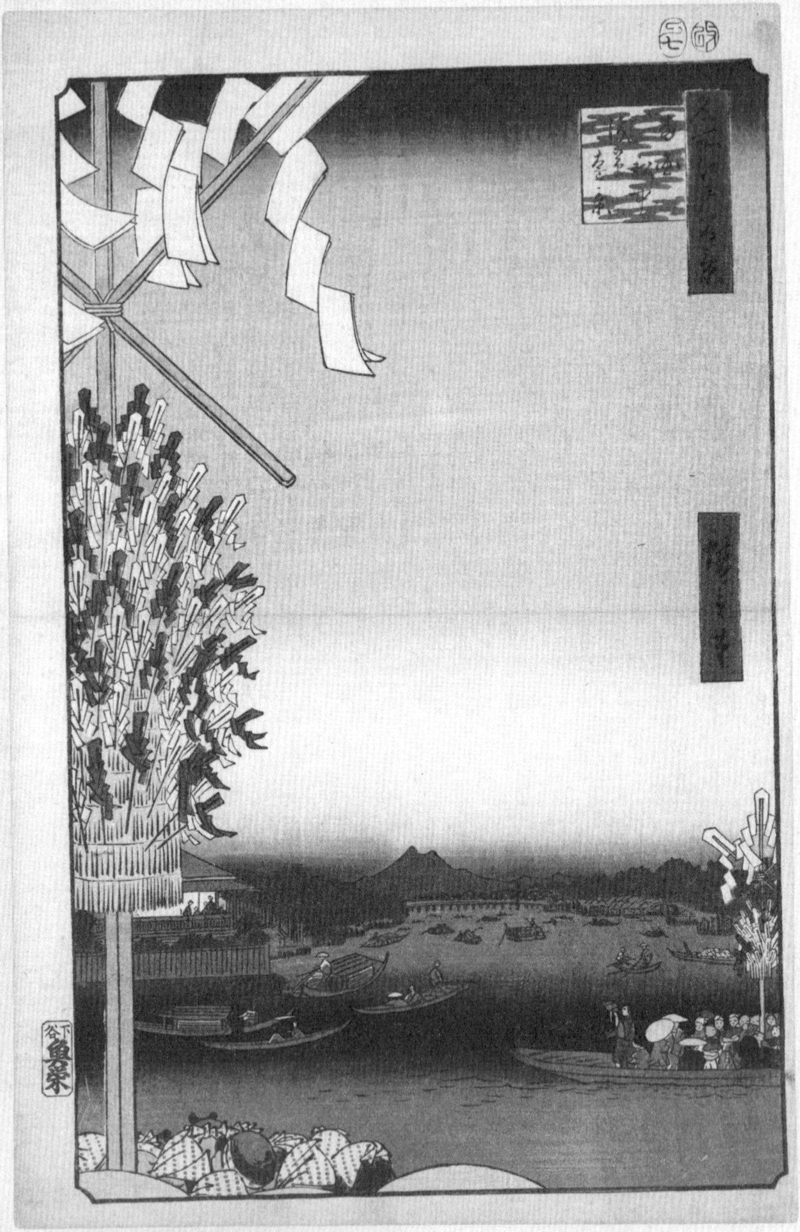
下谷
魚栄

Notas sobre o apagamento

Nos dois dias que se seguiram, passei a maior parte do tempo no hotel, descansando, revisando algumas páginas de um texto pendente e pensando no meu encontro com Sayuri. Saí apenas para almoçar e para jantar, mas, como a temperatura aumentara de repente, não me sentia animado a visitar outros lugares além dos restaurantes modestos do centro da cidade. A cada oito horas eu tomava um comprimido vermelho, e a cada seis ou sete eu recebia uma nova mensagem de Midori com mais trechos traduzidos das páginas escritas pelo Sr. Yasuro.

"Estou muito entusiasmada! O trabalho está fluindo! Fiquei doze horas mergulhada na tradução e nem vi o tempo passar!" As mensagens eram sempre acompanhadas de exclamações e emojis que indicavam o envolvimento cada vez maior de Midori com a tradução. "Seguem mais dez páginas! Estava em dúvida em relação a alguns termos antigos, mas encontrei um site japonês sensacional!" Algumas mensagens eram mais específicas: "Descobri onde fica a casa das pedras! Estou louca pra ir lá!"; "Você trouxe o tabuleiro de Go?"; "E esse Hospital Feliz Lembrança? Você não tem curiosidade de conhecer?".

Na quinta-feira, quando meus ferimentos já estavam completamente cicatrizados, resolvi aproveitar o relativo frescor da manhã para dar um passeio às margens do Rio Ribeira. Era curioso voltar ao local do Tooro Nagashi e o reencontrar praticamente vazio, com exceção de três ou quatro adolescentes que faziam acrobacias em seus skates. Segui pela trilha que passava ao lado dos antigos barracões da KKKK e caminhei em direção ao torii onde eu tinha avistado a figura de Naeko. Voltei a sentir um sobressalto quando me lembrei da tentativa frustrada de tentar chegar até ela atravessando um rio de gente. Parecia que a cidade inteira havia se espremido ali, naquele pequeno espaço entre mim e ela. Quando finalmente cheguei ao torii, ela havia desaparecido, e até o momento que conversei com dona Cláudia pelo telefone e soube que Sayuri tinha uma filha não tive certeza se a jovem que eu havia visto era um fantasma, uma alucinação ou uma pessoa de carne e osso.

O celular tocou quando eu estava a quatro passos do torii.

– Você tem algum compromisso agora à tarde? Resolvi dar um tempo na tradução pra fazer umas pesquisas de campo.

– Amo esta estrada.

Para não precisar diminuir a velocidade, a cada curva Midori invadia a pista oposta, certa de que nenhum outro carro viria na direção contrária. Estávamos entrando agora numa longa reta, e assim eu podia voltar a respirar.

– Quando eu estava no Japão, as imagens de Registro que vinham à minha mente eram o meu quarto e esta estrada.

– É mesmo muito bonita.

– É o privilégio da pobreza. Sei que essa expressão soa estranha em português, mas ainda não consegui encontrar uma tradução melhor. Os japoneses a usam pra falar sobre algumas regiões do país que foram preservadas graças ao fato de não terem grande atividade econômica. Eu sei que as pessoas que moram aqui gostariam de ter mais daquilo que chamam de *progresso*, sei que não tenho moral para criticá-las por isso, porque a minha família tem dinheiro, mas o progresso é justamente o que torna impossível haver em outras regiões de São Paulo uma estrada como esta, cercada de mata nativa, onde os carros convivem com os pássaros e as árvores.

Como se quisesse contrariar a teoria de Midori sobre a harmonia entre máquina e natureza, o carro deu uma leve derrapada na curva seguinte. Por um momento, pensei em dizer que, ao contrário dela, eu não viera a Registro para morrer, mas ela já continuara a falar.

— Sabia que na década de 80 o governo militar tinha projetado construir duas usinas nucleares aqui perto, na região da Serra da Jureia? Só não concluíram o projeto por causa da crise econômica da época. De certa forma, nós fomos salvos pela crise.

Eu já tinha ouvido falar vagamente sobre aquilo, mas estava mais interessado nela do que na história da região.

— Você já viajou muitas vezes pra Iguape?

— Não propriamente pra Iguape, mas pra Ilha Comprida. Minha família tem uma casa lá. Essa era outra imagem que sempre voltava à minha memória: a praia infinita, quilômetros e quilômetros de areia sem um único guarda-sol pra estragar a paisagem. A água transparente e a areia pura! E pensar que daqui a alguns anos vai estar tudo cheio de casas, quiosques, restos de lixo... Uma coisa boa de morrer jovem é que eu nunca vou ver a degradação dessa paisagem.

Contrariando a regra implícita que ela seguira até aquele momento, de andar sempre no mínimo dez quilômetros por hora acima da velocidade máxima permitida, Midori começou a pisar no acelerador com menos força, como se quisesse que avançássemos no ritmo do seu discurso.

— Talvez fosse porque eu não tinha experiência suficiente. Veja: se tivesse vivido uma vida longa como a do Yasuro, eu teria muitos episódios marcantes pra recordar. Mas com 21 anos, tendo passado a infância e a adolescência entre pessoas que me mimavam e me tratavam como uma boneca Ichimatsu, o que eu poderia recordar, senão uma estrada entre as árvores e uma praia vazia?

— Você ainda vai viver muita coisa, não se preocupe.

Esforcei-me para que a minha voz não soasse forçada nem condescendente, mas não sei se consegui. Ela continuou a falar como se nem sequer tivesse me ouvido.

— Este é o grande consolo da teoria das simulações. Se a nossa vida é uma simulação virtual, as coisas terríveis que acontecem não têm o peso que teriam se acontecessem de forma definitiva num universo único. Mesmo se um incêndio de repente devastasse toda esta mata, em inumeráveis outros universos ela permaneceria incólume e intocada. Por outro lado, se a nossa vida é uma simulação virtual, tudo conta: mesmo a vida de um bebê que morreu uma semana depois de nascer tem um propósito.

— Não sei se entendo o que você está dizendo. Que propósito seria esse?

— O propósito de todas as simulações: fornecer informação, explorar possibilidades, tornar real (ou virtualmente real) o que antes era só uma probabilidade abstrata. Não é por isso que a gente lê romances e assiste a filmes e séries? Olha só aquelas maritacas!

Ela virou o corpo inteiro para trás, acompanhando o voo das maritacas, e eu tive de segurar o volante para que o carro não saísse da pista. Só retomei o fio da conversa alguns minutos depois de ela ter retomado a direção, com o coração ainda golpeando meu queixo.

– Você acredita então que nós somos como personagens numa história? E quem lê a gente? Quem assiste à nossa vida?

– Outras personagens.

– Que nem sabem que são personagens?

– Que estão certas de que não são personagens, mas têm 99,9999999999999999999999999999999999999 9999999999999999999% de chance de ser personagens.

– Eu acho curioso como você se entusiasma com essas possibilidades. Pra mim, é um pouco deprimente pensar que nossos atos não são reais.

– Mas eles são reais... dentro deste universo virtual. Lembra aquela história do demônio?

Conversar com Midori era como caminhar num labirinto que a cada passo se tornava mais intrincado. O discurso dela era racional e ponderado, mas sempre chegava um momento em que eu começava a desconfiar da sua sanidade.

– O demônio que era um anjo?

– Exato. O importante são as pequenas torres de gravetos e pedregulhos que você consegue construir.

– Você acha então que é isso que nós viemos fazer aqui? Pra isso nós pegamos a estrada e viemos até Iguape? Pra erguer pequenas torres que no fim da tarde o demônio destruirá?

– Pra isso e pra olhar estas belas árvores.

O bom humor de Midori se desvaneceu quando chegamos à antiga Irmandade Feliz Lembrança. O prédio em ruínas perdera portas e janelas; as paredes estavam sujas e cheias de pichações; o mato se alastrava por todos os recantos. Nossa ideia inicial era entrar no prédio, mas o cheiro de fezes, urina e podridão que vinha lá de dentro nos dissuadiu imediatamente. Os restos de lixo jogados por toda parte tornavam quase impossível caminhar ao redor do edifício, mas depois de algumas tentativas acreditamos ter encontrado o ponto onde a foto do amigo do Sr. Yasuro havia sido tirada. Com o celular na mão, Midori guiava meus movimentos:

– Um pouco mais pra esquerda! Agora vira o rosto um pouquinho pro lado!

Até que finalmente ela se deu por satisfeita e tirou uma fotografia em que eu aparecia em primeiro plano e a palavra "lembrança", quase apagada, ainda era legível no muro ao fundo. Não entendi por que Midori se empenhara tanto em tirar aquela foto, e, quando a fiz ver minha perplexidade, ela respondeu:

– O importante não é a fotografia: é o que você viu.

– O que eu vi?

– No momento da foto. Você estava olhando para o mesmo lugar que ele.

Quando finalmente compreendi o que ela queria dizer, notei que não havia prestado atenção alguma na paisagem à minha frente. Estava mais preocupado com a minha própria imagem na foto e com a impressão que poderia causar em Midori. Talvez o jovem fotografado há mais de sessenta anos também conferisse muito mais importância à pessoa que o fotografava do que ao lugar remoto para onde se voltava seu olhar. De qualquer forma, tentei me colocar outra vez no lugar da fotografia e descrevi o melhor que pude aquilo que eu via: o outro lado do pátio do hospital, agora encardido e com enormes fissuras entre os tijolos, e, um pouco mais acima, as árvores que circundavam o edifício.

— Mas ele também poderia estar olhando para uma terceira pessoa. Quem sabe a moça da outra foto? Ou o próprio Sr. Yasuro?

— Pelo que consegui traduzir até agora, a foto deve ter sido tirada em algum momento entre 1945 e 1950.

— Por que eles viriam até Iguape? O hospital de Registro era o principal da região naquela época, e ainda assim eles preferiram vir até aqui.

— O Yasuro tinha passado a infância aqui, então talvez ele tivesse uma preferência sentimental por Iguape...

— Não sei. A viagem não era fácil e tranquila como hoje.

— A mãe dele tinha morrido em Registro. Talvez ele tivesse algum ressentimento com o médico da cidade... — Midori fez uma careta, como se tivesse sentido de repente um cheiro ruim. — Ou talvez o hospital não fosse o mais importante e eles estivessem procurando outra coisa.

Quando chegamos à beira do rio, um pequeno barco a motor estava à nossa espera. Midori cumprimentou o barqueiro com um beijo no rosto antes de me dizer:

— O Tatsuo estudou comigo. Só dá pra chegar lá de barco.

No local onde o Sr. Yasuro passara a infância, a antiga Colônia Katsura, a situação era tão desoladora quanto na velha Santa Casa. As poucas edificações que restavam iam sendo engolidas pela erosão, invadidas pelo mato, carcomidas pelo tempo. Velhos maquinários antes utilizados para beneficiar arroz agora enferrujavam e apodreciam a céu aberto. Os únicos habitantes do antigo engenho de cana-de-açúcar eram uma família de nhambus. Os olhos de Midori estavam nítidos e úmidos.

— Ainda falta a casa das pedras.

Subíamos de volta a estrada em direção a Registro; entretanto, depois da decepção com o que víramos em Iguape, era difícil afastar a sensação de que havíamos chegado tarde demais. Paramos para comer um sanduíche numa barraca à beira da estrada e senti que o meu humor melhorava à medida que eu ia comendo. Depois de comprar um vidro de palmito e pagar a conta, lembrei de fazer a pergunta que há algum tempo rondava o meu espírito.

— Naquela noite do Tooro Nagashi, você disse que conseguia ver através das pessoas. Foi por isso que você me avisou que *não ia rolar nada*? Você percebeu desde o início que eu não era uma pessoa confiável?

Midori desligou o celular antes de responder.

— Não tem nada a ver com você. Eu disse que não ia rolar nada pra que você não criasse falsas expectativas.

— Mas se fosse outra pessoa, não eu... Talvez rolasse alguma coisa?

Um três-potes trinou numa árvore vizinha.

— Como já te disse, demorou muito tempo até que eu descobrisse e aceitasse que eu funciono de um jeito diferente das outras pessoas. Não é que eu não goste de me relacionar. Nós estamos conversando e passando um tempo juntos, não é verdade? E eu estou gostando.

— Eu também.

– Mas isso me exige uma energia muito grande. Sei que soa estranho, mas é a melhor forma de eu descrever o que acontece. Estar com qualquer pessoa, responder a olhares e perguntas e demandas durante mais do que alguns minutos é uma atividade exaustiva pra mim. Por isso eu só consigo dar umas poucas aulas por semana no Bunkyo. Posso passar dez, onze, até doze horas traduzindo o texto do Yasuro ou praticando taiko, mas me relacionar com outra pessoa (com qualquer outra pessoa) é algo que me exaure. Ainda mais depois que eu desenvolvi a capacidade de que te falei... Neste momento da minha vida, um relacionamento que envolvesse sexo e trocas emocionais intensas seria um verdadeiro desastre.

– Eu nunca tinha levado um fora tão elaborado.

Midori não pareceu ter entendido a brincadeira – ou talvez tenha captado algo que estava oculto no fundo da brincadeira.

– Não faz sentido uma menina de 21 anos dar conselhos a um homem de quarenta. Você me disse que tem quarenta, não é? A verdade é que, desde o dia em que descobri que ia morrer, me sinto mais velho do que todas as outras pessoas. É como se a idade corresse pra trás, e não pra frente. Como se o que contasse fosse a proximidade com o dia da morte, e não a distância do dia do nascimento... – Um caminhão buzinou do outro lado da rodovia. – O que eu percebo é que você perde muitas coisas do mundo por prestar uma atenção excessiva em si mesmo.

– É uma forma muito gentil de dizer que eu sou um babaca.

Ela parecia concentrada, como se tentasse recompor um texto de memória, e me arrependi por tê-la interrompido com uma observação tão idiota.

– Não é um julgamento moral; é só uma observação objetiva. Eu também era assim. Acho que todos nós somos programados a nos considerarmos como o centro do universo. Por uma questão de sobrevivência, eu acho. Às vezes é até difícil conceber que cada outra pessoa também é uma consciência pulsante que se julga o centro do universo. Não quero insistir na história das simulações, como se eu tivesse entrado pra uma seita e não conseguisse ver as coisas de outro modo, mas imaginar que haja um número praticamente infinito de universos paralelos, divergentes e simultâneos faz com que a ideia de centro pareça de repente absurda. Se existe um centro, ele não está aqui, mas num universo a que nenhum de nós tem acesso, embora o mais provável seja não haver centro algum. De qualquer forma, não foi a história do Eiji Ogawa que me fez ver as coisas dessa forma, e sim a proximidade da morte. Descobri que me apagando, me deixando apagar voluntariamente, o mundo ganhava uma clareza e uma leveza que até então tinham permanecido ocultas pros meus olhos. É quase como abrir a porta pra uma dimensão desconhecida.

Esperei que ela desenvolvesse a ideia, que explicasse melhor o que entendia por *se apagar*, mas Midori se fechou num silêncio introspectivo. Pensei em perguntar o que eu poderia fazer para me apagar, se ela julgava que eu era capaz de também ver e sentir o mundo daquela forma. Contudo, percebi que insistir em fazer perguntas naquele momento era uma prova cabal de que eu não era capaz de me apagar.

O trajeto até a estrada de terra que nos conduziria à casa das pedras transcorreu em silêncio quase absoluto. Midori estava concentrada em seguir as instruções do celular, e eu não queria atrapalhá-la com perguntas ou observações

supérfluas. Ela errou o caminho duas vezes antes de enfim localizar a estradinha em que seguimos aos solavancos por cerca de oito ou nove quilômetros antes de toparmos com uma porteira. Depois de examinar o enorme cadeado e a corrente enferrujada que nos impediam de abri-la, ela disse:
– O jeito agora é pular a porteira e seguir a pé. Tudo bem pra você?
– Já saltei muitos obstáculos nos últimos dias – eu respondi pomposamente, e fiz questão de pular antes dela para mostrar minha disposição. Àquela altura, as mordidas de Musashi já haviam cicatrizado, e eu até gostaria de ser atacado por um touro bravo para poder impressionar Midori com minha coragem. Mas é claro que nenhum touro apareceu.

Seguimos a pé por mais um ou dois quilômetros, até finalmente avistarmos ao longe a casa branca encavalada sobre o córrego. Midori começou a correr e eu corri atrás dela. Uma revoada súbita de saíras saudou a nossa chegada. Elas certamente haviam se assustado com o aparecimento repentino de duas pessoas naquele lugar ermo; porém, senti o movimento vívido das asas coloridas como uma saudação e um bom augúrio.

A edificação estava em péssimo estado, com as janelas quebradas e as paredes se esfacelando; no entanto, ao contrário do hospital de Iguape, ali ainda parecia possível reconstituir uma parte do passado. A casa sofrera a ação inclemente das intempéries, mas sua localização a poupara da degradação causada pelos homens. Persistia ainda em sua figura um pouco da imponente ousadia do construtor que a erguera sobre duas rochas com o intuito de permitir que o córrego passasse por baixo dela.

Hesitei por um momento antes de entrar, com medo de romper o delicado equilíbrio entre a casa e as rochas em que ela se assentava. No entanto, ao ver como Midori percorria impavidamente os cômodos escuros, andando de uma janela a outra, comparando as diferentes vistas do córrego, decidi entrar também, confiando que o espírito do Sr. Yasuro nos protegeria. De fato, ao pisar dentro daquela espantosa construção, senti um frêmito de reconhecimento, como se algo do meu antigo companheiro de jogo de Go permanecesse vivo naquele lugar.

– Não é maravilhoso? – Midori rompeu o silêncio depois de cerca de meia hora em que, como na noite do Tooro Nagashi, ficamos apenas olhando, extáticos, para a água. – Alguém ter construído uma casa como esta num lugar como este?

– Não me admira a devoção que o Sr. Yasuro tinha por este lugar.

– É como se a casa flutuasse. Imagina a sensação de dormir aqui. De fazer amor enquanto as águas fluem embaixo da casa...

Procurei os olhos de Midori para descobrir se naquela frase havia alguma sugestão mais ou menos explícita, mas ela continuava com os olhos fixos na água e parecia falar mais para si mesma do que para mim. Provavelmente era mais uma ocasião em que sua incapacidade de compreender os códigos sociais fazia com que ela sugerisse algo sem se dar conta da sugestão. Esforcei-me para apagar da mente a imagem dos nossos corpos se movendo juntos, unânimes, naquela paisagem de sonho. Senti o cheiro de Midori muito próximo, cheguei a mover a minha mão levemente para acariciá-la; contudo, por acaso ou por instinto, ela se afastou em direção a outra janela para olhar o córrego de outra perspectiva, e o tempo também se desviou irremediavelmente em outra direção.

— Quantas noites eles passaram juntos aqui? — Ela de fato parecia ter apagado sua própria presença e só pensava no que ocorrera ali mais de sessenta anos antes. — Ao longo daqueles cinco anos? Trezentas? Quinhentas? Mil e uma?

No entanto, talvez ela não tivesse se apagado completamente. Talvez, ao indagar sobre a fugacidade das noites do Sr. Yasuro, ela também indagasse sobre a própria vida.

— Li em algum lugar que cada vida é como um livro. Grande ou pequeno, o que importa é que seja um bom livro.

Ela me olhou como se ponderasse cada palavra da minha frase, uma de cada vez.

— Você leu isso num livro de autoajuda?

— Não lembro. Acho que não. Acho que foi na biografia de algum cientista.

— A vida do Yasuro foi um livro grande. Talvez ele mesmo achasse que tenha sido grande demais. Mas quem pode dizer se foi um bom livro?

Não soube como responder àquela pergunta. Midori parecia de fato muito mais madura do que eu, e naquele momento me senti envergonhado por ter publicado três livros superficiais e supérfluos. Como era possível alguém tão ignorante acerca de tudo se julgar capaz de escrever livros? Depois pensei que o simples fato de eu me fazer aquela pergunta era outra manifestação da minha incapacidade de me apagar, e resolvi permanecer calado durante os minutos seguintes, mastigando a minha frustração e deixando que as águas do córrego a lavassem.

Só nos decidimos ir embora quando o sol já declinava atrás de um guaracuí ainda mais alto do que aquele que havia em frente ao sítio de Sayuri. Ainda paramos duas ou três vezes para olhar de longe aquela construção exótica que persistia se equilibrando sobre as rochas e sobre as águas, como um desafio lançado ao tempo. Pensei que a casa das pedras podia não ser mais habitada pelo espírito do Sr. Yasuro, mas era uma concretização daquele espírito, com sua ousadia singular, sua liberdade impávida e sua estranheza indomesticável.

Sigo outra vez pelo caminho empoeirado que leva à casa das pedras. O sol acabou de se pôr, as primeiras estrelas começam a surgir no céu azulado, e eu caminho sem pressa, observando atentamente cada árvore que margeia a estrada, como se houvesse uma revelação à espera em um de seus galhos. De repente me lembro de ter ouvido alguém dizer (Eiko?) que num daqueles bosques que margeiam o caminho vive o pássaro tu-kiuê, que guarda em seu corpo o espírito de um antigo imperador chinês. Perscruto com vívido interesse as árvores obscuras, e depois de alguns passos consigo vislumbrar um vulto pequeno se equilibrando num galho, dando repetidas bicadas num buraco onde alguns cupins ou formigas parecem ter tentado se esconder. No momento em que começo a sentir uma tristeza insuportável por ver o imperador reduzido a tal situação, lembro que você está à minha espera e que não devo me atrasar. Ainda assim, hesito em abandonar o pequeno pássaro; de alguma forma, adivinho que você está morto e que é inútil me apressar; devo permanecer ao lado do imperador Chu e memorizar cada movimento da sua rala plumagem; como não trago comigo a máquina fotográfica que você levava em suas excursões nem tenho sua habilidade para o desenho, devo fixar em meus próprios olhos o bico ágil, as asas diminutas, os olhos dolentes – mas eis que o tu-kiuê emite um grito agudo, eu me assusto, e tudo se desvanece antes que eu possa me aproximar da ordem inapreensível das coisas.

A estrada que percorri durante o sonho era e não era a mesma pela qual segui tantas vezes, no momento em que o sol se escondia, antecipando o prazer de me encontrar com você, prestando atenção a cada mínimo odor, a cada frágil ruído, divisando na sombra os diferentes matizes de verde, sentindo como a cada passo a temperatura caía ligeiramente – ou no momento em que o sol nascia e eu voltava para casa, escoltado pelo rumor dos bem-te-vis, quando o mundo parecia novo e inocente, e as estrelas iam se apagando uma a uma, à medida que as gotas de orvalho iam desaparecendo dos campos. Não saberia dizer quantas vezes cumpri o mesmo trajeto – ora de carro, ora a pé. Tampouco conseguiria saber quantas vezes sonhei que seguia pelo mesmo caminho, como se tudo ainda estivesse à minha espera, caminhando sem pressa, aproveitando ao máximo a felicidade precária e intensa de estar de volta a um lugar fora do tempo, porque, enquanto não me lembro da sua morte, ela não existe. Virá o dia em que me transformarei num desses velhos que embaralham o presente e o passado? Isso será uma bênção ou uma desgraça?

    Em março de 1946, consegui um emprego numa fábrica de esteiras de junco que ficava à beira da Estrada do Taquaraçu e pedi demissão da fazenda de chá onde eu havia trabalhado desde criança. Quando dei a notícia para Kazue, ela ficou inconformada. Depois de chorar pelos cantos da casa durante uma semana, ela pediu a ajuda do pai, que me abordou com um longo discurso. "O preço do chá aumenta e diminui de acordo com as oscilações do mundo, mas as pessoas sempre beberão chá. No Japão, na Inglaterra, e até aqui no Brasil, sempre haverá gente disposta a pagar um preço razoável por um chá de boa qualidade. Você talvez não se lembre, mas há apenas sete anos, durante o período da guerra, o preço do produto triplicou. Algumas mulheres de Registro iam passear na capital usando vestidos de seda." Eu me lembrava, mas achava inútil interromper a peroração do meu sogro. "O momento agora é outro: é preciso substituir os equipamentos de secagem importados da Inglaterra, criar nossas próprias máquinas com peças feitas em São Paulo, e isso leva algum tempo. Espere mais um ou dois anos, e você vai ver como as fábricas de chá da cidade vão crescer."

Eu assentia com a cabeça, porque não tinha nenhum argumento para contrapor àquele discurso sensato e ponderado. No entanto, devia haver algo na minha postura que indicava que eu não mudaria de opinião, porque meu sogro começou a ficar vermelho e seu rosto se contraiu, como se ele tentasse controlar um sentimento penoso. "O chá cresce mesmo em terras ruins", ele disse, e não entendi se aquela frase deslocada era uma alusão ao meu caráter ou apenas uma lembrança que lhe ocorrera entre um pensamento e outro. Antes que eu pudesse dizer qualquer coisa, porém, ele passou do elogio ao chá para a crítica à produção de esteiras – esta, sim, uma atividade fadada a se tornar cada vez mais marginal e irrelevante num mundo dominado pelo plástico e pela substituição de materiais tradicionais por imitações baratas e artificiais.

Entre exemplos e digressões, referências à história do Japão e a casos tirados da sua própria experiência, meu sogro deve ter desperdiçado pelo menos quatro horas da sua vida (sem contar o tempo utilizado para preparar o seu discurso) tentando me convencer a voltar atrás em minha decisão, como se as suas palavras ponderadas fossem capazes de iluminar minha mente obscurecida. Contudo, talvez o maior cego naquela situação fosse ele, incapaz de perceber que o que me movia a mudar de emprego não era um cálculo racional sobre as possibilidades futuras da produção de esteiras de junco – nem o mero cansaço depois de ter passado quase dez anos debaixo do sol, colhendo folhas de chá –, mas sim o fato de a fábrica de esteiras de junco ficar a apenas quatro quilômetros e meio da casa das pedras.

A partir daquela visita do meu sogro, eu ganhei a fama – que começou na família de Kazue, mas logo se espalhou por toda a comunidade japonesa de Registro – de ser uma pessoa teimosa, que não se deixava convencer pelos discursos alheios. No fim das contas, essa fama (merecida ou não) me poupou muitos inconvenientes. Quando comecei a me dedicar ao ikebana, no início da década de 1980, o grupo de mulheres que monopolizava a prática na cidade logo percebeu que era inútil tentar boicotar minha iniciativa alegando que o arranjo floral era uma atividade essencialmente feminina; minha fama de turrão fez com que elas aceitassem sem resistência meus arranjos estranhos e irregulares, e logo eu passei a desfrutar uma liberdade que nenhuma delas podia se conceder.

Alguns anos antes, quando eu disse que estavam celebrando o Tooro Nagashi de forma equivocada, lançando os barcos com as velas voltadas para o norte, o que podia atrair infortúnios, ninguém me deu atenção. Naquela época, nem existia a ponte sobre o Rio Ribeira, e eu era o único a dizer que as velas tinham de ser lançadas da outra margem, deslizando do norte para o sul, como a Mãe havia dito que se fazia no Japão. Durante muito tempo, a minha vela seguiu em direção contrária à de todas as outras. Aos poucos, porém, foram todas se bandeando para o meu lado. Não precisei voltar a tocar no assunto; tudo o que fiz foi repetir o mesmo gesto a cada ano, e em certo fim de tarde notei que havia dezenas de pessoas atentas às minhas mãos enrugadas, como se esperassem que eu colocasse meu barco na água antes de fazerem o mesmo.

Você também tentou me convencer a mudar de opinião – não porque achasse que eu devia continuar na fábrica de chá, mas porque considerava que a melhor opção seria eu simplesmente me mudar para a casa das pedras. "Para morar com vocês dois?", eu perguntei. Você abriu a boca para responder, mas eu me antecipei e disse que não podia abandonar Kazue com uma criança recém-nascida.

De fato, nosso arranjo não era dos mais convenientes: três ou quatro vezes por semana, nos encontrávamos em algum ponto previamente combinado do caminho entre o meu trabalho e a casa das pedras; depois, no fim da noite, você me levava de volta de carro até a cidade. Com a mudança de emprego, eu poderia agora caminhar quatro quilômetros e meio e aparecer sem aviso, sem que precisássemos combinar com antecedência o próximo encontro. Você ainda teria que me levar de carro até as proximidades da minha casa para que eu acordasse no dia seguinte ao lado de Kazue; no entanto, algo me dizia que aqueles encontros quase clandestinos, marcados por certa dificuldade, intensificavam nosso prazer e delimitavam com clareza a distinção entre o vínculo que nos unia e o que atava você a Eiko.

"Eiko é minha companheira de vida", você havia me dito num dos nossos primeiros encontros. "Nunca escondi nada dela. Nós devemos agir com discrição por causa dos outros." Assim, quem nos observasse jogando Go ou bebendo uísque ou conversando no terraço ou caminhando pelas matas e brenhas anônimas dificilmente perceberia algo além de uma intensa amizade. Não nos tocávamos fora do pequeno quarto de hóspedes onde eu havia dormido em minha primeira noite na casa das pedras. Você parava o carro ao meu lado, eu entrava e nós nem sequer nos cumprimentávamos. Se alguém nos visse da rua, acharia que éramos apenas velhos companheiros de escola que se encontravam somente para jogar conversa fora. A não ser que prestassem atenção nos nossos olhos. Os olhos não podiam disfarçar o ardor que nos consumia.

    Se eu soubesse que dispúnhamos de tão pouco tempo, talvez tivesse aceitado sua proposta de me mudar para a casa das pedras. Viveríamos então como vivemos nos raros fins de semana em que dormi despreocupadamente nos seus braços, sem medo de perder a hora de voltar para casa. Tomaríamos chá no terraço, depois sairíamos para pescar ou pegar amoras no pé ou observar os pássaros – eu, você e Eiko, alegres e despreocupados como se não houvesse mais nenhuma outra pessoa no mundo.
    A despeito de tudo, eu sentia que Eiko gostava de mim. Ela fazia o possível para controlar seus eventuais arroubos de ciúme, sua mágoa por não poder lhe proporcionar o prazer que eu lhe proporcionava. É claro que, se pudesse escolher, ela preferiria ter você inteiro para si, sem precisar ir para o outro canto da casa quando subitamente nos dirigíamos ao quarto dos amantes. Contudo, Eiko era inteligente demais para se revoltar contra o que era inevitável, e aceitava a arbitrariedade do desejo com a calma resignada com que aceitava as outras arbitrariedades da vida. Ao contrário de Kazue, que guardava sua amargura num poço escuro dentro de si mesma, e da Mãe, que reagia imediatamente a cada contrariedade, respondendo a cada golpe da vida com um ataque a quem estivesse ao alcance da sua raiva, Eiko se comportava como uma lutadora de judô, esperando

o momento adequado, tentando se equilibrar à medida que perdia o equilíbrio.

A tática de Eiko não deu certo, porém permitiu que convivêssemos bem até o fim. Não éramos amigos no sentido estrito do termo; só chegamos a trocar confidências durante os seis dias em que vivemos juntos na casa das pedras, movidos mais pelo desespero da sua ausência súbita do que por uma autêntica camaradagem. No entanto, ela nunca me tratou como um rival. A cada vez que me encontrava, Eiko sorria – um sorriso límpido e franco como o de quem diz: "Você pisou no meu pé, mas eu sei que não foi por querer" – e tratava de fazer algo para me agradar: comentava sobre o livro que estava lendo, ou se oferecia para preparar um chá, ou simplesmente acariciava o meu cabelo como se eu fosse uma criança.

Ela era apenas dois anos mais velha que eu, mas agia como se fosse dez anos mais velha – talvez para afirmar para si mesma que a sua vida tinha dimensões muito mais amplas que a minha, e que a minha presença era apenas um episódio efêmero que em breve daria lugar a outros episódios igualmente efêmeros; talvez porque de fato havia vivido muito mais do que eu, tendo conhecido três países. Às vezes eu me irritava com aquilo e a surpreendia com observações engenhosas tiradas do livro de Sei-chan ou com frases roubadas à Mãe. Ela então dizia algo como: "Você às vezes parece mais velho do que de fato é", o que era uma maneira de confessar sua surpresa sem abandonar o ar condescendente de quem se dirige a um adolescente ou a um irmão mais novo.

Sim, acho que não me iludo ao dizer que Eiko gostava de mim. Mesmo as palavras amargas que ela me disse pouco antes de morrer não podem ser interpretadas como uma tentativa de me ferir. Ela nunca foi vingativa como Kazue. Se disse o que disse, foi porque tentava compreender o que havia acontecido: para ela, a violência da sua morte não podia ser a simples consequência de um acaso cego; devia haver uma explicação mais significativa, que levasse em conta o carma ou o destino. Você tinha morrido por ter seguido seu desejo – ou, em outras palavras, por não ter permanecido ao lado dela. É claro que aquela explicação não foi suficiente para convencer Eiko. No fim das contas, não há tática que nos poupe dos golpes da vida. Naquele momento, porém, ela ainda tentava elaborar uma teoria em que a sua morte fizesse algum sentido. Por isso me disse o que disse: não porque houvesse alguma verdade em suas palavras, ou para me ferir, mas para iludir a si mesma.

Houve uma época em que julguei que Eiko poderia estar apaixonada por mim. Já fazia cerca de um ano e meio que eu frequentava a casa das pedras, e a todo instante ela parecia procurar oportunidades de se encontrar a sós comigo, e então me fazia perguntas sobre os assuntos mais variados: num dia, ela queria saber qual era o número exato de famílias japonesas que viviam em Registro e Iguape; no dia seguinte, ela me perguntava sobre o preço da banana na feira. "Você sabia que uma banana no Japão custa uma fortuna?", lembro de ela ter me dito com um sorriso estranho, como se aquela observação fosse uma alegoria ou uma alusão a algo que estava acima da minha compreensão.

Foi nessa época que você passou a convidar Eiko para nos acompanhar em nossas excursões às matas da região, em busca de espécies desconhecidas de pássaros. A princípio, fiquei um pouco incomodado com a ideia, porém já no primeiro dia constatei que a presença dela ajudava a aliviar a tensão que eu sentia no início de cada jornada, quando ainda não sabíamos direito que direção tomar. Você sempre ficava impaciente e irritadiço até o momento em que vislumbrava o primeiro pássaro relevante – e isso às vezes podia durar até três horas –, mas meu espírito era desanuviado pela presença silenciosa de Eiko, que apontava com um sorriso para os manacás-da-serra, as bromélias, os araticuns, as rubiáceas, as brejaúvas, as ipomeias e dezenas de outras plantas cujo nome só fui aprender muito mais tarde.

Era ela também quem se lembrava de que já devíamos estar com fome e sugeria os lugares mais aprazíveis – em cima de um tronco abaulado de ipê que alguma tempestade derrubara na semana anterior, à sombra de um guaracuí, ouvindo uma cachoeira murmurar sua solidão – para fazermos uma pausa que, se dependesse de você, só ocorreria duas horas depois, quando eu já estaria morto de fome. Foi num desses recantos de sombra e sossego que ela me perguntou à queima-roupa, no momento em que você havia se embrenhado na mata e não podia ouvi-la: "Sexo no mato é melhor do que debaixo de um teto? Você sente mais prazer?".

Senti que meu rosto esquentava. Antes que eu pudesse abrir a boca para responder, ela deu uma gargalhada e disse: "Você precisava ver a sua cara!". Eiko era assim: nunca deixou de me tratar como um adolescente. E talvez ela tivesse razão. Eu estava tão absorvido pelo meu corpo, tão subjugado pela atração que eu sentia por você, que em nenhum momento cheguei a parar para pensar a fundo no que significava para ela o meu súbito aparecimento na sua vida. Sim, eu era um *adolescente preocupado apenas em gozar aquela felicidade inesperada que se oferecia para mim.*

Só muitos anos depois tentei analisar as coisas a partir da perspectiva de Eiko. Ao contrário de Kazue, ela não tinha pais nem irmãos nem um filho recém-nascido a quem se apegar. Se ela decidisse abandoná-lo (ou se você decidisse abandoná-la), o que ela poderia fazer? Voltar sozinha para os Estados Unidos ou para o Japão? Abrir um negócio em Registro, onde ela não conhecia mais do que três ou quatro pessoas? Talvez ela aceitasse a minha presença apenas porque não tinha outra opção – e talvez até chegasse a gostar de mim pelo mesmo motivo: por falta absoluta de opção.

Você saberá melhor do que ninguém se Eiko me odiava ou não. Vocês passavam juntos a maior parte do dia. Eu tinha a noite (algumas noites) só para mim, mas ela dispunha das longas horas entre o amanhecer e o entardecer, ela tinha lembranças de quando eu nem sonhava com a sua existência, ela era a sua companheira de toda a vida. Vocês conversavam sobre mim? Sobre nós? Nunca tive tempo de perguntar, e agora é tarde demais para você me responder. Sei que houve meses e meses em que ela não podia me suportar, como houve meses e meses em que eu ardia de raiva ao ter que voltar para casa e deixar você com ela – porém, na maior parte dos quatro anos e oito meses em que estivemos juntos, senti mais afeto do que hostilidade da parte de Eiko. Se ela me detestava, por que deixou aquela mensagem?

"Sou a única responsável pelos meus atos." Sempre interpretei o bilhete deixado por ela como um gesto de

cortesia, uma demonstração de que, a despeito do desespero que a fez tomar a decisão de partir atrás de você, ela não queria me causar problemas – e, de fato, a partir do momento em que o bilhete foi traduzido e a letra de Eiko foi identificada sem deixar margem para dúvidas, o delegado não voltou a me fazer perguntas supérfluas. Nos últimos anos, porém, à medida que fui pensando mais e mais em Eiko, me lembrando da nossa convivência, analisando as diferentes estratégias de aproximação e afastamento que ela pareceu empregar desde a nossa primeira partida de Go, à medida que fui remoendo as palavras inquietantes que ela me disse em nossa última conversa, comecei a formular outra interpretação para aquele bilhete de despedida. A alegação de que ela era a única responsável pelos seus atos talvez não fosse um gesto de cortesia, mas sim uma última afirmação da própria vontade de Eiko. Talvez ela quisesse deixar claro – para o mundo e para mim – que eu era apenas um intruso episódico e irrelevante que havia se imiscuído numa história alheia, a única história que de fato importava, o relacionamento entre ela e você, que ela reatava definitivamente com aquele gesto depois de uma breve interrupção.

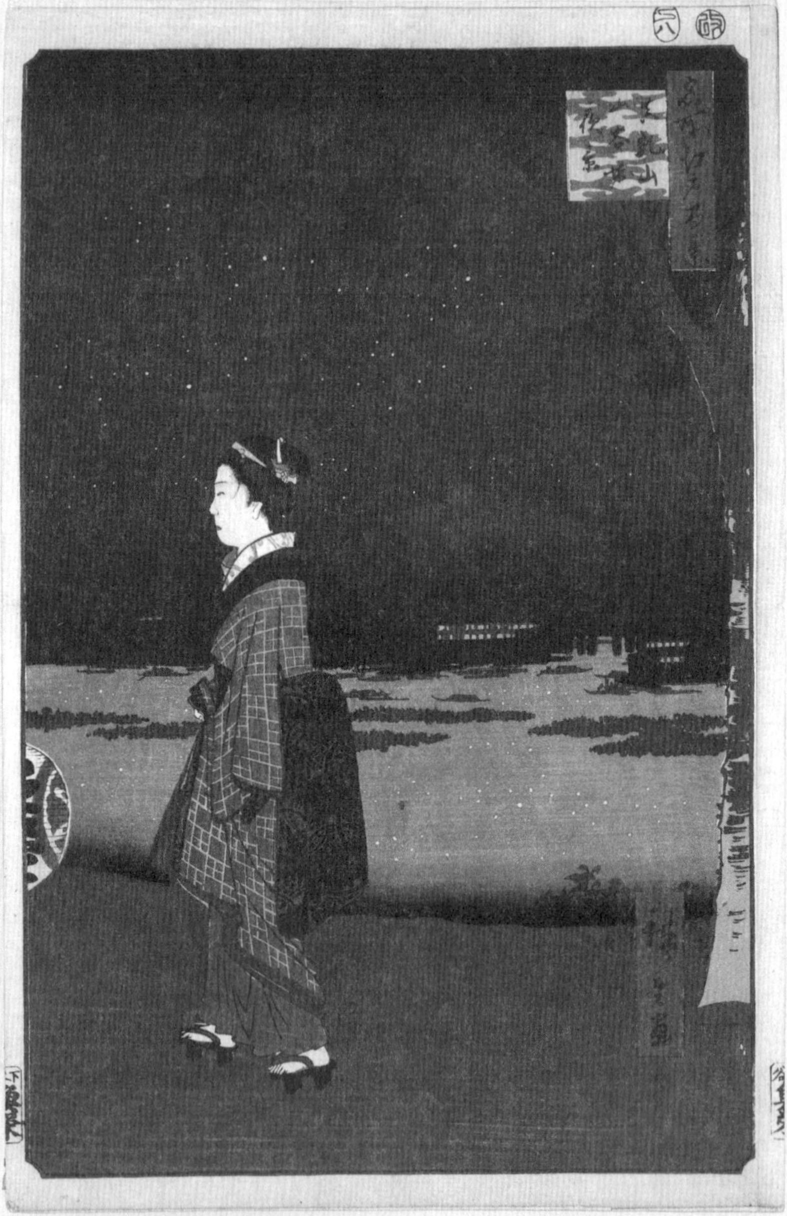

O SOCO E O CUSPE

Na sexta-feira, recebi uma mensagem de Sayuri: "A Naeko já tinha um compromisso marcado e não vai poder vir a Registro neste fim de semana. Se você puder, marcamos para o próximo". Meu primeiro impulso foi ligar imediatamente para ela e dizer que desmarcar um encontro na véspera era muita falta de consideração, e, se Naeko tivesse de fato um compromisso agendado com antecedência, ela poderia ter me avisado dois ou três dias antes. Depois, pensei em ir até o sítio no dia seguinte para verificar se aquela mensagem não era apenas um subterfúgio para me manter afastado da menina enquanto Sayuri ganhava tempo. Talvez fosse apenas uma maneira de testar minha paciência, de verificar se eu ainda era o adolescente volúvel e inconsequente que ela conhecera. De qualquer forma, enviar uma mensagem rancorosa ou aparecer no sítio novamente sem ser convidado só colocaria Sayuri na defensiva. Controlando a raiva e o despeito, respondi: "Não tem problema. Marcamos para o próximo sábado?".

Passar mais uma semana em Registro estava fora dos meus planos; no entanto, a possibilidade de novas excursões com Midori aos lugares onde o Sr. Yasuro vivera a sua infância e a sua juventude me parecia excitante. Além disso, à minha espera em Campinas havia apenas um apartamento vazio e as revisões de texto, que eu podia fazer de qualquer lugar. O valor das diárias do hotel não era tão alto a ponto de impedir que eu prolongasse minha estada por mais sete ou oito dias. O problema seria se na sexta-feira seguinte Sayuri inventasse outro pretexto para adiar meu encontro com Naeko. Nesse caso, o melhor a fazer talvez fosse descobrir o endereço da menina em São Paulo e procurá-la por lá mesmo. Sayuri teria pensado naquela possibilidade? Já teria advertido a filha? Fiz uma busca rápida na internet com o nome de Naeko, mas naturalmente não encontrei nada que me desse uma pista concreta sobre onde ela poderia morar. Em último caso, havia a possibilidade de ir à universidade onde ela estudava e tentar localizá-la no horário de aula. Contudo, era uma opção arriscada; mesmo que eu a encontrasse, ela poderia se assustar e se recusar a conversar comigo. Por ora, o melhor a fazer era mesmo esperar que Sayuri nos aproximasse.

    Tentei entrar em contato com Midori várias vezes durante o dia, mas aparentemente seu celular estava desligado. Aproveitei a tarde para anotar algumas frases sobre nossa visita a Iguape e à casa das pedras, e à noite pensei em convidá-la para beber alguma coisa num bar; no entanto, mais uma vez não obtive resposta. Acabei bebendo sozinho num boteco a poucos metros do hotel e fui dormir me sentindo melancólico, supérfluo, absurdo. Tive um sonho confuso, em que me encontrava com Naeko e o amigo do Sr. Yasuro num lugar que era ao mesmo tempo a casa das pedras e a sala da minha infância, onde comíamos um yakisoba feito com lulas vivas que não paravam de se mexer.
    No dia seguinte, enquanto eu tomava café da manhã no hotel, o telefone tocou, e fiquei muito surpreso ao descobrir que não era Midori quem me ligava, mas Yuzo.
    – Você ainda está em Registro? Podemos nos encontrar? Onde você está hospedado? Posso passar para pegá-lo daqui a uma hora?

Aquela série de perguntas às 8h40 da manhã me deixou um pouco desnorteado, mas consegui responder-lhe razoavelmente, e às 9h45 eu já estava ao lado de Yuzo, em seu Honda Civic com ar-condicionado, rodando à procura de um lugar tranquilo onde pudéssemos conversar.

– Está aproveitando bem sua estada? Você chegou aqui quando? Pretende ficar por mais muito tempo?

Yuzo ia lançando as perguntas metodicamente, como se estivesse preenchendo um formulário que só ele podia enxergar. O tom da sua voz era objetivo, mas não frio; havia uma intensidade evidente, que demonstrava seu interesse autêntico pelas minhas respostas.

Quando o carro finalmente parou, depois de entrar num pesqueiro à margem da rodovia que ligava Iguape a Sete Barras, fiquei em dúvida se desceríamos e nos sentaríamos num dos bancos à beira dos tanques de pesca ou se continuaríamos dentro do automóvel, desfrutando o ambiente climatizado, o banco de couro e o inconfundível cheiro de carro novo. Como Yuzo não fez menção de desligar o motor nem de sair, concluí que ele optara pela segunda alternativa, que nos mantinha protegidos do calor externo ao mesmo tempo que conferia à conversa que se seguiu um ar de intimidade quase claustrofóbica.

– Quando você me telefonou para falar sobre os documentos do meu avô, eu estava no meio de um projeto que vinha tomando todo o meu tempo e a minha energia. O resultado foi que cometi um erro de avaliação.

Era estranho pensar que aquele quarentão com camisa social e frases empoladas fosse o mesmo Yuzo com quem eu trocara socos numa manhã remota em que nos desentendemos por causa de uma partida de futebol. Foi a primeira e única vez que alguém me deu um soco no rosto, e o susto causado pela vibração súbita de um punho alheio na minha bochecha permaneceu durante muito tempo como uma das experiências mais vívidas da minha infância. No dia seguinte já havíamos feito as pazes e soltávamos pipa como se nada tivesse acontecido, mas a memória do punho fechado de Yuzo permaneceu reverberando no meu rosto durante muitos anos, e naquela manhã, dentro do Honda Civic com ar-condicionado, voltei a sentir algo parecido a uma leve comichão na bochecha esquerda enquanto ele lançava suas frases aparentemente neutras e objetivas. Talvez por isso quis retorquir – para que ele não imaginasse que eu era o mesmo menino passivo de antes, que aceitara o soco sem revidar, perplexo com a súbita sensação de formigamento no rosto.

– Não são documentos. Só umas folhas escritas em japonês e duas fotografias em preto e branco.

Yuzo se virou em minha direção, e eu imediatamente fixei meus olhos em algum ponto remoto do gramado. A proximidade excessiva favorecia o interrogador e intimidava o interrogado (ou pelo menos foi essa a minha impressão naquele momento).

– Estão no hotel?

– Não. Estão com a tradutora.

Uma nuvem obscureceu momentaneamente o rosto de Yuzo.

– Não tem importância. Você consegue pegá-los até amanhã? Eu preciso desses documentos.

– Precisa? – Aquela última frase realmente me surpreendera. – O que fez você mudar de ideia de repente?

Ele voltou a virar todo o corpo em minha direção. Seus olhos tinham um brilho quase cortante.

— Minha mãe disse que você esteve em casa fazendo algumas perguntas.

— Eu só queria esclarecer umas coisas.

— E conseguiu?

— Yuzo — era curioso chamá-lo pelo mesmo nome de antes; aquele nome que evocava tantas imagens da minha infância agora parecia uma pele seca e inútil que ele já havia abandonado havia muito tempo —, no tabuleiro do Sr. Yasuro tinha duas fotografias. Eu te falei sobre isso no telefone... Só queria saber quem eram essas pessoas.

— Pra quê?

Um carro branco acabava de estacionar no gramado à nossa frente. Um homem e uma mulher saíram e começaram a tirar uma série de apetrechos do porta-malas. Enquanto isso, um menino gordinho saiu pela porta de trás do carro e caminhou em direção a um dos tanques de pesca.

— Pra saber.

O motor do Honda Civic começou a fazer um barulho um pouco mais alto, como se reclamasse da nossa demora em resolver a situação. Yuzo pareceu sentir a mesma urgência e pronunciou as frases seguintes de forma precipitada, quase sem tomar fôlego.

— Sei que disse o contrário antes, mas não tinha pensado a fundo na situação. O meu avô lhe deixou o tabuleiro de Go como uma recordação das partidas que vocês jogaram juntos, e eu não contesto seu direito em relação a esse presente. Mas as fotografias e os outros papéis são documentos de família. Provavelmente ele os guardou dentro do tabuleiro e depois acabou esquecendo. Ele me disse claramente que eu devia entregar o tabuleiro pra você. Só o tabuleiro. Em nenhum momento ele me falou de fotos ou cartas.

— Não são cartas. Não exatamente.

Ele deve ter se irritado com a minha interrupção. Pela primeira vez desde o início da conversa, sua voz se elevou acima da altura que ele parecia ter estabelecido como razoável. Foi só por um segundo, mas seu arroubo reverberou dentro do carro fechado. De repente, eu senti minha bochecha arder.

— São documentos de família! É isso que eu quero dizer. É por isso que eu preciso que você os entregue.

— Pra quê?

Agora era a minha vez de fazer aquela mesma pergunta. A partir do momento em que a hostilidade de Yuzo perdera seu verniz de civilidade, eu me sentia mais à vontade para me defender. Encarei seus olhos gelados e desta vez quem desviou o olhar foi ele.

— São documentos de família que têm de ficar conosco.

A imagem da pilha de fotografias queimadas no pátio da casa de Yuzo voltou à minha mente. O cheiro de água-de-colônia e loção pós-barba tornou-se nauseante. Senti uma vontade irresistível de sair do carro e abri a porta num impulso.

— Preciso caminhar um pouco.

O súbito bafo quente do mundo exterior devolveu um pouco de clareza aos meus pensamentos. Enquanto percorria o trecho do gramado que conduzia ao tanque de pesca mais próximo, fui me lembrando das palavras escritas pelo Sr. Yasuro que eu já havia lido até aquele momento. De repente, senti uma grande raiva de Yuzo. Voltei sobre os meus passos e o encontrei parado em frente ao carro, como se estivesse indeciso entre me seguir e ir embora.

— Não tem nada de errado nos papéis do seu avô. Nada de que você possa se envergonhar.

Yuzo cuspiu no chão. Aquilo era tão inusitado, tão espantoso, que eu estaquei imediatamente diante dele. Não sabia o que viria em seguida. Depois daquela cusparada, ele poderia me socar ou se ajoelhar à minha frente. Qualquer coisa parecia possível. Contudo, ele apenas voltou a abrir a boca e falou, num tom estranhamente protocolar:

– Eu passei os últimos anos trabalhando muito e não tive tempo de acompanhar o desenvolvimento profissional dos meus colegas de escola. Talvez você não acredite, mas até a semana passada eu não fazia a menor ideia de que você era escritor. Foi minha mãe quem me contou que você já tinha publicado vários livros. Isso é muito bom, muito bom mesmo. – A repetição só enfatizava o desprezo com que ele pronunciava aquelas palavras. – Só que, se você pensa que pode escrever um livro sobre o meu avô, sobre a minha família, por melhores que sejam as suas intenções, eu não vou permitir que isso aconteça.

Então era isso? Eu havia me tornado transparente não apenas para Midori, mas para todas as outras pessoas? Até mesmo para Yuzo, com quem eu não tinha uma conversa real há quase trinta anos? A verdade é que a ideia de escrever um novo livro só me ocorrera dois dias antes, na casa das pedras, e eu mal começara a esboçar algumas frases; no entanto, talvez Yuzo tivesse razão: talvez minha viagem a Registro tivesse sido apenas um pretexto para eu escrever um novo livro – não outro livro de poesia, mas uma biografia do Sr. Yasuro.

– Eu conversei com um advogado da minha empresa. Só pra me certificar. Ele confirmou o que eu imaginava: os direitos autorais pertencem à família. São inalienáveis. Mesmo se o meu avô tivesse deixado uma autorização para que você publicasse o que ele escreveu, você precisaria da nossa permissão.

Senti o suor se formando na minha testa. Ainda era relativamente cedo, mas o calor já estava insuportável. Vários grupos de pessoas chegavam no pesqueiro ao mesmo tempo, como se tivessem combinado um encontro festivo.

— A sua mãe concorda com isso? Ela também quer apagar a memória do Sr. Yasuro?

Yuzo fez um gesto com a mão, como se afastasse um pernilongo invisível. Depois respondeu, com a voz um pouco menos tensa:

— Não se trata de apagar nada. Eu só quero preservar a minha família. Pra você, é muito fácil. Você escreve um livro sobre o meu avô, volta pra Campinas e desfruta os louros de ter encontrado uma bela história. Mas e quanto às pessoas daqui? Você não está nem ligando pras pessoas daqui.

— De quem você está falando?

— Da minha avó, do meu pai, e sabe-se lá de quantas outras pessoas. O fato de eles estarem mortos não significa que não devam ser protegidos. Aliás, é justamente por estarem mortos que eles precisam de mais proteção do que se estivessem vivos.

— Não tem nada de ofensivo ou vergonhoso nas memórias do seu avô.

Ele arregaçou as mangas da camisa.

— Isso não é você quem decide. Se ele escondeu esses papéis dentro do tabuleiro de Go, provavelmente não queria que ninguém bisbilhotasse.

— E por que ele não destruiu os manuscritos? Por que os guardou até o fim?

— Talvez ele só não teve tempo de destruí-los. De qualquer forma, ele não autorizou você a divulgá-los.
— Nem autorizou você a destruí-los.
Yuzo bufou. Notei que também na sua testa se formavam pequenas gotas de suor.
— Não tenho tempo pra discussões filosóficas, por isso vou direto ao ponto. Vou ficar em Registro até amanhã à tarde. Você pode deixar os documentos na minha casa ou eu posso passar no hotel pra pegá-los. Caso esses documentos não estejam nas minhas mãos até amanhã às 2 da tarde, vou ser obrigado a tomar as medidas legais cabíveis. E acredite: você não vai gostar. Eu sou uma pessoa tranquila, mas o advogado da minha empresa é um sujeito acostumado a levar as coisas até o fim. Depois que eu entregar o caso pra ele, não vou poder fazer mais nada. Mesmo se eu quiser voltar atrás, já vai ser tarde demais.
Reparei que ele estava ligeiramente inchado, como se nos últimos minutos tivesse ingerido uma quantidade excessiva de água. Por um instante, cheguei a pensar em dizer: "Você é um impostor! Onde está o Yuzo? O que você fez com ele?". Mas é claro que eu não disse nada. Ele tinha desviado o olhar em direção a um sujeito que pescava placidamente a alguns passos de nós, mas pareceu se lembrar de algo e se virou outra vez para mim.
— É claro que não basta me entregar os papéis e as fotografias. Se você divulgar o conteúdo dos documentos, mesmo que de forma disfarçada, mudando um ou outro nome, eu também vou ser obrigado a processá-lo. A gente cresceu junto, mas eu preciso proteger a minha família. Fui claro?
— Claríssimo.

Uma buzina soou; dois velhos companheiros de pescaria se saudaram com afetuosos palavrões.

– Se você não tem nenhuma dúvida em relação ao que eu disse, nós podemos entrar outra vez no carro. Eu te deixo no hotel.

– Não precisa. Prefiro voltar sozinho.

Ele sorriu. Contudo, não havia nem uma gota de alegria naquele sorriso. Pensando bem, era mais uma careta do que qualquer outra coisa.

– A gente está longe da cidade. Não passa táxi nem Uber por aqui.

– Eu me viro.

Só voltei ao hotel no fim da tarde, depois de conseguir uma carona com uma família de pescadores de fim de semana – não a que eu havia observado de dentro do carro de Yuzo, mas outra, com duas crianças adoráveis, que se mostraram orgulhosíssimas ao me contar sobre suas recentes proezas com a vara de pescar. Não posso dizer que tenha desperdiçado o meu sábado. Durante as longas horas que passei olhando para os tanques de pesca e caminhando de um lado para outro de suas margens – e, mais tarde, comendo um saboroso pintado no restaurante do pesqueiro –, a ideia de escrever um livro sobre os acontecimentos dos últimos dias foi se delineando de forma cada vez mais clara em minha mente.

Ao contrário do que Yuzo imaginara, suas ameaças só serviram de estímulo para que eu começasse a vislumbrar a estrutura de uma biografia composta a partir das memórias do Sr. Yasuro e dos poucos elementos concretos que eu havia descoberto em minhas pesquisas com Midori. Quanto mais eu pensava no assunto, mais me convencia de que o livro que eu estava a ponto de escrever seria diferente de tudo o que eu escrevera até aquele momento – não outra coleção de poemas que duas ou três pessoas leriam com interesse limitado, mas uma narrativa autêntica sobre fatos que corriam o risco de desaparecer caso não fossem transmutados em palavras – não necessariamente um grande texto literário, mas um livro real, que poderia ser lido por pessoas interessadas numa parte do passado (e do presente) que outras pareciam querer suprimir.

Passei a noite de sábado escrevendo, anotando impressões e lembranças, apagando, desesperando-me com as inúmeras dificuldades que surgiam, com os lapsos que se insinuavam entre um fato e outro, voltando a escrever, voltando a apagar... Só consegui dormir quando o dia já estava raiando; contudo, ainda assim, às 11 horas do domingo eu já estava outra vez diante do computador, tentando preencher as inúmeras lacunas que persistiam na história que eu buscava elucidar.

À 1h30 da tarde, fui vencido pela fome e decidi sair para procurar algum restaurante aberto. Lembrei-me pela primeira vez do prazo estipulado por Yuzo. Às 2 horas ele provavelmente passaria pelo hotel e não me encontraria. Embora não temesse reencontrá-lo, considerei que aquela era a melhor opção; não tínhamos mais nada a nos dizer, e o que nos restava agora era que cada um cumprisse sua parte no acordo tácito que havíamos firmado: ele tomaria *as medidas legais cabíveis* e eu tentaria terminar o livro que se gestava em minha imaginação.

Enquanto esperava pelo prato que eu havia pedido, pensei que talvez Yuzo tivesse a ideia de entrar em contato com Midori para conseguir obter os documentos do avô. Não me lembrava de ter mencionado o nome dela, mas ele não teria dificuldade em descobrir quem era a pessoa que eu contratara para traduzir o texto. Liguei para ela novamente (devia ser a vigésima vez que eu tentava falar com Midori desde sexta-feira), enviei várias mensagens de texto, mas novamente não obtive resposta. Mais uma vez me arrependi por não ter perguntado onde ela morava. Eu poderia conseguir o endereço dela no dia seguinte, no Bunkyo, porém talvez já fosse tarde demais; talvez Yuzo já a tivesse visitado e tivesse conseguido obter as fotografias e o manuscrito do Sr. Yasuro.

A Mãe considerava que a morte era uma fatalidade que levávamos dentro de nós e que era inútil, e até nefasto, tentar adiá-la ou antecipá-la. Para ela, os suicidas estavam fadados a regressar à vida para cumprir sua cota de sofrimento, e as pessoas que conseguiam protelar seu prazo neste mundo ingressavam numa espécie de existência postiça, em que nada de relevante acontecia de fato. Não apenas nossos dias, mas todos os eventos mais importantes da nossa vida já estavam contabilizados de antemão, por isso não havia motivo para lamentar quando chegávamos ao fim de qualquer coisa – menos ainda quando chegávamos ao fim da vida. Ela mesma, no entanto, não parecia acreditar plenamente naquela teoria. Caso contrário, por que teria lamentado tanto a impossibilidade de voltar ao Japão? Se não era seu destino, de nada valia se afligir com aquilo; se estava fadada a regressar a Onomichi, de uma forma ou de outra, naquela ou em outra vida, seu espírito descobriria um caminho de volta à terra natal.

Contudo, a fatalidade é um consolo. Se eu conseguisse acreditar que você estava destinado a morrer com apenas 31 anos, não lamentaria tanto o fato de não estar ao seu lado no momento em que você foi ao encontro do seu assassino, nem odiaria tanto uma pessoa que nem sequer cheguei a conhecer. Se eu aceitasse que, como Eiko chegou a sugerir, nosso relacionamento não poderia durar muito tempo – ou que, como qualquer coisa neste mundo, estava destinado a durar apenas um número determinado de dias –, me consolaria com o fato de ele ter sido interrompido em plena floração, sem que nos traíssemos ou nos cansássemos um do outro.

"Por mais esplêndida que tenha sido a noite para os dois amantes, há sempre um que desperta primeiro, antes de o sol nascer, e se levanta sem fazer ruído, enquanto o outro continua a dormir a sono solto. Você é qual desses? O que interroga, sôfrego, o céu insone? Ou o que sonha e ressona despreocupadamente?" Nunca cheguei a descobrir se você era o amante que depois de algum tempo abandona o leito em busca de outros parceiros, ou se um dia seria eu quem olharia seu corpo adormecido sem sentir desejo algum. Não conhecemos o inverno – nem sequer o outono – da nossa primavera esplêndida.

Mesmo agora, porém, quando sinto a proximidade da morte de forma quase tátil – na minha pele manchada, nos meus ossos doloridos, na preguiçosa circulação do meu sangue –, não posso deixar de concebê-la como uma interrupção artificial, um corte abrupto num processo cujo curso poderia prosseguir indefinidamente, em direções inesperadas, transformando-se e recriando-se a cada momento. Diante do caráter irremediável da morte, é difícil não a tomar como uma necessidade ou um fecho conclusivo; no entanto, ela não seria apenas mais uma arbitrariedade na sequência de arbitrariedades que constitui qualquer vida?

Se o homem que me criou tivesse morrido no mesmo ano que a Mãe, por exemplo, eu poderia considerar que ele havia cumprido o destino que lhe cabia, de acordo com as possibilidades oferecidas pelo seu espírito – ou, mais precisamente, pela conjunção entre o seu espírito e as circunstâncias. Contudo, bastaram cinco anos para que a sua vida se transformasse profundamente e para que, ao reencontrá-lo, eu descobrisse nele uma personalidade completamente distinta da que eu havia conhecido até então (e que julgava definitiva).

Era a primeira vez que eu voltava a São Paulo depois do episódio da espada da família. Ainda sentia vergonha ao me lembrar do meu propósito frustrado de participar da guerra e ao rememorar a experiência lamentável da minha visita à embaixada; por isso, a cada vez que você me convidava para acompanhá-lo em uma de suas viagens de trabalho à capital, eu inventava uma desculpa para não ir. Naquela semana, porém, você estava tão entusiasmado com a possibilidade de me mostrar os cinemas, bares e restaurantes de São Paulo que finalmente me decidi a aceitar o convite.

As ruas da Liberdade pareciam pertencer a um mundo distinto daquele que eu havia conhecido sete anos antes. O silêncio gelado e lúgubre da época da guerra tinha dado lugar a um ambiente vívido e luminoso, onde os japoneses dividiam harmoniosamente o espaço com brasileiros de todas as cores e feições. As fachadas dos prédios, com letreiros em português e japonês, e imagens coloridas dos mais variados tamanhos e formatos, eram a personificação de um otimismo que parecia se refletir no rosto de cada passante. O bairro havia se despido do passado como uma cobra se desfaz de sua antiga pele.

Depois de dois dias caminhando por aquelas ruas, parando a cada dez metros nas lojas de roupas, relógios e produtos japoneses que chamavam minha atenção, sem me cansar de observar as mulheres que fumavam, os homens que liam jornais, as crianças que chupavam sorvete, os carroceiros que anunciavam seus produtos em voz alta, os casais que nos olhavam das janelas dos bondes, depois de duas noites em que entramos em pelo menos seis bares diferentes apenas para comparar os diversos sabores das comidas e bebidas disponíveis, o sentimento penoso que eu havia associado à cidade e ao bairro já havia dado lugar a uma grata sensação de leveza e alegria. Foi com esse espírito que acompanhei você à pequena sala onde seria projetado um filme intitulado Um Domingo Maravilhoso. Era a primeira vez que eu assistia a um filme num cinema de verdade, e a história dos namorados pobres tentando sobreviver no Japão arrasado pela guerra fez com que eu sentisse com ainda mais intensidade a alegria de estar ao seu lado e dispor de um futuro promissor.

Quando já estávamos saindo da sala, ouvi alguém chamar meu nome. Era algo tão inesperado que demorei alguns instantes para entender o que estava acontecendo. Quando me dei conta, ele já estava diante de nós, fazendo dezenas de perguntas desabaladas sobre Kazue, Registro, a fábrica, a casa – ao mesmo tempo que nos convidava para tomar uma cerveja no Bar Nacional. "Não é todo dia que a gente encontra um parente", ele argumentou, e eu não consegui inventar uma desculpa para me desvencilhar daquela situação.

Você parecia se divertir com a possibilidade de conhecer alguém que me havia visto sair da barriga da Mãe, e lançava perguntas curiosas a cada vez que ele parava de falar para tomar fôlego ou para beber um novo gole de cerveja. Ele também parecia feliz por poder rememorar as dificuldades da chegada ao Brasil depois de sete semanas de viagem de navio. "Quando finalmente nós chegamos, ainda estávamos longe", ele contou. "No dia seguinte, foi preciso pegar um trem insuportavelmente lento, que não parecia chegar nunca ao destino, viajar o dia inteiro até a estação de Juquiá, onde dividimos os colchões com as pulgas. No terceiro dia de viagem, enfim a barca a vapor nos deixou no tal paraíso, um lugar onde só tinha mato e onde nós fomos recebidos por três homens queimados de sol, que agitavam com animação uma bandeira com o nome da companhia ultramarina."

    Animado pelo seu semblante encorajador, ele ainda narrou detalhadamente as tentativas frustradas de plantar arroz e café numa terra péssima para a agricultura. "A gente tinha um terreno de dez alqueires, que no Japão valeria ouro, mas nada ia para a frente. No fim, acabei tendo que trabalhar na fábrica de chá." Ele sorriu e completou: "O chá foi o que salvou a gente". Contudo, a narrativa sobre as dificuldades iniciais era apenas o preâmbulo para a história que ele queria de fato contar: a narrativa do encontro com Watanabe-san, que havia mudado o curso da sua vida.

    "A Mãe lhe falou sobre Watanabe-san?", ele se dirigiu a mim por um momento, mas a maior parte do tempo ele falava com você. Percebendo que o seu interesse pela narrativa era mais intenso que o meu, era a você que ele explicava os detalhes que julgava mais relevantes. "Watanabe-san veio com a gente no Kamakura Maru. Cada família precisava ter pelo menos três membros ativos para poder embarcar sem pagar passagem, então eu convenci Watanabe-san a se passar por meu pai. No fim das contas, hoje ninguém sabe que o nome dele é esse. Só eu. Ele prefere usar o nome do documento, o nome do meu falecido pai." Ele deu uma risada, engoliu alguns amendoins e continuou. "Watanabe-san ficou dois meses na Colônia Katsura, depois foi embora para a Colônia Tietê. E eu passei mais de vinte anos sem ter notícias dele. Até que há três anos, quando eu já estava trabalhando na tinturaria, um conhecido chega e me diz: 'O seu sobrenome não é Ota? Você não veio de Onomichi? Parece que tem um parente seu que abriu uma sala de cinema na Liberdade'. E foi assim que eu reencontrei Watanabe-san e comecei a trabalhar com ele no cinema!"

Ele parou de falar por alguns instantes e observou o efeito de suas palavras sobre nós. De fato, tratava-se de uma pessoa muito diferente daquela que eu havia conhecido até os meus vinte anos. Não era só o seu corpo que havia mudado. Ele tinha se tornado mais corpulento, havia perdido metade dos cabelos e sua pele estava menos bronzeada do que antes; contudo, a mudança mais substancial havia ocorrido em sua personalidade: o homem que tinha me criado era agora um homem desenvolto e tranquilo, como se finalmente tivesse encontrado seu lugar no mundo. O que a Mãe diria se pudesse reencontrá-lo naquele momento? A água havia fluído em outra direção, adquirindo uma forma distinta e imprevisível de acordo com as circunstâncias. Você também se transformaria numa pessoa completamente distinta caso o fluxo da sua vida não tivesse sido interrompido de forma tão brusca?

É possível que o homem que havia me criado também visse em mim uma pessoa bem diferente do jovem arredio e calado que ele tinha conhecido em Registro. As circunstâncias do nosso encontro num bar em São Paulo, depois de termos assistido a um filme que ele havia importado do Japão, na companhia de um homem elegante e inteligente a quem ele tentava impressionar, também podem ter contribuído para que ele revelasse naquela noite alguns aspectos da sua personalidade que haviam ficado ocultos em nossa antiga convivência. No entanto, eu fiquei muito impressionado com a constatação de que cinco anos eram suficientes para transformar radicalmente a personalidade de uma pessoa, e ainda hoje considero que nosso encontro casual foi um momento decisivo na minha vida.

    É claro que naquela noite eu não poderia saber que nunca regressaria ao cinema do meu avô fictício nem ao Bar Nacional. Depois de quase três horas de conversa, despedimo-nos, certos de que voltaríamos a nos encontrar em breve, quando eu e você retornássemos a São Paulo. A imagem nítida dos paralelepípedos brilhantes do calçamento no caminho de volta para o hotel se vincula indissociavelmente na minha memória a um comentário que você fez na casa das pedras logo que nos conhecemos: "Nunca confie em pessoas incapazes de perceber a diferença entre a lua de primavera e a lua de outono". Algo nas palavras do homem que havia me criado fez com que você confiasse nele imediatamente – e, de certa forma, a alegre camaradagem que se estabeleceu entre vocês dois naquela noite fez com que eu o visse com outros olhos.

    Não quis reencontrá-lo depois. Temi que ele se transformasse outra vez no marido da Mãe, ou num homem banal e inexpressivo. Preferi conservar na memória a imagem do sujeito falante e orgulhoso, que não se cansava de narrar as agruras que tinha enfrentado antes de descobrir a felicidade na projeção de imagens da sua terra natal numa sala escura do outro lado do mundo. Ele havia legado seu sobrenome a um filho postiço e a um pai adventício, não se queixava de nada, e comia amendoins e bebia cerveja como se não houvesse iguaria mais sublime no mundo.

    Só voltamos a Registro três dias depois, mas a noite do Domingo Maravilhoso e do Bar Nacional ficou marcada na minha memória como a última de um período que começou na primeira noite que passei na casa das pedras. Com um pequeno esforço, consigo recordar em detalhes os lugares aonde fomos nos dias e nas noites seguintes, e até o rosto de algumas pessoas com quem cruzamos casualmente; no entanto, a esplêndida lua de outono que nos acompanhou no lento caminho do bar até o hotel se fixou na minha lembrança como o marco do fim de uma época – ou, mais precisamente, o fim de um mundo.

Quando chegamos à casa das pedras, encontramos Eiko transtornada. Minha suspeita inicial de que seus olhos febris e suas mãos trêmulas sofriam o efeito de uma crise de ciúme se desvaneceu quando ela nos levou até a parte lateral da casa e nos mostrou a inscrição pintada em caracteres pretos na parede externa: "Traidor da pátria". Olhei imediatamente para o seu rosto, observei como você examinava atentamente a caligrafia rude e desleixada dos caracteres japoneses antes de proferir seu veredicto: "Isso não é nada". Mais do que suas palavras, o que me tranquilizou foi o fato de a sua respiração não ter se alterado nem um pouco; lembro de ter me convencido naquele momento de que se tratava apenas de uma brincadeira de algum adolescente bêbado. Você abraçou Eiko e disse que devíamos entrar e tomar um chá, e eu tive certeza de que, se eu não estivesse ali, vocês iriam diretamente para o quarto e passariam a noite inteira abraçados.

Enquanto bebíamos o chá que eu preparei com cuidadosa lentidão, Eiko nos contou sobre os pensamentos que a haviam atormentado desde que ela tinha visto a inscrição na noite anterior: o grupo de fanáticos que há quase cinco anos difundia notícias falsas na comunidade japonesa, alegando que o Japão havia vencido a guerra, *havia sido desmantelado pela polícia brasileira depois de matar mais de vinte pessoas; no entanto, nem todos os seus membros tinham sido presos. De tempos em tempos se ouviam novas ameaças, rumores sobre navios que chegariam do Japão com notícias surpreendentes, e em algumas cidades do interior de São Paulo continuavam a circular jornais clandestinos com imagens da rendição dos Estados Unidos e com supostas provas da vitória incontestável do Império Japonês.*

"São pessoas que vivem num mundo próprio, sem compromisso algum com a realidade", você disse, e ela retorquiu: "Por isso mesmo são perigosíssimas". Depois de uma pausa em que notei que as mãos de Eiko voltavam a tremer, ela continuou: "Eu li um desses panfletos logo que nós chegamos aqui. Eles diziam que o Exército imperial nunca foi derrotado em 2 mil anos, e não seria agora que isso aconteceria". Lembro que você sorriu e comentou: "Sim, muita gente ficou surpresa quando descobriu que o Imperador não era descendente direto da deusa Amaterasu Omikami. Mas já faz quase cinco anos que a guerra acabou!".

Eiko então comentou sobre os olhares tortos que às vezes se cravavam sobre ela nas poucas visitas que vocês faziam à cidade. "Não estou me referindo ao olhar de curiosidade por alguém diferente. Esse olhar nós conhecemos muito bem em Nova Orleans, onde quase sempre éramos os únicos orientais nos lugares que frequentávamos. Eu estou falando sobre o outro olhar, aquele que também conhecemos por lá depois que os Estados Unidos declararam guerra ao Japão: um olhar de raiva e desafio." Ela não olhava para mim nem para você, mas para a janela, como se esperasse que a qualquer momento algo fosse irromper dali para dentro da casa. "Nós viemos para o Brasil porque aqui havia uma grande colônia japonesa. Imaginávamos ser acolhidos como compatriotas, não como estrangeiros."

Não entendi exatamente ao que ela se referia, mas a sequência da conversa tornou as coisas um pouco mais claras para mim. "E o seu trabalho também não ajudou muito", ela completou, voltando-se para você. "Você passava os dias tirando fotografias de terrenos vazios, fazendo desenhos e medições para uma ferrovia que até agora não saiu do papel..." Você olhou para mim e sorriu, dizendo: "Não tenho controle sobre essas coisas". Mas ela nem pareceu ouvir. "Em Nova Orleans, diziam que éramos espiões japoneses. Aqui, passaram a achar que éramos espiões americanos." Ela se levantou e foi até a janela, perscrutou por alguns instantes a escuridão, depois voltou a se sentar. "E os seus passeios pelas matas da região devem ter aumentado as suspeitas deles." Pela primeira vez você pareceu se impacientar: "Não vou deixar que essas pessoas decidam o que eu posso e o que eu não posso fazer!". Depois, no entanto, provavelmente arrependido por seu rompante, você começou a afagar o cabelo de Eiko e lhe garantiu que estava tudo bem, que não havia por que se preocupar.

Por que Eiko falava como se estivesse diante de uma plateia, repetindo frases que provavelmente já lhe dissera várias vezes antes? Ela achava mesmo que alguém nos espiava da janela? Ou apenas havia exagerado no uísque? Ofereci-me para passar a noite na casa das pedras, mas você me convenceu de que não havia risco. "Isso é coisa de pessoas covardes que se aproveitaram da minha ausência. Não têm coragem de agir, por isso escrevem." Olhei para o seu rosto tranquilo e impávido e tive certeza de que sua beleza tornava *impossível que alguém o odiasse. A verdade é que, apesar dos meus 26 anos, eu ainda era um adolescente que não conhecia quase nada do mundo.*

Aquela foi a primeira vez que Eiko nos acompanhou no trajeto de carro da casa das pedras até a cidade. Você não queria deixá-la sozinha, e, como nenhum de nós imaginou que aquela seria nossa última oportunidade de nos falarmos, permanecemos em silêncio durante a maior parte do tempo, cada um imerso nos próprios pensamentos. "Amanhã eu vou à polícia", você anunciou no momento em que eu descia do carro, e eu sabia que você falava aquilo mais para tranquilizar Eiko do que por julgar a ação de fato necessária. E essas foram as últimas palavras que eu ouvi da sua boca. Nenhuma observação sobre a lua que naufragava no horizonte ou sobre nossas noites na Liberdade. "Amanhã eu vou à polícia", e o costumeiro olhar límpido e livre, sem qualquer prenúncio de morte. Nossas mãos nem sequer chegaram a se tocar no momento da despedida.

Coisas insignificantes que sobressaem devido a circunstâncias fortuitas: lentilhas no Ano-Novo, canalhas em períodos de agitação política, pessoas que nos dão notícias terríveis sem sequer se darem conta.

Depois de cinco dias sem trabalhar, havia muita coisa para fazer na fábrica de esteiras de junco. Passei o dia absorvido por atividades repetitivas e insignificantes que ocuparam a minha mente e o meu corpo de tal forma que não sou capaz de me lembrar do que comi no breve intervalo do almoço, nem do que passava pela minha cabeça quando caminhei lentamente em direção à saída da fábrica, atraído pelo burburinho que havia se formado ali. Talvez eu pensasse em seguir a pé para a casa das pedras e desanuviar meu corpo entorpecido, porque o sol já estava se pondo e todos recolhiam suas coisas; talvez eu preferisse voltar para casa e passar aquela noite com Kazue e o menino, porque na noite anterior eu mal tinha tido tempo de vê-los. O mais provável, porém, é que eu não pensasse em nada e apenas tivesse seguido automaticamente o grupo de três ou quatro pessoas que se juntava ao redor do Dr. Ushikawa.

Existe alguma coisa que altera levemente o ar quando se anuncia uma desgraça. As vozes de tornam mais baixas; os movimentos, mais graves; um peso escuro se insinua sob as sombras. Ou tudo não passa de um artifício da memória que modifica o que era banal, leve e inesperado? O fato é que até aquele dia eu nunca havia reparado na figura odiosa do Dr. Ushikawa. Naturalmente já o tinha visto várias vezes em diferentes circunstâncias, sobretudo na época da guerra, quando ele tivera uma atuação importante ao tirar da cadeia mais de uma pessoa da minha rua. Era um desses advogados que ganham a vida com a desgraça alheia, em quem todos confiam sem confiar, a quem todos cumprimentam sem reverência nem temor, uma pessoa de gestos comedidos e fala untuosa que parece sempre disposta a nos dar um conselho, sobretudo quando não queremos ser aconselhados.

"Aquele sujeito desagradável", lembro de ter pensado enquanto me aproximava, atraído irresistivelmente pelo pequeno círculo que havia se formado em volta dele. No entanto, até aquele dia eu nunca havia pensado nele com animosidade; foi só ao ouvi-lo sussurrando aquelas palavras que eu ainda não entendia completamente que me dei conta de como sua voz era odiosa; foi só ao ver seu olhar frio que notei como ele se parecia com um rato pelado.

"Dois tiros no peito", ele ia dizendo quando eu cheguei perto o suficiente para ouvir, "e um terceiro na cabeça, depois que ele já estava no chão." Eu estaquei por um momento, como se aquelas palavras tivessem estilhaços que pudessem me ferir. Mas já era tarde demais. Um dos colegas se virou na minha direção e disse: "Você conhecia ele, não é, Yasuro? O americano?".

O que se passou a partir desse momento é incerto e difícil de recompor. Lembro sobretudo da sensação de que um peso dificultava meus movimentos e minhas ações. As palavras não saíam da minha boca com a velocidade devida, meus braços e minhas pernas demoravam para responder ao comando do cérebro, eu sentia frio e calor ao mesmo tempo e me agitava de um lugar para outro, sem conseguir chegar efetivamente a lugar algum. Lembro da sensação horrível do bafo do Dr. Ushikawa muito próximo do meu rosto quando eu o agarrei pelo paletó enquanto perguntava com a voz pastosa onde você estava; lembro das ruas estranhamente silenciosas e esvaziadas pelas quais eu corria tropeçando, escalavrando minhas pernas em diferentes obstáculos; lembro do olhar perplexo de duas ou três pessoas que se inclinavam sobre o corpo e se viraram de repente quando me ouviram gritar; lembro das mãos que me agarraram e me levaram para uma salinha com paredes amarelas, onde só me soltaram depois que alguém enfiou uma seringa no meu braço.

As lembranças da cerimônia fúnebre são mais nítidas, mas há vários lapsos que não consigo preencher. Quem me levou até lá? Lembro de ter chegado de carro com Kazue, que se agarrava ao meu braço como se estivesse mais abalada do que eu, mas não consigo lembrar quem dirigia o carro. Lembro de ter cumprimentado Eiko de longe, com um aceno, e depois ter permanecido de pé, sem conseguir pensar em nada, enquanto Yugi falava longamente sobre a transferência do preso para a capital. Lembro que em certo momento pensei em perguntar: "Que preso?", mas depois me dei conta e continuei em silêncio. Em que momento Eiko se aproximou de mim? Ela certamente esperou o único instante em que Kazue saiu do meu lado, não deu nenhuma importância aos olhares que com certeza estavam todos voltados para ela, e murmurou apressadamente em meu ouvido: "Não posso abandonar a casa. Não sou capaz de ficar lá sozinha. Você é o último fio que me prende a ele. À vida".

Aquelas palavras tiveram um efeito imediato sobre mim. Subitamente me senti calmo e alerta. Concluída a cerimônia, avisei: "Vou com Eiko". O olhar de Kazue permaneceu na minha memória como um espelho vertiginoso que sempre volta a me acusar. Cinquenta e sete anos depois, ainda não sei como responder àquele olhar. Sim, estou lúcido. Não faço o que faço por um impulso irracional; faço porque é o que devo fazer. Se há alguém a ser odiado ou desprezado, não é Eiko nem você: sou eu. Sim, não vai adiantar nada. O único resultado concreto da minha decisão será um abismo definitivo aberto entre mim e Kazue, entre mim e meu filho. Mas não há o que fazer. Eu sou essa pessoa refletida nas pupilas perplexas da mulher que deixo para trás. Vou regressar à casa das pedras, vou olhar demoradamente para *a garrafa de uísque pela metade, vou apagar a inscrição ominosa na parede externa, vou passar quatro dias sem conseguir dormir, olhando para a imagem feérica dos amantes que flutuam no vazio, vou me indagar incontáveis vezes por que você aceitou ir ao encontro do seu assassino, vou ouvir palavras terríveis que me assombrarão pelo resto dos meus anos. Vou com Eiko.*

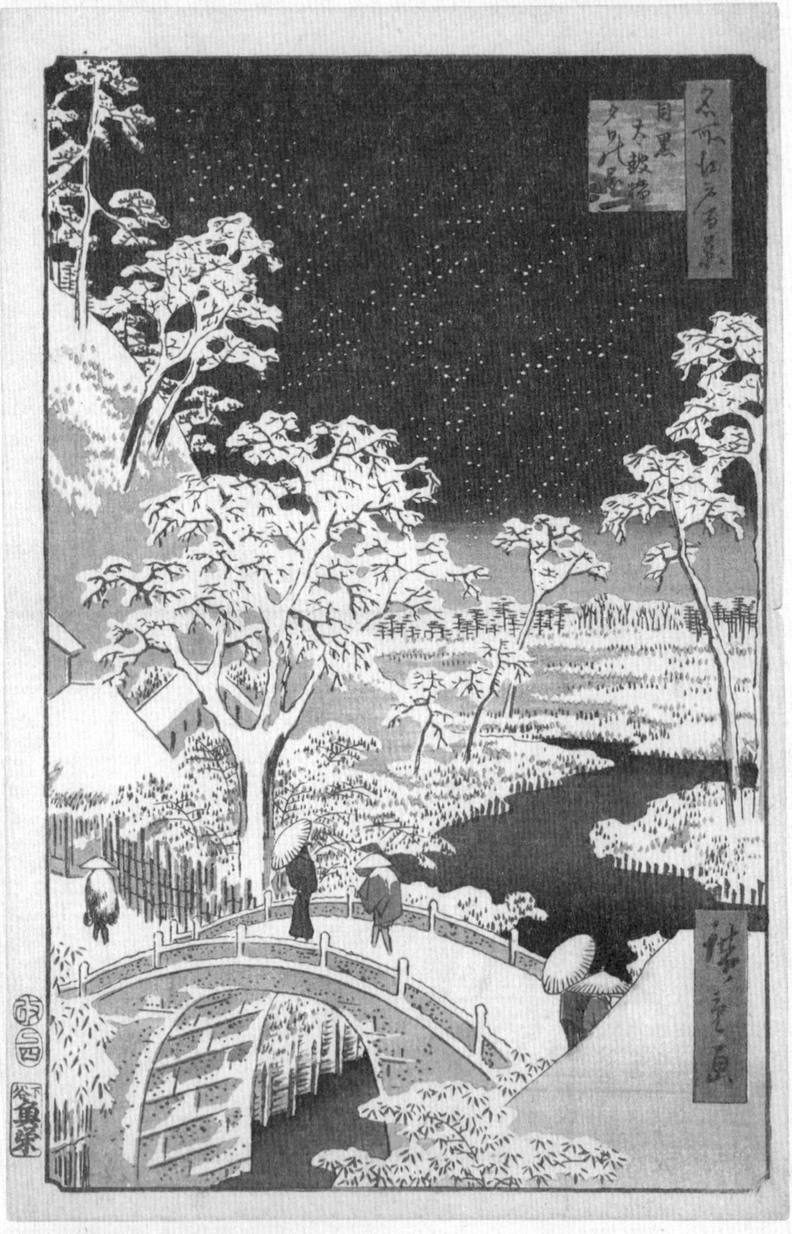
名所江戸百景
目黒太鼓橋夕日の岡
廣重画

Vozes sem corpo

– O que você andou aprontando?
Dessa vez, eu entrava pelo portão, depois de ter anunciado minha chegada pelo celular. A campainha continuava quebrada. Com um vestido verde-escuro, Sayuri parecia mais bonita e mais bem-humorada do que da última vez em que eu a vira. A princípio, ocorreu-me a ideia de que ela se preparara esmeradamente para aquele encontro; depois, achei que poderia ser eu que a via com outros olhos. Antes que eu respondesse, ela emendou:
– Duas pessoas me telefonaram durante a semana pra perguntar se eu sabia que você estava escrevendo um livro sobre acontecimentos de meio século atrás.
– Bom, eu andei fazendo umas perguntas em alguns lugares...
– É curioso como ainda acham que eu sou responsável pelos seus atos. Mesmo agora, mais de vinte anos depois!
Instintivamente, procurei pelo vulto de Musashi no gramado da parte da frente da casa. Sabia que ele não me atacaria com Sayuri por perto; ainda assim, torcia para que ele estivesse preso. Por alguma associação involuntária, passei da imagem do cachorro para a do meu antigo colega de infância.
– O Yuzo falou com você?
– Ele foi uma das pessoas que telefonaram. Parecia meio nervoso.
– Já está tudo resolvido agora. Espero que ele não volte a te incomodar.
– Resolvido? Você desistiu de escrever o livro?
– Não.

— Ele me disse que não sossegaria enquanto você não desistisse.
— Talvez ele não sossegue. Mas está tudo resolvido. Depois que eu começo a escrever um livro, não tem como parar. É mais forte do que eu.
— Fico feliz com isso. — Os olhos dela brilharam como estrelas que saíssem de repente de trás de uma nuvem, mas Sayuri logo virou o rosto em outra direção. — Ele não pode te processar?
— Parece que ele vai me processar. Mas eu não tenho nada a perder.

Sayuri me conduziu em silêncio até a sala, como se o assunto não a interessasse mais. Só quando já estávamos sentados no sofá ela voltou a tocar no assunto.

— O que você descobriu de tão terrível?
— Nada de terrível. Só algumas vidas autênticas.
— Você está falando sobre o Sr. Yasuro?
— Sobre ele e outras pessoas com quem ele conviveu.

Ainda havia certa tensão nos movimentos de Sayuri, mas notei (ou imaginei notar) que ela se descontraía à medida que conversávamos.

— Andei fazendo umas pesquisas durante os últimos dias e cheguei à conclusão de que o Yuzo pode fazer muito pouco contra mim. Ele não pode me impedir de escrever o que eu bem entender, e também não vai conseguir impedir a publicação do livro. Depois, sim, ele pode entrar com uma ação e suspender a venda e a distribuição dos exemplares. Mas então o livro já vai existir.

— Não entendo uma coisa: de que adianta publicar um livro que não vai ser lido por ninguém? E o prejuízo que a editora vai ter?

— Digamos que eu sou especialista em publicar livros que não são lidos por ninguém. É por isso que eu disse que não tenho nada a perder. Essa é a primeira vez na minha vida que eu estou escrevendo um livro de verdade, um livro necessário, e não uma coleção de experiências baratas transformadas em verso. Vou pagar pela impressão dos exemplares, porque não seria justo transferir o prejuízo para a editora. Se o Yuzo conseguir suspender a venda e a distribuição do livro, o prejuízo vai ser só meu. E se ele me processar também por danos morais, o máximo que vai conseguir arrancar de mim vai ser a pequena coleção de livros que eu fui juntando ao longo dos últimos anos. Não tenho carro nem outros bens que possam ser tomados. Por outro lado, ele deve saber que uma ação contra um livro só faz com que esse livro desperte a curiosidade de um número maior de leitores.

— Agora eu estou começando a entender a raiva dele.

— O Sr. Yasuro deixou esse manuscrito pra mim. Não sei se ele queria que eu o publicasse. Mas sei que eu me sentiria muito mal se simplesmente o deixasse de lado.

Sayuri me fitou demoradamente, como se eu estivesse do outro lado de um rio e só com muito esforço ela conseguisse divisar meu rosto.

— Você mudou muito.

— Já se passaram 21 anos.

— Não. Você mudou muito nestas duas semanas.

Midori havia me telefonado na segunda-feira de manhã.

— A gente pode se encontrar no fim da tarde?

— Você está bem?

— Estou. Agora estou. Mas prefiro contar pessoalmente.

Havia um nítido contraste entre a voz quebrada e o tom sereno e despreocupado com que ela enunciava suas frases.

— O Yuzo te procurou?

— É. Parece que um homem com esse nome tentou falar comigo. Mas eu estava incomunicável.

— O manuscrito ainda está aí com você?

— Claro que está!

Algumas horas mais tarde, depois de nos encontrarmos à sombra do torii, caminhamos até um barzinho onde ela me contou o que havia acontecido.

— Acho que eu exagerei um pouco naquele dia. Quando cheguei em casa, minha cabeça estava explodindo.

Até o azul do cabelo dela parecia mais pálido e, por mais que ela tentasse falar normalmente, introduzia pequenas pausas entre as palavras, como se precisasse tomar fôlego a cada momento.

— Nem tinha percebido nada!

— Eu também não. Foi só no fim daquela tarde, quando a gente já estava voltando pra cidade, que eu comecei a sentir umas pontadas.

Ao ouvir aquelas palavras, achei que me lembrava de algumas caretas que ela havia feito enquanto dirigia. Não dera muita atenção, achando que se tratava de uma resposta aos solavancos do carro na estrada de terra. Agora compreendia que era mais um episódio da minha propalada incapacidade de ver o que estava à minha frente.

— Quando eu desmaiei pela segunda vez, meus pais me levaram pro hospital. Só saí de lá ontem à tarde, e só hoje me senti suficientemente disposta pra voltar a sair de casa.

Mas não se preocupe: vou terminar a tradução até o fim desta semana.
— Você é que não deve se preocupar — me apressei a responder. — O importante agora é descansar. Sempre vai haver tempo mais tarde pra você terminar a tradução.
— *Sempre vai haver tempo...* — enquanto repetia as minhas palavras, ela remexia com os dedos os cubos de gelo no copo de coca-cola. — E você, o que fez no fim de semana?
Contei sobre minha visita ao pesqueiro, sem atribuir muita importância às ameaças de Yuzo. Preferi descrever as ideias que me vieram enquanto eu caminhava entre as árvores à margem dos tanques de pesca e falar sobre a família que me dera carona. Notei que me sentia desmedidamente feliz ao contar coisas sem importância alguma, com o único intuito de fazê-la sorrir — e de manter seus olhos vívidos fixos nos meus olhos.
— Amanhã eu quero ir à escola presbiteriana pra ver se encontro alguma coisa. Fotos, recortes de jornais... Estava pensando também em tentar localizar a primeira casa onde o Sr. Yasuro morou aqui em Registro. O que você acha?
— Acho ótimo. — Ela tentava conferir entusiasmo às palavras, mas estava visivelmente debilitada. — Amanhã eu quero adiantar algumas coisas. Acho que consigo traduzir umas três mil palavras.
— Três mil? Você não acha que está exagerando? Ainda mais agora? O melhor é você descansar e só voltar a traduzir quando estiver completamente recuperada.
Midori sorriu.
— A pior coisa dos dois dias e meio que eu fiquei no hospital foi não poder continuar a tradução. Trechos do

texto vinham à minha mente o tempo todo, eu queria anotar variantes, comentários, emendar passagens que só então eu percebia que estavam erradas... Quando escreve o nome dos pássaros e das flores, o Yasuro às vezes usa uns termos absurdos, que só depois de muito esforço percebo que são a transcrição de palavras em português usando as sílabas japonesas. Na última noite que eu passei no hospital, sonhei que ele se sentava ao lado da cama e lia em silêncio a minha tradução. No momento em que ele levantou a cabeça pra fazer uma observação, a enfermeira me acordou.

Ela bebeu o último gole de refrigerante e ficou olhando para o copo vazio por alguns segundos, como se ali estivesse a resposta para o enigma que a atormentava.

– Quem sabe ele ainda volte a me visitar um dia desses? De qualquer forma, agora que eu voltei a traduzir, me sinto bem melhor. Hoje foram só mil palavras, mas sinto que amanhã o ritmo vai aumentar. E depois de amanhã nós podemos procurar juntos a casa dele.

Passei a manhã do dia seguinte terminando um trabalho que estava atrasado. Era a revisão de um livro chatíssimo sobre o mercado de câmbio no Mercosul. Eu lia e relia a mesma frase cinco vezes, sem entender muito bem se minha dificuldade de compreensão era um problema textual ou pessoal. À tarde, fui à escola presbiteriana, onde examinei dezenas de papéis amarelados e fotografias em preto e branco. Não encontrei nenhuma imagem do Sr. Yasuro, de Eiko, nem do homem cujo nome eu ainda ignorava – ou pelo menos não consegui localizar suas fisionomias nas dezenas de rostos remotos que esquadrinhei – mas senti que o passado aos poucos crescia em mim e aos poucos eu voltava a me tornar íntimo da minha cidade.

Retornei ao hotel e passei a noite tomando notas sobre as minhas descobertas recentes. Quando Midori me telefonou, às 11h15 da manhã do dia seguinte, eu já havia circulado no mapa da cidade as possíveis áreas que poderíamos explorar em busca da primeira casa que o Sr. Yasuro habitara depois de se mudar de Iguape para Registro.

– Infelizmente não vou poder ir com você.

As palavras de Midori pareciam vir de outro país, talvez até de outro planeta ou de outro universo. Mal consegui balbuciar uma pergunta.

– Eu perdi o carro.

– Perdeu o carro? Como isso é possível?

– Não fique bravo comigo. Ontem à noite eu voltei à casa das pedras.

Não podia acreditar no que ouvia. À casa das pedras? Sozinha? Não fiquei bravo – ou melhor: fiquei um pouco irritado, mas a raiva não foi o sentimento predominante naquele momento; me senti sobretudo decepcionado, traído, como se Midori me confessasse que tinha dormido com meu melhor amigo.

– Eu precisava voltar àquele lugar. Precisava ver as estrelas refletidas nas águas do córrego. E precisava ir sozinha.

– Entendo.

Eu entendia e não entendia, aceitava e me revoltava, queria desligar o telefone e me deitar outra vez na cama, queria fechar a conta do hotel e voltar para a minha casa, mas também queria ouvir o que Midori tinha a me dizer. Queria sobretudo reencontrá-la.

– Foi mágico. Você não tem ideia do que é o céu naquele lugar. Não faz nem sentido usar a mesma palavra pra falar dessa coisa fosca e chocha que a gente vê aqui ou em qualquer outra cidade todas as noites. Lembra o que o Yasuro escreveu? Sobre como o tempo se contrai e se expande? Eu senti isso no meu corpo. Ali, naquele silêncio enorme, enquanto o córrego fluía embaixo dos meus pés e a Via Láctea se derramava pela janela, eu senti que a vida do Yasuro e do Genji continuava a pulsar de alguma forma, na casa, no céu noturno, em mim... Não consigo explicar com palavras, mas era como se a morte fosse irrelevante. Não só a morte deles, mas qualquer morte. – Ela fez uma pausa, como se tivesse mergulhado durante alguns minutos e precisasse tomar fôlego antes de voltar a afundar. – Eu me lembrei então daquela frase que você disse, do livro de autoajuda, sobre as vidas serem como livros. A frase ainda me pareceu errada, mas tinha qualquer coisa nela... Talvez as vidas sejam mesmo como livros, mas em outro sentido. Veja a vida do Yasuro: ela se prolonga e continua na minha e na sua vida, e de certa forma nós expandimos a vida dele pra além do tempo que ele viveu efetivamente. E eu imaginei que a minha vida também poderia se expandir e continuar a pulsar mesmo depois que eu tivesse morrido. Como um livro escrito há mais de mil anos que alguém recompõe de memória...

    Entendi imediatamente por que ela quisera ir sozinha. Por mais que eu ficasse em silêncio, por mais que me esforçasse para *me apagar*, minha presença (meu corpo, meu desejo) a distrairia do céu noturno e do que ela fora buscar ali. Não sei quanto tempo ficamos em silêncio – eu, tentando me estabilizar depois da onda de sentimentos divergentes que havia me agitado; ela, provavelmente rememorando pela milésima vez a noite mágica que eu só podia imaginar palidamente. Quando ela voltou a falar, sua voz parecia a de uma pessoa dez anos mais velha.

– Quando eu voltei pra casa, meus pais estavam desesperados. Como eram 2 da manhã e eu tinha desligado o telefone, eles acharam que eu havia desmaiado ou sofrido um acidente. Depois de se certificarem de que eu estava bem, fizeram um discurso longuíssimo em que, entre outras coisas, anunciaram o confisco da chave do carro. Tecnicamente, o carro é da minha mãe, mas como ela quase nunca o usa, era como se fosse meu. Até ontem.

Ela fez uma nova pausa, durante a qual pude ouvir os goles de uma bebida descendo pela sua garganta. Olhei para a parede cheia de pequenas manchas à minha frente, e só então me dei conta de como aquele hotel era desolador.

– Eu podia te acompanhar mesmo a pé. Meus pais me proibiram de sair de casa, mas é claro que eles não têm como me prender aqui. O problema é que tenho quase certeza de que, se eu ficar andando debaixo desse sol, minha cabeça vai explodir. E eu preciso terminar a tradução...

– Você tem razão – disse, tentando encontrar as palavras e o tom mais equilibrados de que eu era capaz. – Não vale a pena arriscar sua saúde.

Depois de uma pausa incômoda, lembrei da pergunta que eu ainda queria lhe fazer.

– Você descobriu o nome dele?

Senti que ela sorria do outro lado.

– O nome? Não, o Yasuro nunca diz o nome dele. Pelo menos até onde eu consegui ler. No *Genji Monogatari*, dizer o nome de uma pessoa é considerado um sinal de mau agouro. Por isso eu passei a chamá-lo de Genji.

– Entendi. À noite eu te ligo pra contar o que descobri.

Quando liguei, à noite, não tinha nada de relevante para contar. Havia perambulado por algumas horas debaixo de um sol abrasador e não obtivera nenhuma informação conclusiva. Depois, voltara ao hotel e passara as últimas horas contemplando a parede suja do meu quarto, sem ânimo sequer para jantar. Midori parecia exausta e aérea, limitando-se a ouvir meu relato sem fazer qualquer observação. A única coisa que me lembro de ela ter dito foi que havia traduzido seis mil palavras nos últimos dois dias. Depois de desligar o telefone, comi um pacote de amendoim murcho que achei em cima do frigobar, bebi uma latinha de cerveja e me esforcei ao máximo para dormir.

Na quinta-feira, eu havia planejado voltar ao Bunkyo para tentar conversar outra vez com o Sr. Masaoki. Se ele não podia (ou não queria) me fornecer informações sobre as pessoas nas fotos, talvez pudesse esclarecer algumas dúvidas que eu tinha acerca dos impactos da Segunda Guerra na comunidade japonesa de Registro. No entanto, não me sentia nem um pouco animado a sair do hotel. Sem Midori, a perspectiva de investigar os fatos que envolviam a vida do Sr. Yasuro já não tinha o mesmo apelo para mim.

Liguei para Sayuri e perguntei se o encontro com Naeko no sábado estava confirmado. Ela pareceu um pouco agastada, mas disse que estava tudo certo. Passei a hora seguinte respondendo a e-mails e fazendo pesquisas relativas a questões do trabalho, até que finalmente decidi sair. Quando cheguei ao Bunkyo, a primeira coisa que me ocorreu perguntar à simpática secretária não foi se o Sr. Masaoki poderia me atender, mas se Midori viria dar aulas naquele dia. Diante da resposta negativa, percebi que todas as outras perguntas seriam supérfluas. Ao contrário do que imaginara até então, eu não tinha capacidade nem disposição para escrever uma biografia do Sr. Yasuro.

Voltei imediatamente ao hotel e coloquei na porta o aviso de "não perturbar". Só depois de apagar do computador todas as notas que havia tomado nos últimos dias me senti livre para telefonar para Midori. Ninguém atendeu. Imaginei-a concentrada diante das páginas escritas pelo Sr. Yasuro, traduzindo minuciosamente cada palavra até chegar à cota absurda que ela fixara como meta diária. Resolvi então desligar também meu telefone e prometi a mim mesmo que só voltaria a ligá-lo depois de ter escrito pelo menos seis páginas. Era uma meta bem mais modesta que a dela, mas eu sabia que seria inútil superestimar minha capacidade de concentração.

Depois de quatro horas e meia de trabalho – escrevendo, apagando, levantando-me para dar voltas em torno da cama, voltando a me sentar para escrever e apagar e reescrever –, eu me sentia como se meu cérebro tivesse passado por um espremedor e só tivessem me restado as funções de sobrevivência. Saí do quarto como quem escapa de uma caverna e me espantei com a luminosidade da tarde excessivamente nítida. Senti uma pontada na têmpora esquerda, mas a dor não me abalou; acolhi-a como uma mensagem oblíqua de Midori, um aviso de que caminhávamos na mesma direção – talvez não em caminhos convergentes, mas em estradas paralelas que em algum ponto do infinito irremediavelmente se tocariam.

Não me lembro do que comi no primeiro restaurante aberto que encontrei; apenas lancei os alimentos garganta abaixo, esperando que meu corpo cumprisse automaticamente seu papel. Lembro-me de ter perambulado por alguns minutos debaixo do sol até reencontrar a mesma galeria com ar-condicionado que eu havia visitado em meu primeiro dia na cidade. Enquanto tomava um café duplo, senti que lentamente meu cérebro voltava a funcionar, mas o desejo quase irrefreável de comer um duvidoso pudim de leite exposto na vitrine era um claro indício de que eu ainda levaria algumas horas até voltar a raciocinar normalmente.

Não queria voltar ao hotel nem tampouco ficar caminhando a esmo sob o sol escaldante. Pensei que o ideal naquele momento seria encontrar uma sala de cinema onde eu poderia cochilar sossegadamente enquanto fingia ver um filme. Contudo, o único cinema da cidade tinha sido fechado há mais de duas décadas. Forcei-me então a caminhar até os barracões da KKKK – que, segundo Midori, em breve seriam transformados num centro cultural. Apesar do calor quase sufocante, a caminhada teve o efeito de arrefecer um pouco da letargia que me impedia de pensar com clareza. Depois de comprar uma garrafinha de água gelada no caminho, descobri uma estreita sombra de árvore de onde era possível contemplar as águas brilhantes do Rio Ribeira.

Senti algo latejar por trás dos meus olhos. Era curioso pensar que aquele rio era o mesmo que eu fitara por várias horas ao lado de Midori durante o Tooro Nagashi. O mesmo da minha infância. O mesmo onde o Sr. Yasuro atirara a espada da família. De repente me dei conta de que eu não tinha mais nada a fazer na cidade. Se eu já não escreveria a biografia do Sr. Yasuro, não fazia sentido continuar em busca de informações irrelevantes. O texto que ele havia me legado era suficiente. O que me restava agora era compor a outra metade do livro: não notas explicativas para as passagens misteriosas ou ambíguas no manuscrito do Sr. Yasuro, mas a minha própria história, que eu entrelaçaria à dele numa única narrativa. Para escrevê-la, eu não precisava mais perambular pelas ruas de Registro ou me trancar num quarto de hotel; poderia voltar a Campinas e descrever minuciosamente tudo o que me ocorrera desde o retorno à minha cidade natal.

Eram 7h30 da noite quando recebi a mensagem de Midori: "Agora falta pouco". A tarde quente e abafada havia se resolvido num pôr do sol magnífico e numa noite com brisas surpreendentemente frescas. Achei que ela não recusaria o convite para um encontro, mas, antes que eu chegasse a formulá-lo, Midori já se adiantou:

– Vou dormir daqui a pouco. Preciso descansar pra amanhã.

Não perguntei o que haveria no dia seguinte, porque a resposta era óbvia: restavam aproximadamente 3.500 palavras a serem traduzidas, e era evidente que ela tentaria vencê-las num único dia.

– Se amanhã fosse quinta-feira, eu não me importaria em fazer duas mil palavras e deixar 1.500 para o dia seguinte. Mas como é sexta, sinto-me na obrigação de terminar tudo no mesmo dia. Eu mesma acho meio absurdo, mas é assim que eu sou.

No dia seguinte, já chovia quando acordei, e continuou chovendo até o fim da tarde. Escrevi num ritmo mais errático do que na véspera, fazendo várias pausas para conferir meus e-mails, ler notícias na internet e consultar o celular. Já eram 8 da noite quando Midori me enviou o último trecho da tradução. Meu impulso imediato foi novamente o de telefonar para ela e sugerir que comemorássemos a conclusão do trabalho. No entanto, um segundo depois de fazer a ligação, eu me arrependi, sentindo um estranho gosto metálico sob a língua.

– Então você terminou! Muito obrigado!
– Sou eu que agradeço! De verdade. Sem você eu nunca teria conhecido esse manuscrito.

A voz de Midori parecia tão frágil e quebradiça que mal consegui ouvi-la. No entanto, havia uma alegria evidente em suas palavras.

– É curioso como você se transformou numa voz em meu ouvido.

Aquela observação saiu da minha boca, e eu mesmo me surpreendi com ela.

– Já faz tanto tempo que a gente não se encontra – notei que eu falava como um marido que se queixa, mas não quis me corrigir – que é como se você tivesse se transformado numa voz sem corpo.

– Uma voz sem corpo? Como o Yasuro?
– Uma voz no meu corpo.
– Obrigada por abrigar a minha voz no seu corpo.

O diálogo não terminou assim, continuamos a conversar por mais de uma hora, com longas pausas e digressões, mas o que ficou na minha memória foram aquelas palavras. De repente, notei que ela ressonava. Provavelmente estava deitada na cama com o telefone, como eu, e acabara adormecendo devido ao cansaço excessivo. Chamei-a em voz baixa duas ou três vezes antes de desligar. Estava certo de que nos reencontraríamos no sábado à noite, depois do meu compromisso com Naeko, ou no domingo de manhã, antes de eu ir embora da cidade.

Acordo mais cedo a cada dia. O sol ainda não raiou, os pássaros ainda não começaram sua algazarra matinal, e já estou com os olhos abertos no escuro, rememorando acontecimentos de décadas atrás. Escrevo para dar forma às lembranças, para me esvaziar delas, mas quanto mais escrevo, mais elas se acumulam e crescem – como o rio que, quando está próximo do mar, se amplia.

Depois que você e Eiko se foram, ainda trabalhei por sete anos na fábrica de esteiras de junco. Como eu era o primeiro a chegar e o último a sair e como eu só tirava os olhos das esteiras quando percebia que todos tinham ido embora, em pouco tempo os murmúrios que se teciam ao meu redor foram se apagando. A cidade demorou a esquecer as duas mortes, e algumas pessoas, como os pais de Kazue, nunca voltaram a falar comigo. Mas eu não queria falar com ninguém. Meu empenho era apenas o de acumular horas e dias e meses a fio, tentando me concentrar no meu trabalho enquanto os meses lentamente se transformavam em anos.

Quando usei o pouco dinheiro que consegui juntar na fábrica para comprar um pequeno sítio onde comecei a plantar bananas, Kazue tentou me demover, alegando que eu trocava um prestígio adquirido a duras penas por uma aventura incerta. Ela não chegou a dizer explicitamente que havia sido repudiada pela família por permanecer ao meu lado, mas aquela afirmação estava subentendida em seus olhos agudos e em suas mãos espalmadas. Eu poderia lhe dizer que fazia o que julgava melhor para a família, que em breve nosso filho precisaria sair de Registro para estudar, e que as bananas eram mais promissoras que as esteiras; contudo, já naquela época eu havia perdido a capacidade de me comunicar com clareza. Devo ter murmurado algumas palavras e voltado a me fechar no meu habitual silêncio.

A despeito da raiva e da inquietude, Kazue aceitou se mudar para o sítio, e não formulou nenhuma objeção quando, onze anos depois, substituí as bananas pelos antúrios. Ela tampouco concordava com aquela nova mudança; entretanto, já havia se conformado com minhas alterações de rumo, meus disparates, minhas incongruências. No fim das contas, foram os antúrios que nos permitiram comprar uma bela casa na cidade e desfrutar uma velhice confortável; assim, quando finalmente decidi vender o sítio e passar meus dias dedicado ao ikebana, ela não pôde sequer me criticar pela decisão.

Yoko tinha acabado de morrer, eu estava com 55 anos e não precisava mais trabalhar doze horas por dia para ganhar um dinheiro que eu não sabia como gastar. Meu filho havia obtido o emprego com que Kazue sonhara, minha neta era o novo centro das atenções da família, e eu estava livre para fazer o que bem entendesse. Por que não segui o exemplo de Eiko? Trinta anos depois, seria um pouco ridículo partir atrás de você, mas eu nunca havia temido o ridículo. Por que, em vez de me dedicar ao arranjo de flores, não dei fim a uma vida que agora não tinha sequer a desculpa de sustentar outras vidas? O destino da água é correr, assumir todas as formas possíveis, se perder em infinitas indagações antes de enfim se evaporar ou desaguar no vazio?

Pôr fim à minha vida seria pôr fim à sua vida, apagar definitivamente o que ainda restava de você sobre a terra. Tudo então desapareceria – não só a minha vida, mas também a sua, e as noites esplêndidas na casa das pedras – e seria como se nunca tivessem existido. Apesar da dor, eu precisava continuar a existir, para que você continuasse a existir – na minha memória, em cada parte do meu corpo, na minha própria dor.

Pôr fim à minha vida seria também renunciar à possibilidade de descobrir uma resposta para as perguntas que ainda me inquietavam. Antes de morrer, eu precisava saber por que você não tinha ido à delegacia naquela manhã, por que havia decidido ir ao encontro do seu assassino, por que você me escondera o bilhete que havia recebido antes da nossa viagem a São Paulo. De tanto repetir essas perguntas ao longo dos anos, fui me acostumando a conversar com você e a lhe indagar sobre os mais diversos assuntos. De repente, notei que você vivia em mim, que sua vida de certa forma subsistia na minha vida, e eu já não quis morrer.

A época em que comecei a praticar ikebana coincidiu com o auge do chá em Registro. O quilo chegou a custar 2,50 dólares e, com dinheiro sobrando, de repente as pessoas perceberam que podiam se dar ao luxo de ter belos arranjos de flores em suas casas. Eu costumava expor meus arranjos em ocasiões esporádicas, na Feira do Chá ou no Clube de Beisebol, mas da noite para o dia comecei a receber encomendas para as mais diversas ocasiões: para o Ano-Novo, o Dia das Mães, o início da primavera, o Dia dos Namorados, e até para festas que não tinham nenhuma relação evidente com o espírito do ikebana.
No começo, as pessoas consideravam meu estilo excessivamente livre e amplo, porque eu não me atinha às regras de comedimento e harmonia seguidas pelas arranjadoras tradicionais. Eu preferia composições assimétricas, com os galhos inclinados radicalmente para um lado, como se estivessem a ponto de cair, e gostava de usar cores contrastantes, como o roxo e o amarelo. Às vezes, apresentava as flores quase nuas, reduzidas a seu desenho

essencial. Às vezes, transformava objetos como um cano enferrujado ou uma tigela quebrada em suportes ou vasos para os arranjos. O que me importavam as regras? Só as pessoas sem imaginação querem que tudo combine. Se a força natural de cada planta era preservada e realçada, o arranjo era eficaz. Tudo o que é autêntico é irregular e assimétrico.

Aos poucos, meus arranjos foram atraindo o interesse de compradores de fora da cidade, a ponto de eu ter encomendas com mais de um ano de antecedência. Hoje percebo que meu êxito não se deveu a nenhum talento especial, mas ao simples fato de que eu praticava dia e noite, e até sonhava com as curvas dos talos e com o desenho das pétalas, enquanto as próprias pessoas que me haviam dado aulas de ikebana se limitavam a duas ou três horas de prática por dia. Como eu não tinha outra ocupação, podia passar uma manhã inteira tentando encontrar a melhor técnica de estabilização para um ramo, ou passar uma tarde estudando o local onde o arranjo seria disposto; não via problema em trocar a água das plantas a cada oito horas, nem em caminhar por três ou quatro quilômetros até encontrar uma flor que me agradasse.

Quem nunca observou uma flor em seu ambiente natural dificilmente conseguirá dispô-la num vaso de forma a harmonizar as linhas de força horizontais e verticais e fazer com que ela comunique sua vida a quem a observa. É claro que o fato de eu ter aprendido a observar a natureza com você me conferia uma grande vantagem sobre pessoas que não saberiam distinguir uma saíra de um sanhaço. Às vezes eu me atrapalhava com o nome das flores em português, encomendando um gerânio no lugar de uma gérbera, mas não sentia dificuldade em harmonizar as hastes e as flores, em cortar as folhas em excesso, em extrair de cada curva natural um desenho ousado ou harmonioso.

Ao contrário do que Kazue imaginava, o fato de eu não conseguir me fixar num único interesse ao longo dos anos não teve apenas efeitos negativos: graças aos meus anos de trabalho na fábrica de esteiras de junco, eu sentia uma grande segurança ao manejar a hasami para cortar os caules no lugar certo e para os posicionar no kenzan; graças à experiência de dez anos com os antúrios, eu sabia quase instintivamente como conferir profundidade a um arranjo, harmonizando cores e volumes a fim de que o olhar do espectador participasse da criação; graças a nossos demorados passeios pelas matas cerradas, aprendi a apreciar a delicada instabilidade do que é genuinamente vivo.

Mais tarde, quando passei a escrever poemas, notei que os princípios do ikebana continuavam a guiar minhas escolhas de palavras. E mesmo nestas notas, que escrevo sem preocupações estéticas, sigo as inclinações naturais da memória, sem dobrar artificialmente os fatos, limitando-me a podar os excessos e a harmonizar as luzes e as sombras. Mesmo um vaso medíocre pode ser dignificado por um arranjo cuidadoso.

Eu ainda era adolescente quando a Mãe contou a história dos dois rapazes solteiros que foram flagrados de madrugada debaixo de um bote salva-vidas durante a viagem para o Brasil. Foi a primeira vez que ouvi a expressão "fenda do espírito", que ela usou para se referir à solidão que aqueles jovens deviam ter sentido depois de tantos dias de viagem. "Naquela situação, era compreensível", ela disse. Até hoje me pergunto por que ela me contou aquela história. Ela já via a fenda se abrir também em mim? Ou foram as próprias palavras dela que abriram uma fenda que em outras circunstâncias permaneceria fechada?

A água é tão importante quanto as flores para um arranjo bem-sucedido. A partir do momento em que a água se turva, os ramos perdem o viço e as flores adoecem. O que é o ikebana, senão a preservação artificial, pelo maior tempo possível, de uma vida que foi amputada antes da hora? Prolongar a vida de uma flor é impossível; no entanto, é possível prolongar sua beleza. Depois de seis anos de dedicação ao arranjo floral, senti que meu corpo já não era o mesmo. Minhas costas doíam, minhas mãos já não tinham a mesma precisão, e eu resolvi deixar de fazer arranjos para outras pessoas. Ainda hoje, quando encontro casualmente alguma flor que me agrada, trago-a para casa e estudo demoradamente a melhor forma de preservá-la comigo. Hoje há muita luz nas casas, mas consegui a duras penas manter um canto de sombra no meu quarto, onde às vezes ainda é possível apreciar um lírio ou uma peônia.

Quando eu era jovem, a natureza me bastava. As árvores e o meu corpo. O céu e o seu corpo. Do que mais eu precisaria? Depois que perdi o seu corpo, depois que o meu corpo começou a falhar, substituí as longas caminhadas pelos jogos da imaginação. Primeiro foi o Go; depois conheci os prazeres do senryu, do haiku e do tanka. Participei de alguns encontros de escritores em Iguape, publiquei poemas em revistas. Mas nunca fui adepto de grupos. Sempre escrevi para mim mesmo, numa língua que plausivelmente ninguém entenderá.

Coisas que causam pena: um silêncio mal interpretado, poemas que amarelecem no fundo de uma gaveta, a cauda amputada de uma lagartixa.

*Até as garças
se recusam
a dormir sozinhas.*

*Aquele que outrora
apreciava a lua
já não vem.*

*Às margens do Rio Ribeira:
fresco de um lado,
tórrido do outro.*

*Para conhecer
o límpido som do córrego
que flui junto às rochas,
vai até a casa das pedras
na hora em que o sol se esconde.*

Quem poderia apreciar estes poemas senão você? Com quem eu poderia conversar sobre o passado? Há nove meses comecei a escrever estas notas, ao sabor das lembranças, sem ordem nem propósito. Por mais que tenha tentado compilar aqui os pontos principais da minha longa vida, sinto que o essencial ficou de fora. O termo "kuden" designa algo que não se pode transmitir através da escrita, mas que compreendemos por meio do nosso corpo. Talvez a melhor opção seja deixar este texto suspenso, interrompido a meio caminho, como toda vida.

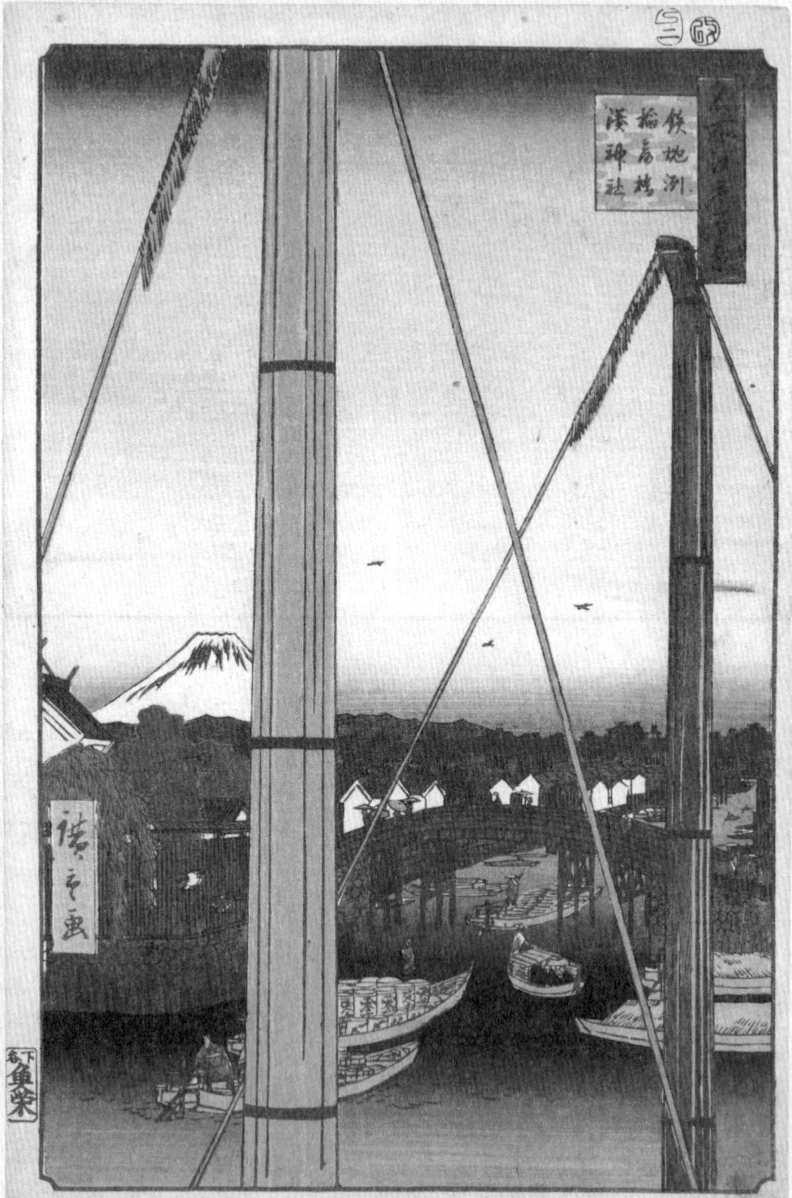
鉄炮洲 稲荷橋 湊神社
廣重画

Na cabana de bambu

Sayuri me conduziu até os fundos da casa, de onde seguimos por uma pequena trilha na direção oposta à que levava ao chazal. Depois de cerca de duzentos metros, avistei uma cabana de bambu entre as árvores nativas.

– É aqui que a gente recebe os visitantes.

Um bem-te-vi trinou em alguma parte da mata. Enquanto eu tirava meus sapatos à entrada da cabana, Sayuri ainda fez uma última recomendação:

– Você sabe o que não deve falar. Não vá estragar tudo.

Depois, deu-me as costas e seguiu de volta em direção à casa.

A cabana era simples, mas parecia muito bem construída. Ao fundo, iluminada pelas duas janelas laterais, havia uma mesa repleta de apetrechos de chá. Na entrada, uma mesinha cercada de almofadas verdes parecia cumprir a função de vestíbulo ou sala de espera. Fui atraído por uma revista com a figura de Sayuri na capa; ao lado dela, outra revista aberta numa página em que se lia: "A revolução do chá artesanal", com a imagem familiar do chazal que eu visitara há poucos dias. Antes que tivesse tempo de começar a ler a reportagem, ouvi os passos suaves de Naeko.

– Com licença.

Ela usava um quimono simples, azul com alguns detalhes em branco, e trazia uma pequena bandeja de madeira com três bules. Observei-a atentamente enquanto ela preparava a mesa. Era muito parecida com Sayuri – ou melhor:

com a imagem que eu guardara de Sayuri –, embora fosse quase dez centímetros mais alta que a mãe e tivesse a pele um pouco mais clara. As árvores que entreteciam seus galhos nas janelas laterais formavam uma moldura perfeita para sua figura quase hierática.

– Quando quiser, podemos começar.

A voz clara e nítida era igual à da mãe, com um tom de delicadeza que eu julgava ter perdido para sempre. Sentei-me à mesa sem saber direito o que dizer, mas ela parecia perfeitamente familiarizada com aquele tipo de situação. Apenas no momento em que me sentei percebi a peônia solitária presa à parede de bambu.

– Vou lhe servir três tipos de chá: o branco, o verde e o preto.

Vê-la de perto, a alguns centímetros de distância, sentir o seu perfume, era uma experiência perturbadora. Senti-me aliviado quando ela colocou a água fervente no primeiro bule. Por alguns segundos, eu havia temido que ela encenasse algum tipo de caricatura das cerimônias do chá japonesas. Entretanto, a simplicidade de Naeko aos poucos me relaxava; cada gesto seu me punha mais à vontade e ia dissolvendo a tensão que eu sentira desde a minha chegada.

– É um sabor muito suave.

Certamente havia palavras mais adequadas para descrever o chá branco, mas não me ocorria nada além daquela frase banal. Naeko se limitou a baixar a cabeça e sorrir, um gesto que me lembrava tardes cálidas da minha juventude irremediavelmente perdida.

– Vocês recebem muitos visitantes aqui?

Ela voltou a sorrir antes de responder.

— Até o ano passado, só vinha uma ou outra pessoa. Depois que eu fiz o site, passou a vir bem mais gente. Na média, acho que recebemos umas dez visitas por mês. Metade dos visitantes vem do Japão.

Eu não fazia ideia de que havia um site feito para promover o chá de Sayuri; também não conseguia avaliar exatamente a dimensão do seu prestígio entre os produtores artesanais.

— Vocês exportam muito chá?

— Por enquanto, só chá preto. Esse branco que você está bebendo é uma espécie de experimento. Primeiro, nós servimos para os visitantes; depois, dependendo da aceitação, podemos pensar em fazer em maior escala.

À medida que sorvia o chá, eu me sentia mais íntimo de Naeko e já não me preocupava em escolher as palavras mais adequadas.

— Achei excelente.

— Vou preparar uma segunda infusão.

Enquanto colocava a água no bule, ela pareceu hesitar. Depois, olhou fixamente nos meus olhos e indagou:

— Você não é um especialista, não é?

Enternecido com a hesitação de Naeko, respondi imediatamente:

— Não, de forma alguma.

Ela abriu um sorriso esplêndido.

— Eu sabia. Mas você também não é um simples curioso. Minha mãe está uma pilha de nervos desde ontem à noite.

Dessa vez, fui eu quem hesitou.

— Bom... Sou um velho amigo da sua mãe. Da época em que ela tinha mais ou menos a sua idade.

Naeko se animou visivelmente com a resposta.

— Então você conheceu a minha mãe quando ela era jovem? Como ela era? É tão difícil imaginar isso! Minha mãe jovem...

— Ela era muito parecida com você. Quer dizer: fisicamente.

— Isso eu sei. Eu vi as fotos. Mas como ela era? Como pessoa?

Passei os minutos seguintes falando sobre Sayuri, contando anedotas da época em que estudávamos juntos, falando sobre as festas à margem do Rio Ribeira, exagerando os passeios clandestinos em sítios e chácaras alheias, relatando as aventuras de quando ensinei Sayuri a dirigir, descrevendo nossos minuciosos sonhos que nunca se concretizaram. Passamos do chá branco ao verde, e deste ao preto, e só depois de quase uma hora voltei a ouvir a voz límpida de Naeko.

— Minha mãe nunca me conta nada dessa época. No começo, achava que era porque eu ainda era criança. Mas mesmo agora, que eu já tenho vinte anos...

Voltei a me lembrar do que Midori me dissera na noite do Tooro Nagashi. Era possível acreditar que, num universo paralelo a este (ou, como queria Eiji Ogawa, numa outra simulação), eu – ou uma versão alternativa de mim mesmo – havia decidido ficar em Registro com Sayuri e participara com ela da criação de Naeko, partilhando suas dúvidas, suas descobertas, suas alegrias e suas angústias? Em que medida isso era um consolo e em que medida isso tornava as coisas ainda mais dolorosas?

— Você se dá bem com a sua mãe?

Fiz a pergunta quase sem pensar, para tentar desviar um pouco a torrente que eu sentia se formar entre meu peito e minha garganta. Naeko hesitou um pouco – talvez surpreendida pela pergunta, talvez desejando ponderar todos os aspectos da questão antes de responder. Por fim, sorveu um gole de chá e disse:

– Do jeito que estamos agora, nos damos muito bem. Mas eu só passo os fins de semana aqui. Depois que eu me formar, acho que as coisas vão mudar um pouco...

– Você pretende voltar pra cá?

– Pra Registro, sim, com certeza. Não sei se pra morar com a minha mãe.

– Por quê? Quer dizer: por que não morar numa cidade maior, com mais oportunidades?

Arrependi-me logo depois de ter feito a pergunta. No fim das contas, aonde as minhas preciosas oportunidades haviam me levado? Naeko parecia já ter ouvido perguntas similares muitas vezes.

– Eu gosto daqui, gosto do cultivo do chá. Tudo o que me aconteceu de melhor na vida veio deste sítio, da minha mãe... Voltar a Registro é uma forma de agradecimento. É tão diferente de São Paulo, e fica a menos de duzentos quilômetros de distância! É como se fosse outro país. O país das luzes flutuantes... – Ela sorriu, como se acabasse de descobrir algo sobre si mesma naquele momento. – Mas eu não penso muito a longo prazo. Nunca pensei em termos de carreira. Quero fazer o que eu gosto por algum tempo. Depois, se estiver errada, posso tomar outro caminho.

Sayuri tinha razão: ela não era minha filha. Vinte anos haviam se passado irrevogavelmente e, por mais que eu tentasse estabelecer novos vínculos com Naeko a partir daquele momento, sua personalidade e seu caráter já estavam consolidados. Ela era uma jovem admirável, que crescera e amadurecera sem sequer desconfiar da minha existência – e sem dar grande importância para isso. Se eu a tivesse encontrado dez anos antes, ainda poderia sonhar em exercer alguma influência sobre suas escolhas, ou ao menos participar do seu crescimento. O que quer que eu fizesse a partir de então para tentar me aproximar dela seria postiço, forçado, prolixo.

– Está tudo bem? – ela me perguntou, inclinando ligeiramente o rosto.

– Tudo bem.

O terceiro bule já estava vazio. O tempo do nosso encontro se esgotava rapidamente, e eu me lembrei das palavras de Midori: "O que eu percebo é que você perde muitas coisas do mundo por prestar uma atenção excessiva em si mesmo". Não queria perder meus últimos minutos com Naeko falando sobre mim mesmo.

– Posso lhe fazer uma última pergunta?

– Claro.

Ela pousou o chawan na bandeja e me fitou, à espera.

– Você é feliz?

Os olhos de Naeko me perscrutaram mais fundo, como se tentassem traduzir um texto escrito em língua estrangeira.

– Você deve achar bizarro um estranho lhe fazer uma pergunta como essa.

– Você não é um estranho. – Ao ouvir aquelas palavras, senti que o universo se deslocava ligeiramente. – Você é um velho amigo da minha mãe. – Ela fez uma nova pausa antes de continuar. – O problema é que não é nada fácil responder a uma pergunta como essa.

– Entendo.

Eu entendia? Ela olhou pela janela, como se esperasse que os galhos das árvores completassem seu leve movimento antes de responder. Então voltou a sorrir. Tentei encontrar algum traço do meu rosto ou de alguma pessoa da minha família no rosto dela, mas não encontrei nada.

– Se eu disser simplesmente que sou feliz, não vou dizer toda a verdade. Digamos que eu sou feliz, mas não estou satisfeita. – Naeko passou o dedo indicador pelo queixo, um gesto que eu também costumava fazer quando hesitava. Havia algum significado naquela coincidência? Antes que eu tivesse tempo de chegar a uma conclusão, ela continuou:

– Ou melhor: sou feliz com a minha vida, mas não estou satisfeita com a vida. Acho que não sei explicar melhor.

Não queria que ela visse aquela pergunta como uma espécie de exame de conclusão, tampouco desejava prolongar forçadamente nossa conversa. Por isso, quando ela ficou em silêncio, levantei-me e disse um pouco precipitadamente:

– Muito obrigado, Naeko. Foi uma tarde esplêndida.

Enquanto ela arrumava os apetrechos sobre a bandeja de madeira, notei que aquela tinha sido a primeira vez que eu pronunciara o nome de Naeko. Não sabia quanto tempo se passaria até que eu voltasse a conversar com ela, por isso observei com a máxima atenção possível seus movimentos delicados e precisos. Parecendo despreocupada com a minha presença (como se eu fosse de fato um velho amigo da família), Naeko tirou um celular da bolsa e deslizou os dedos sobre a tela. Seu rosto de contraiu. De repente, começou a soluçar descontroladamente, como se um terremoto a sacudisse por dentro. Sem saber ao certo como agir, levantei-me e dei dois ou três passos em sua direção.

– Você está bem?

Ela então ergueu os olhos e me fitou com uma expressão aturdida, como se houvesse esquecido quem eu era — ou, como me lembrei mais tarde, como se tivesse esquecido quem nós dois éramos. As lágrimas não cessaram de cair dos seus olhos depois que ela enfim conseguiu articular as palavras:

— Uma amiga muito querida. Flávia Midori. Estão dizendo que ela morreu hoje cedo.

Uma vida não prova nada. É inútil se atormentar tecendo mil e uma teorias a partir de fatos fortuitos, arbitrários, que poderiam ser completamente distintos caso o vento tivesse soprado em outra direção, caso houvéssemos recusado um convite que aceitamos com relutância, caso tivéssemos tomado aquele caminho em vez deste.

No outono, quando começa a ventar de repente, eu volto a me lembrar do terraço iluminado da casa das pedras, da cortina de papel no quarto dos amantes, fechada como uma pálpebra, dos paralelepípedos brilhantes de uma rua anônima da Liberdade.

Um ato não prova nada. Somos feitos de contradições, de idas e vindas, de lacunas. Um ato não define uma vida, por mais grandioso ou infame que ele tenha sido. Podemos nos arrepender, mudar de ideia, mudar de vida. Uma conversa não prova nada.

Esta noite sonhei com Eiko. Estávamos outra vez na casa das pedras, no dia em que ela se enforcou na viga do terraço. Ela voltou a dizer as mesmas palavras terríveis daquele dia, mas dessa vez eu respondi. Nós conversamos longamente, como velhos amigos, como velhos rivais. "Conseguiu o que queria?", eu perguntei, sem disfarçar o rancor. Ela abaixou a cabeça e olhou para as mãos, como costumava fazer quando ficava embaraçada. "Não. Mas quem consegue o que quer?" Depois de aspirar a fumaça de um cigarro inexistente, ela continuou: "Pelo menos eu consegui enganar você". Não pude deixar de sorrir. "É verdade, eu lembro que cheguei a pensar, enquanto dirigia até a cidade: ela está se recuperando. Você me pediu para comprar todas aquelas frutas, e eu achei que era um bom sinal. Você só queria me afastar da casa por alguns minutos. Você já tinha planejado tudo." Eiko sorriu e passou lentamente o dedo indicador pelo pescoço. "Sabe? Antes da cerimônia fúnebre, eu fui à delegacia. Eu queria ver o rosto daquele menino." Do fundo do tempo, respondi: "Sim, isso também fazia parte do seu plano".

Eiko continuou como se não tivesse me ouvido. "Ele era muito bonito. Não tão bonito quanto você, mas ainda assim... Um rosto anguloso, com traços fortes, um brilho desafiador nos olhos." Como da outra vez, não fiz nenhum comentário. Guardei minhas energias para o que estava por vir. "Até aquele momento, eu tinha me perguntado inúmeras vezes: por que ele aceitou ir ao encontro de alguém que tinha jurado matá-lo? Por que ele não foi à delegacia, como tinha me prometido que faria? Mas quando vi o rosto daquele menino eu entendi. Ele estava apaixonado." Como da outra vez, Eiko me mostrou o bilhete encontrado numa gaveta: "Você será castigado por ter propagado notícias falsas e enganosas sobre o Grande Império Japonês". Antes que eu conseguisse me recuperar, ela continuou. "Ele já tinha encontrado o menino antes. Antes da viagem a São Paulo. E estava louco para vê-lo outra vez. Por isso não mediu os riscos e foi ao encontro da própria morte."

Dessa vez, porém, eu não permaneci calado. Depois de tantos anos, eu tinha uma resposta para aquelas palavras venenosas. "Esse era o seu plano, não é? Desde o início. Desde quando você implorou para que eu viesse para a casa das pedras. Você queria se vingar de mim e arquitetou tudo, até o momento mais adequado para me dizer essas palavras: na nossa última conversa séria antes de você se matar. Para que eu ficasse remoendo as suas palavras por anos e anos a fio."

Eiko sorriu com aquele ar de superioridade que ela nunca deixou de mostrar quando confrontada. "Eu venci. Parti com ele e deixei você para trás com uma casca vazia." "Achei que você gostava de mim", murmurei absurdamente. "Como eu poderia não gostar de você?", ela disse, voltando a tragar a fumaça de um cigarro inexistente. "Você era tão bonito e gentil e intenso. Mas sua intensidade também me dava nos nervos. Você jogava cada partida de Go como se fosse a última da sua vida!" De repente, vi uma lua minguante no céu que emoldurava o rosto de Eiko. "Como eu poderia não odiar você? Você me deixou para trás tantas vezes, fugindo com ele para o mato, para São Paulo, para o quarto... Mas no fim fui eu quem fugi com ele. Eu venci." "Vence quem tem a última palavra", eu respondi, mas àquela altura Eiko já havia desaparecido. À minha frente, havia apenas um tabuleiro com peças brancas e pretas. Percorri a casa à procura dela, verifiquei cuidadosamente cada cômodo, porém em toda parte só havia a fria luminosidade do luar. Acordei me sentindo frustrado, sem saber ao certo se ela tinha ouvido a minha última palavra – ou se a última palavra havia sido a dela.

Eram três e meia da manhã. Pela janela do quarto entrava um luar menos frio do que aquele do sonho, mas no fundo da minha mente ainda permanecia a impressão de que eu poderia encontrar Eiko em algum canto da casa. Levantei-me, fui ao banheiro, depois resolvi preparar um chá enquanto tentava acalmar as batidas aceleradas do meu coração. Já havia sonhado muitas vezes com você e com Eiko, mas a nitidez e a coerência do sonho dessa noite fizeram com que eu me indagasse se não havia me comunicado com o próprio espírito dela. Por que com o espírito dela e não com o seu? Fui até a janela da cozinha e olhei para a cidade adormecida. Longa noite de outono, noite por toda parte, noite interminável. Quando raiará o dia? A lua quebrada, a rua vazia, um cachorro latindo ao longe. Bebi meu chá em silêncio.

Depois de 57 anos, eu tinha conseguido responder a Eiko, mas não me sentia satisfeito. Ainda tinha algumas palavras a lhe dizer, e não queria esperar mais meio século. Acho que ela e a Mãe sonhavam com o mesmo ideal: um pacto de suicídio. E ambas foram frustradas pela morte solitária daquele a quem amavam. Deixadas para trás, voltaram sua raiva contra quem estava mais próximo: a Mãe, contra o marido; Eiko, contra mim.
Se você planejava me trocar pelo "menino", nossa semana em São Paulo havia sido uma espécie de despedida – e os seus silêncios súbitos, suas frases distraídas, até mesmo sua paciência inusual durante aqueles dias, eram indícios de que, de fato, você se preparava para me abandonar. Você, que até aquele momento havia sido tão parco em elogios, tão comedido em confissões, de repente se mostrava mais aberto, menos arredio, mais generoso. Era como se pela primeira vez você deixasse seus sentimentos se manifestarem livremente. A princípio, imaginei que o fato de estarmos numa cidade estranha era a causa da mudança; no entanto, talvez o que o movesse a me tratar como se eu fosse um amante recente fosse mesmo a consciência de que aquelas eram nossas últimas noites compartilhadas.
Contudo, talvez Eiko estivesse enganada. Você não se equivocava ao avaliar as pessoas. Bastaria um olhar para você perceber as reais intenções de qualquer interlocutor.

Além disso, o bilhete encontrado em sua gaveta não era uma mensagem amorosa, mas sim uma ameaça de morte. Talvez você pressentisse que não havia como escapar do assassino. Talvez por isso você estivesse tão sereno quando examinou a inscrição na parede externa da casa das pedras: você havia se preparado para aquilo durante os últimos dias.

Nesse caso, a semana em São Paulo havia sido uma despedida – não porque você tivesse um encontro marcado com um novo amante, mas porque você tinha um encontro marcado com a morte. Por isso você insistiu tanto para que eu o acompanhasse naquela viagem. Por isso você prestava tanta atenção nos relatos do homem que me criou. Naquelas noites na Liberdade, nada lhe parecia banal; mesmo os detalhes mais insignificantes atraíam sua atenção. Era a nossa última oportunidade de estarmos plenamente juntos, e você se despedia de mim e da vida. Entretanto, algumas perguntas permanecem sem reposta: por que você não tentou fugir? Por que não foi à delegacia, como havia prometido para Eiko? Por que você foi ao encontro do seu assassino?

"Não há nada tão estúpido quanto o ódio. Odiar alguém é colocar o seu retrato sobre o nosso próprio peito e então golpeá-lo repetidamente com uma lâmina." Se você tivesse me dito essas palavras na nossa última noite em São Paulo, ou se pelo menos tivesse se lembrado de repeti-las num daqueles dias, eu saberia que se tratava de uma recomendação para como eu deveria me comportar depois da sua morte. No entanto, você disse isso muito antes de ser ameaçado, numa noite em que ouvíamos um solo de saxofone no terraço da casa das pedras, a propósito de algo que não tinha nenhuma

relação com Eiko ou com o seu assassino. Só me lembrei daquelas palavras muito mais tarde, quando o ódio por quem havia arrancado a sua vida – e por quem tentava afrontar sua memória, agora que você não podia mais se defender – ameaçava me submergir. Você temia que em algum momento eu pudesse me consumir como a Mãe? Ou estava apenas justificando sua própria generosidade?

Coisas curiosas e incongruentes: uma gata que se aproxima e, ao ser acariciada, se afasta; um barco íntegro encalhado na lama; flores que só brotam no inverno.

Amanhã completarei 84 anos. Eu poderia ainda anotar muitas lembranças das nossas caminhadas pelas matas adentro, lembranças da casa das pedras, da Mãe, da minha infância. Só agora percebo que não escrevi sobre meu encontro com Yoshitaro Okada, o andarilho que percorreu diversos lugares do mundo a pé e apareceu em Registro quando eu tinha nove anos. Também não escrevi sobre o guisado de enguia do brejo que os estudantes do Centro de Pesquisa Zootécnica nos serviram como se fosse uma iguaria rara na época em que ainda vivíamos na Colônia Katsura. Mas nada é mais penoso do que um velho que se alonga ao dizer banalidades. A cigarra canta e depois abandona sua casca.
Quantos anos ainda me restam? Cinco? Dez? Vinte? Talvez seja o momento de me dedicar à caligrafia – cuidando para aprender um movimento a cada semana, sem pressa nem negligência, de acordo com as limitações do meu corpo. A casca abandonada de uma cigarra. Construíram há pouco

na cidade uma nova sede para o Bunkyo. Parece que há cursos de ikebana e caligrafia. Depois que eu adquirir uma habilidade razoável, poderei passar a limpo este texto. Tenho a impressão de que, copiando e corrigindo o que escrevi, no ritmo mais lento possível, talvez eu compreenda um pouco melhor minha própria vida.

    Você havia ficado para trás, plausivelmente distraído por um pássaro ou uma árvore. Já estava quase anoitecendo, e eu estava com fome, ansioso para chegar logo a um lugar mais aberto, onde pudéssemos enfim comer os sanduíches que trazíamos nos embornais. Tínhamos passado a noite da véspera conversando no terraço da casa das pedras, discutindo se era verdadeira a minha impressão de que a lua de Registro era maior e mais redonda que a de Iguape; naquele momento, porém, com o estômago doendo, a última coisa que me importava era a lua. Subi com dificuldade a colina íngreme que levava até o alto do morro, onde eu pressentia que haveria uma clareira à nossa espera. Quando enfim ergui os olhos, que até aquele momento estavam ocupados com as pedras escuras, as raízes e os galhos em que eu me apoiava para não cair, você já havia se aproximado rapidamente e estava quase junto às minhas costas, de modo que a sua voz soou como se fosse a minha própria consciência subitamente desperta:
    "E então? Não é a lua mais esplêndida que você já viu em toda a sua vida?".

Este livro é uma obra de ficção. Os fatos narrados aqui são reais na simulação específica em que Yasuro, Naeko e Midori são reais. Durante a escrita deste romance, consultei as narrativas reais e fictícias de Teresinha Shimada, Leonardo Ferreira, Umeko Shimada, Kikuno Sugano, Katsumi Sugano, Toshiaki Yamamura, Milton Nomura, Masayuki Fukasawa, Masakasu Nishidate, Rokuro Kouyama, Takasuke Nomura, Yoneko Seimaru, Kazuo Ono, Hatsuko Yoshioka, Masakazu Matsumura, Hisae Okamoto, Shinichi Numata, Yoshinobu Yamane, Hatsuko Yoshioka, Yutaka Yasunaka, Tokuyoshi Ueda, Jorge Kameyama, Yuji Yamada, Cláudia Ota, Joaquim Yanaguisawa, Keiko Kaneko, Mitsugui Arai, Katsuko Utsunomiya, Hiromi Kawakami, Rie Imai, Yuji Ueno, Kazuo Ishiguro, Fernando Morais, Eiji Ogawa, Haruki Murakami, Annie Proulx, Akira Kurosawa, Yasushi Inoue, Tatsuzō Ishikawa, Yasujiro Ozu, Yasunari Kawabata, Jun'ichirō Tanizaki, Natsume Sōseki, Nagai Kafū, Ryōkan Taigu, Yoshida Kenkō, Kamo no Chōmei, a senhora de Sarashina, Murasaki Shikibu e Sei Shōnagon, aos quais agradeço e eximo de qualquer responsabilidade por meus eventuais abusos, equívocos e disparates.

Obra produzida e publicada com apoio do Edital nº 22/2019 ("PRODUÇÃO E PUBLICAÇÃO DE OBRAS SOBRE PATRIMÔNIO HISTÓRICO E CULTURAL MATERIAL E IMATERIAL NO ESTADO DE SÃO PAULO") do Programa de Ação Cultural – ProAC – da Secretaria de Cultura e Economia Criativa do Estado de São Paulo, Governo do Estado de São Paulo.

Você poderá interessar-se também por:

Neste livro, Cláudio Neves segue a tradição romântica da poesia narrativa para compor um romance em versos. O enredo de *Hibiscos Vermelhos e Tilápias Vivas* é construído a partir de três núcleos dramáticos: o narrador anônimo, que vive sozinho num pequeno apartamento, suas lembranças da ex-esposa Silvia e de seu primo Artur –figura central de sua infância. Assim, passado e presente se entrecortam numa atmosfera por vezes onírica. As memórias, repetidas e superpostas, formam a trama do romance, entrelaçam-se e adensam-se na direção das revelações do desfecho. O poema, então, vai ganhando aspectos dramáticos através da evocação lírica de recordações das personagens, e os aspectos narrativos vão se revelando nas ações surpreendentes das personagens.

Os livros da Editora Filocalia são comercializados e distribuídos pela É Realizações

facebook.com/erealizacoeseditora   twitter.com/erealizacoes   instagram.com/erealizacoes

youtube.com/editorae   issuu.com/editora_e   erealizacoes.com.br

atendimento@erealizacoes.com.br